SUPER
HELDEN

SABINE STEIN

Roman

Herstellung und Verlag:
BoD- Books on Demand, Norderstedt
Umschlaggestaltung:
Hannah Kolling, Hamburg © Sabine Stein
Umschlagmotiv:
© Hilthart Pedersen / 1325139-unsplash
Innengestaltung und Satz:
Herr K | Jan Kermes, Leipzig
Printed in Germany
ISBN 978-3-7494-8137-8

1.

Als Zoe die Schritte hörte, sprang sie von der Laufbrücke und duckte sich zwischen den schmalen Steg und den Waggon wie eine Katze. Das Licht der Bogenlampen reichte dort unten nicht hin, dort unten war es dunkel und roch nach Eisen und Schmierfett und nach dem Unkraut, das zwischen den Gleisen wucherte. Die schwarze Sturmhaube, die dunklen Klamotten machten sie zu einem Schatten in der Nacht, unsichtbar für die, die das Gelände nach solchen wie ihr absuchten. Sie hielt die Luft an; in ihren Ohren wummerte mit 200 beats per minute ihr Herzschlag. Wenn das hier schiefging, war sie fällig. Sie war schließlich keine fünfzehn mehr. Sie war einundzwanzig, und kein Richter der Welt machte sich noch die Mühe, eine wie sie mit sozialpädagogischen Maßnahmen vom richtigen Weg zu überzeugen.

Die Schritte kamen näher. Schweres Schuhwerk auf dem Gitter der Laufbrücke – das konnte ein Gleisarbeiter sein oder ein Zugführer am Ende seiner Schicht. Oder der Sicherheitsdienst. Geräuschlos zog sich Zoe weiter unter den S-Bahn-Wagen zurück; sie spürte, wie das Mundstück unter ihrer Maske feucht wurde, während sie sich darauf konzentrierte, mit ihrer Umgebung zu verschmelzen wie ein Steinfisch mit dem Meeresboden.

Sie lauschte. Es war nur ein einzelner Mensch, der da immer näher kam und gleich zum Greifen dicht an ihr vorbeigehen würde. Sie roch Zigarettenrauch, dann sah sie die reflektierenden Streifen einer signalroten Arbeitshose: ein Rangierer auf dem Weg in den Feierabend. Überschwemmt von einer Woge von Adrenalin, fühlte sich Zoe wie ein in einen Flitzbogen geklemmter Pfeil; ihr Geist war überwach und kühl, als wäre eine Kapsel mit Pfefferminzöl in ihrem Kopf explodiert.

Sie wartete nicht ab, bis der Arbeiter ganz außer Sichtweite war – ein bisschen ließ sich der Kitzel noch weitertreiben. Als sie sich hinter dem Ahnungslosen unter dem Waggon hervorwand und auf die Laufbrücke hochzog, konnte sie das ganz große Orchester hören, das ihr die Siegerhymne spielte, aber sie war Profi genug, sich nicht damit aufzuhalten. Sie gab den anderen aus ihrer Crew ein Zeichen, dass die Luft rein war, damit sie aus der Böschung am Rand zu ihr herüberkämen.

Das Gelände der S-Bahn-Abstellanlage Altona war vertrautes Terrain. Der Sergeant hatte vor dem ersten Besuch alles sorgfältig ausgekundschaftet. Dankenswerterweise musste man dafür nicht mehr wie die Urahnen der Sprayer-Szene in staubigen Archiven hocken und alte Pläne studieren; das Netz servierte alle nötigen Details mit sauberem Mausklick in die eigene Werkstatt. Inzwischen kannten sie den Weg im Schlaf. Ein enger Tunnelgang, den man durch eine Gittertür in einer Wand der Bahn-Unterführung betrat, brachte sie zu einer Treppe, die direkt ins Paradies führte – ein weitläufiges Delta aus einander kreuzenden Schienen und Weichen, Signalmasten, Laufstegen und Prellböcken, das in orangefarbenem Arbeitslicht vor ihnen lag. Hier stellte die S-Bahn Hamburg GmbH während der Betriebsruhe ihre Züge ab, lange Ketten rot-grauer Waggons und Triebwagen, die verlassen nebeneinander standen wie Tiere im Gehege.

Nicht dass die Damen und Herren von der Direktion nicht alles dafür getan hätten, um solche wie sie von ihren Depots fernzuhalten. Lichtschranken, Trittmelder unter den Platten der Laufbrücken, patrouillierende private Wachdienste sollten dafür sorgen, dass nicht immer wieder die schönen verkehrsrot lackierten Oberflächen mit berstenden Hieroglyphen zugebombt wurden. Es gab eine interne Anweisung, nach der jeder mit Graffiti verzierte Zug spätestens nach zwölf Stunden von der Schiene musste – man gönnte den Schmierern, den Sachbeschädigern, den Zerstörern keine öffentliche Aufmerksamkeit, hieß es. Doch so viele Züge zu bewachen, war ziemlich schwierig. Es hätte eine Armee gebraucht, schlauere, schnellere Leute als die Security-Brocken, die schwerfällig durch die Anlagen stapften.

Eine Stunde lief Zoe jeden Tag im Sprinttempo durch die Stadt, alle ihre Gänge erledigte sie rennend. Abends, bevor sie ins *Gloria* fuhr, um einen Film einzulegen, spurtete sie oft von ihrer Wohnung bis zur Elbe und zurück. Das Training war notwendig; sie musste sich auf ihre Schnelligkeit verlassen können, wenn es ums Abhauen ging.

Einige aus der Crew hatten ihre Dosen mit den verschiedenen Sprühaufsätzen schon ausgepackt und damit begonnen, in schnellen Bewegungen Seiten und Fenster der Waggons zu bearbeiten. Zoe folgte mit Mungo und Oleg dem Sergeant, der an den Zügen vorbei auf die Halle mit der Waschanlage zurannte, die sie bislang als uneinnehmbar betrachtet hatten. Der Sergeant ruckelte an einem Lüftungsgitter, und obwohl ihnen natürlich klar war, dass die Deutsche Bundesbahn keines ihrer Gebäude über Nacht sperrangelweit offenstehen ließ, wirkte dieses kurze Ruckeln wie ein Signal, das zum Sturm blies. Sie rannten um die Halle herum, drückten auf die Klinken sämtlicher Türen, strichen über die Rollgitter der großen Portale, prüften die Schlösser der Kästen, in denen sie Schaltknöpfe vermuteten, und suchten fieberhaft nach einem Schlupfloch, das ihnen Einlass gewährte. Auf einmal deutete Mungo stumm auf die Lüftungsklappe in einem Fenster. Jemand hatte tatsächlich vergessen, sie zu schließen, und dieser Jemand würde nun seines Lebens nicht mehr froh werden. Und auch die Leute vom Wachdienst, diese Wichte, waren auf ihrem Kontrollgang stumpf daran vorbeimarschiert.

Zoe war es, die mit einer hebelnden Bewegung des Armes die Taktik vorgab. Die anderen nickten. Räuberleiter, Klappe aufhebeln, durchlangen zum Fenstergriff und das Fenster von innen öffnen. Alles blieb ruhig. Was für eine Nacht!

Bevor sie sich über den Sims nach drinnen schwang, hielt Zoe ihre Finger in den Latexhandschuhen, zum V gespreizt, ganz dicht vor Olegs Handykamera. Noch bevor morgen hier die erste Schicht begann, bevor die Betriebszentrale Altona einen hässlichen Anruf bekam, würde das Video ihrer Aktion im Netz stehen und diese Crew unsterblich machen. Einen für geschätzte zwanzigtausend Euro in Handarbeit frisch gereinigten Zug noch in der Waschanlage neu zu bomben – das war einfach groß.

Und ein Menschenleben entfernt von dem Tag, an dem sie und Mungo sich als Achtklässler eine Dose Sprühfarbe im Baumarkt gekauft und auf dem Rückweg zur Schule zwei Verteilerkästen mit Smileys verziert hatten. Mittags hatten sie beide bei Mungo zu Hause Tiefkühlpizzas gegessen und über einen Namen nachgedacht, den sie sprayen könnten, weil Smileys nun wirklich keine Visitenkarte waren. Schließlich nannten sie sich *Keine Kinder mehr*, nach einem alten Song von Samy Deluxe, allerdings auf Englisch, weil es cooler und streetgangmäßiger klang: *no kids anymore*. Seither sah man *nka* überall, auf Brückengeländern und Briefkästen, auf Hausmauern, U-Bahn-Sitzen, Tunnelwänden und Verkehrsschildern.

Der Sergeant und die anderen sahen sich in dem Raum um. Das Fenster, durch das sie gestiegen waren, gehörte zu einem Büro. Zwei Schreibtische mit Kaffeebechern und Ablagekästen darauf, ein Kalender an der Wand, ein Schrank. Hinter dem Raum lag ein kleiner Flur, der zu einer Metalltür führte. Der Sergeant legte die Hand auf die Klinke und wartete, bis Oleg mit der Kamera bei ihm war. Dann drückte er die Klinke mit der Behutsamkeit eines Tresorknackers hinunter. Dies hier war unbekanntes Gelände für sie; keiner von ihnen wusste Bescheid über die Sicherungssysteme, die in einer solchen Wartungshalle an der Arbeit waren. Er öffnete die Tür einen Spaltbreit und wartete. Nichts geschah. Keine Alarmglocke schrillte, doch alle wussten, dass genauso gut in irgendeiner Überwachungszentrale jetzt ein kleines rotes Lämpchen zu blinken begonnen haben konnte und ein handlicher Trupp der Bundespolizei sich bereit machte, das öffentliche Eigentum zu schützen. Viel Zeit blieb ihnen nicht.

Der Sergeant stieß die Tür weit auf und ließ Oleg vorbei, um den triumphalen Augenblick zu filmen: Vor ihnen lag eine große dunkle Halle, sanft erleuchtet von dem Licht, das durch Oberlichter und die Glasfront an den Stirnseite fiel. Zwischen Arbeitsrampen standen mehrere Triebzüge und Waggons mit geöffneten Türen, offenbar frisch überholt und gereinigt. Dazwischen Rollcontainer mit Werkzeugen und Chemikalien, elektrische Prüfgeräte mit einem Gewirr aus Kabeln, Schläuchen, Schaltern. Es war ein erhebender Anblick – nicht weil er Besonderes geboten hätte, sondern weil er nicht für die Augen von Eindringlingen bestimmt war.

Draußen rechnete man inzwischen überall mit ihnen. Hier drinnen nicht.

Mit der Zielstrebigkeit von Eroberern begann die Crew das Terrain in Besitz zu nehmen. Es sah aus, als ob die Techniker nur kurz in die Kaffeepause gegangen wären: Arbeitshandschuhe lagen herum, auf einem Tischchen standen Thermoskannen und ein Kofferradio, daneben ein Arbeitshelm, auf dem ein Prägeband mit dem Namen »Ingo Reibold« klebte. Mungo stülpte ihn über seine Sturmhaube und poste für die Kamera. In einem kleinen Kühlschrank fanden sie eine Sprite, die sie sich nacheinander an den Hals setzten, nicht ohne darauf zu achten, dass ihr Gesicht dabei auf dem Video nicht zu sehen sein würde.

Eine Tür in der gegenüberliegenden Wand führte in die eigentliche Waschanlage, einen gelb gekachelten muffig riechenden Schlauch mit einem Satz riesiger Bürsten an einem Gestänge. Sie war leer, aber die Feuchtigkeit des letzten Waschgangs hing noch in der Luft.

In einem Regal in der Werkstatthalle hatte Zoe Stapel mit selbstklebenden Folien entdeckt: das Streckennetz des Hamburger Verkehrsverbundes, die Betriebsordnung und »Verhalten im Notfall«. Sie sah sich um, ob es etwas gab, was sie damit tapezieren konnte, aber dann ließ sie es sein. Das war Kinderkram. Der Countdown lief, seit sie das Fenster geöffnet hatten, und hier standen diese unberührten S-Bahn-Wagen und warteten auf sie. Warteten darauf, dass sie mit Montana Kicking Yellow, Punk Pink, Code Red und True Cyan, mit Silver Chrome und Clockwork Orange ihre Flächen bearbeitete, mit Shock Blue und Black Purple fette Outlines drumherumsetzte, bis die Staatskarosse statt ihrer nahverkehrsroten Uniform ein punkiges schrilles Narrenkostüm trug und ein durch diese nüchterne Stadt rollendes Manifest geworden war. Ein Manifest, in dem es um Kreativität ging, vor allem aber um Freibeutertum, den Triumph des Ungehorsams.

Zoe hatte gerade ihren Beutel mit den Kannen neben sich auf den Boden gestellt und wollte sich an die Arbeit machen, als der Sergeant mit dem Arm ein Zeichen gab: Freeze hieß das, keine Bewegung, absolute Stille.

An der Tür, durch die sie gekommen waren, erschien der Lichtkegel einer Taschenlampe.

Zoe überlegte fieberhaft. Hatten sie das Fenster hinter sich wieder zu gemacht? Aber wenn sie sich verraten hatten, wäre dann nur ein einzelner Sheriff hier? Hinter ihr war ganz kurz ein Geräusch zu hören; etwas rollte über den Boden und wurde sofort gestoppt. Das wäre draußen kein Problem gewesen, doch die Halle wirkte wie eine Echokammer.

Augenblicklich setzte der Lichtkegel sich in ihre Richtung in Bewegung. Zoe konnte die knisternde Stimme eines Funkgerätes hören. Auf freiem Gelände hätte sie diese Situation locker im Griff gehabt, da wäre sie jetzt losgespurtet. Auf diese Distanz hätte der Securitymann keine Chance gehabt. Doch hier drinnen stieß ihr Impuls zur Flucht überall an Wände und prallte daran ab. Über den Rückweg hatten sie schlicht nicht nachgedacht.

Konnte es sein, dass sie jetzt festsaßen wie dumme Tiere? Als der Wachmann sich weit genug von der Tür entfernt hatte, hörte Zoe den Sergeant. Los. Speeden jetzt. Und während sie zusah, wie die anderen sich Richtung Tür in Bewegung setzten, trennte sich in ihrem Inneren der Teil, der ebenfalls rennen und fliehen wollte, von einem anderen, der kühl kalkulierte. Dass noch geschätzte fünfundzwanzig Meter zwischen ihr und dem Uniformierten lagen und dass dieser gerade drei vermummte Gestalten auf sich zulaufen sah. Das war mehr als genug für den armen Mann. Er würde keine Zeit haben, darüber nachzudenken, ob sich zwischen den Zügen in der Halle noch jemand verbarg. Also rührte sich Zoe, während der Rest ihrer Crew Richtung Ausgang stürmte, nicht vom Fleck.

Wie erwartet, drehte sich der Wachmann zu den Flüchtenden um. Halt. Stehenbleiben. Sofort. Mungo riss ein paar Werkzeuge von den Tischen und warf damit nach dem Sheriff, und während sie klirrend auf den Zementboden schlugen, nutzte Zoe den Tumult, um mit einem

Sprung in einen Waggon zu hechten. Dabei hielt sie immer noch die Dose Rot in der Hand, mit der sie gerade loslegen wollte, als sie überrascht worden waren. Sie kauerte sich zwischen die Sitze und lauschte auf den Lärm in der Halle. Offenbar gab es eine Rangelei; wahrscheinlich hatte der Sergeant den Sicherheitsmann mit Nachdruck beiseiteschieben müssen, um aus der Tür zu kommen.

Im Waggon roch es nach Chlor und Lösungsmitteln. Zoe schwitzte. Sie zog die Sturmhaube hoch und rieb sich das Gesicht. Dann nahm sie die Dose und begann zu sprayen.

Als sie sicher war, dass die anderen draußen waren und mit ihnen ihr Verfolger, sprang sie aus dem Wagen und lief quer durch die Halle zum Büro. Da hörte sie jemanden hinter sich: He, du da. Stehenbleiben. War also offenbar doch noch ein zweiter Mann unterwegs. Zoe drehte sich nicht um; die Sekunden, die man dabei verliert, kosten einen meistens das Fell. Stattdessen stürmte sie weiter, wollte gerade auf das Fensterbrett, um von da aus auf den sandigen Boden zu springen, aber der Typ war schneller, erwischte sie am Arm und hielt sie fest.

Erstens: Wer rechtswidrig eine fremde Sache beschädigt oder zerstört, wird mit Freiheitsstrafe bis zu zwei Jahren oder mit Geldstrafe bestraft. Zweitens: Ebenso wird bestraft, wer unbefugt das Erscheinungsbild einer fremden Sache nicht nur unerheblich und nicht nur vorübergehend verändert. Drittens: Der Versuch ist strafbar. Paragraph 303 Strafgesetzbuch.

Sachbeschädigung, Hausfriedensbruch, Störung öffentlicher Betriebe – da kam einiges zusammen. Geldstrafe, vielleicht Freiheitsstrafe, in jedem Fall Schadenersatz, das hieß Schulden bis zum jüngsten Tag, kannst auch gleich in den Knast gehen, Müllsammeln wird dir nicht mehr helfen. Sie dachte an ihre Hamstereltern in ihrem reinlichen kleinen Hamsterzuhause, an ihr altes Kinderzimmer, dachte an Lotta, die gefunden hatte, dass es eine schiefe Ebene war, auf der sie sich bewegte, und sie befand, dass sie sich dieses Mal wirklich nicht fangen lassen konnte.

Sie drehte sich um ihre Achse, holte aus und stieß dem anderen mit aller Kraft ihren Ellenbogen ins Gesicht. Der Mann schrie auf und hielt sich die Nase.

Mit einem Satz war Zoe aus dem Fenster.

Ihr Knöchel knackte, als sie auf dem Boden aufkam, sie sicherte kurz in alle Richtungen, dann rannte sie los. Rennen konnte sie. Der Schmerz war egal, Hauptsache, sie war wieder draußen, raus aus der Halle, die ihnen beinahe zur Falle geworden wäre.

Sie rannte quer übers Gelände, sie musste so schnell wie möglich aus der beleuchteten Zone kommen, dorthin, wo man sie nicht mehr so leicht sehen konnte, zur Böschung, zu den Gleisen, die zum Tunnel führten. Auf einmal hörte sie laute Rufe hinter sich. Wie hatte sie nur glauben können, so leicht davonzukommen? Der rechte Knöchel stach bei jedem Schritt. Der Schmerz, den er auf den Nervenbahnen nach oben jagte, drehte ihr den Magen um. Nicht gut. Wenn es im Zentrum flackert, hat die Angst leichtes Spiel. Essigsaure Tonerde. Wo kamen diese bescheuerten Worte jetzt her, wo sie gerade über Schienen sprang wie ein flüchtender Hase, hinter ihr der Jäger aus Kurpfalz mit dem Schießgewehr. Es hieß, dass die Sheriffs mit Figuren wie ihnen nicht zimperlich waren. Wenn sie sich früher den Fuß verstaucht hatte, traktierte ihre Mutter sie mit Umschlägen, zwang sie zum Stillhalten, während die säuerlich riechenden feuchten Lappen auf der Haut warm wurden und zu jucken anfingen, essigsaure Tonerde, was war das eigentlich für ein Zeug, und warum hatte sie solche Lust zu kotzen, nur weil sie sich den Knöchel verstaucht hatte, warum war sie so scheißmüde, das war der ganz falsche Moment jetzt, oh so bad, baby, immer war sie stolz drauf gewesen, dass sie in brenzligen Situationen Muskeltonus und Nerven einer Hochseilartistin hatte. Sie hörte ihre Häscher näher kommen, Stehenbleiben!, sie werden mich fertig machen, dachte sie und dass sie es war, die in dem Waggon in der Halle ihre Unterschrift hinterlassen hatte, *nka* auf den Sitzen, *nka* quer übers Fenster, das würde ihr einigen Ruhm sichern, *nka* auf dem Boden, Hausfriedensbruch, Sachbeschädigung, Körperverletzung – sie sah den Strahl ihrer Taschenlampen näher kommen, du bist am Arsch, Zoe, dachte sie und wusste, dass es stimmte, noch bevor die sie eingeholt und auf den Boden geworfen hatten.

2.

Binz sah an seinem Körper hinunter. Er musste sich leicht nach vorne beugen, um die Anzeige vor seinen nackten Zehen sehen zu können. Ohne Brille waren die Ziffern verschwommen, doch so viel war klar: Was auch immer die Waage zeigen mochte, es war zu viel. Er bedachte diesen Umstand mit einem fatalistischen Seufzer, und während er sich reichlich Eau Sauvage auf die Wangen klopfte, pfiff er eine Melodie, die an die Marseillaise erinnerte. Auf, Kinder des Vaterlands! Der Tag des Ruhms ist da!

Im begehbaren Kleiderschrank waren die Hemden nach Farben sortiert. Vor der Abteilung weiß und hellblau ging Binz im Kopf seinen Tag durch. Heute war Sitzungstag, also weiß. Vielleicht dieses neue Button-down-Hemd mit einer Seidenkrawatte. Er hielt sich einen weinroten Schlips vor die Brust, fand das Rot zu brünstig, suchte nach etwas Dezenterem. Abends war er mit Irina zum Essen im *Balzac* verabredet. Er entschied sich für Silbergrau und nahm noch einen zweiten Schlips zum Wechseln mit, falls mittags wieder nur Zeit für eine Wurst bei Rübner bliebe, deren Fett einem so gerne auf die Brust troff.

Mit vorgerecktem Kinn zog Binz den Krawattenknoten fest, schlüpfte ins Jackett und prüfte sich vorm Spiegel kurz von allen Seiten. Na bitte. Der Bauch war weg. Er fuhr mit zwei Fingern in die Geheimratsecken, bleckte die Zähne, warf seinem Gegenüber ein gewinnendes Lächeln zu. Dann nahm er ein frisches Taschentuch aus der Schublade, in das Nuria, seine Haushaltshilfe, sie nach dem Bügeln einordnete, griff sich ein Paar schwarzer Schuhe und löschte das Licht im Kleiderschrank.

Seinen Tee trank er im Stehen auf der Dachterrasse. Die Linden verströmten ihren schweren klebrigen Duft, nur notdürftig verbargen ihre Kronen die kubistische Exaltation, die sich ein ambitionierter Bauherr auf das Nachbargrundstück hatte setzen lassen.

Der Himmel hing tief. Binz maß die schiefergrauen Wolkenbäuche mit einem prüfenden Blick, und bevor er hinunter in die Garage ging, zog er seine gewachste Regenjacke übers Jackett. Er räumte seine Aktentasche in den Gepäckkoffer seines Motorrollers, setzte den Helm auf und klappte den Ständer hoch. Kurz darauf war er aus dem Tor, hatte die kleinen Wohnstraßen seines Viertels durchfahren und sich auf der Elbchaussee in den dichten Morgenverkehr eingereiht.

Von einer Rom-Reise mit Irina hatte Binz die Einsicht mitgebracht, dass man sich das Schlangestehen im Berufsverkehr getrost sparen konnte. In Italien fuhr niemand ernsthaft mit dem Auto durch die Stadt, wenn es sich vermeiden ließ. So hatte er sich als Ergänzung zu seiner Limousine eine Vespa GTS Touring zugelegt, ein elegantes Modell mit Windschild und kraftvollem Viertakt-Motor.

Nun allerdings kroch er schon seit geraumer Weile hinter einem qualmenden Lastwagen her und wartete auf eine Gelegenheit, ihn endlich zu überholen. Als sich eine Lücke im Gegenverkehr ergab, setzte er zum Spurt an, doch als er sich wieder einreihen wollte, war es zu spät. Unmittelbar vor ihm teilte eine Verkehrsinsel die Straße. Glücklicherweise war die Gegenfahrbahn gerade leer, und so fuhr er in einem beherzten Bogen auf der falschen Seite an der Insel vorbei, hupend, gestikulierend, aus Empörung über die Rücksichtslosigkeit dieses Hornochsen. Hundert Meter weiter wurde er von einer Polizeistreife gestoppt.

Binz holte seine Papiere hervor. Während der Beamte seinen Führerschein prüfte, nahm er den Helm ab.

»Sind Sie nicht ein bisschen zu alt für solche Mutproben?«, fragte ihn der Polizist.

»Machen Sie Witze? Ich bin dazu genötigt worden. Das ist ja wohl offensichtlich. Und Sie sind mein Zeuge.«

»Sagen Sie, Herr...«

»Dr. Arno Binz. Staatsanwalt beim Landgericht Hamburg. Und aus diesem Grund habe ich es auch eilig. Um neun fängt ein Prozess vor der Großen Strafkammer an, und ich bin der Vertreter der Anklage.«

»Umso schlimmer, Herr Kollege«, erwiderte der Polizist. »Gerade Sie müssten eigentlich wissen, was geht und was nicht.«

»Hören Sie, *Herr Kollege*«, sagte Binz, und es klang, als ob er einen sauren Drops im Mund hätte, »ich habe von morgens bis abends mit Mord und Totschlag zu tun. Ich will hier nicht mit einem Verkehrspolizisten streiten. Ich habe versucht, einen Unfall zu vermeiden, ich habe niemanden gefährdet und nichts beschädigt. Und wenn Sie das anders sehen, dann gehen Sie in Ihre Dienststelle, schaufeln Sie auf Ihrem Schreibtisch die hundert anderen unerledigten Fälle zur Seite und setzen Sie eine Anzeige auf.«

Zwanzig Minuten später hastete Binz durch die hallenden Flure der Staatsanwaltschaft zu seinem Büro. Die Verhandlungen mit diesem obstinaten Verkehrskasper hatten seinen eng getakteten Zeitplan durcheinandergebracht. Der Mann hatte ihn wie einen halbstarken Raser behandelt, und Binz hatte sich nach seinem schweren Saab gesehnt, in dem er vor dem überbordenden Belehrungseifer eines Polizeiobermeisters geschützt gewesen wäre wie in einem Faradayschen Käfig.

Nun schloss er die Tür zu seinem Büro auf, Hauptabteilung drei, allgemeine Strafsachen, Buchstaben A – Kue, warf seine Jacke über den Stuhl und zerrte an dem Knoten seiner Krawatte, um sie gegen den weißen Juristenbinder zu tauschen. Der Raum war hoch und hell und verströmte die Gemütlichkeit einer preußischen Amtsstube. Stumpfer Linoleumboden, ein grauer Schrank, Regale mit Gesetzessammlungen, Leitzordnern und den Sammelbänden der Neuen Juristischen Wochenschrift, daneben eine Espressomaschine. Auf der Fensterbank eine Zimmerpalme, die Binz zu seinem letzten Dienstjubiläum bekommen hatte und die er missachtete, so gut es ging. Doch das boshafte Ding wuchs und gedieh, als machte es sich über seine dürftige Demonstration menschlicher Überlegenheit lustig.

Neben seinem Schreibtisch stand ein mit Akten beladener Rollwagen, auch alle anderen freien Flächen waren mit Akten belegt. Als jungen Staatsanwalt hatten Binz die roten Schnellhefter, angefüllt mit juristischer Korrespondenz, Ermittlungsberichten, Vernehmungsprotokollen, Sachverständigengutachten, bis in seine Träume verfolgt. Sie entwickelten ein geheimes Eigenleben, vermehrten sich wie Pilzkulturen, verschwanden, quollen auf, waren unentzifferbar oder erwiesen sich als labyrinthische Systeme, die ihn immer tiefer ins Dickicht führten, bis er so gründlich die Orientierung verloren hatte, dass er nicht hoffen konnte, jemals wieder hinauszufinden. Um nicht unterzugehen, hatte er sich zu einer strengen Arbeitsökonomie erzogen. Er las jede Akte von hinten nach vorne, um so schnell wie möglich einschätzen zu können, ob es eine Einstellung oder eine Anklage geben würde. Und wenn das Material ausreichte, formulierte er sofort einen ersten Entwurf der Anklageschrift, notierte sich die Zeugen, prüfte, wer noch zu vernehmen war und was diese Zeugen vermutlich aussagten. In einer Art geheimer Wette mit sich selbst formulierte er das Strafmaß, das vermutlich am Ende der Hauptverhandlung stehen würde. Dass er so oft richtig lag, brachte ihn dazu, an so etwas wie juristischen Instinkt zu glauben.

Binz nahm seine Robe aus dem Schrank, warf sie über den Arm, griff nach der Handakte und steckte sich im Hinausgehen eine der Trüffelkugeln in den Mund, die er in einer Schublade seines Schreibtisches vor den gierigen Blicken der Dezernatskollegen verbarg. Dann machte er sich auf den Weg ins Strafjustizgebäude.

3.

Mit Beleidigungen und Streitereien um die Benutzung der Müllcontainer hatte es begonnen. Dann fand Herr Wu eines Morgens einen großen Haufen von Küchenabfällen vor der Tür seines Asia-Imbisses in St. Georg.

Zunächst leise und stockend, schließlich mit wachsender Erregung schilderte der Zeuge Wu Tian den Kleinkrieg, den der Angeklagte gegen ihn führte. Mit Fierek, dem Koch des Restaurants *Wemuth*, mit dem sein Imbiss sich neuerdings den Hinterhof teilte, hatte es von Anfang an nur Probleme gegeben. Auf einmal bekam das *Lotus* Besuch vom Gewerbeaufsichtsamt, das wegen der hygienischen Zustände in Wus Küche eine anonyme Anzeige erhalten hatte. Man fand nichts, was zu beanstanden gewesen wäre, aber die Stammkunden waren irritiert. Wu geriet finanziell ins Schlingern, auch weil er plötzlich eine Stromrechnung bekam, die um ein Zehnfaches höher war als gewöhnlich. Er fand heraus, dass jemand seine Leitung angezapft hatte und der Stromverbrauch des gesamten

Mehrfamilienhauses über seinen Zähler gelaufen war. Auch dies ging auf Fiereks Konto, da war Wu Tian sich sicher. Aber er hatte keine Beweise.

Der Angeklagte Fierek hatte die Arme vor der Brust verschränkt und starrte an die Decke, während der zierliche grauhaarige Chinese seine Aussage machte. Neben ihm saß der bekannte Strafverteidiger Sören Dreyer, gefürchtet als harter Hund, dem keine Provokation, kein Trick zu billig war, um Zeugen zu verwirren, ihnen das Wort im Mund herumzudrehen und der mit einer Flut von Anträgen einen Prozess verschleppte, wenn er sich davon einen Vorteil für seinen Mandanten versprach. Mit diesen Methoden hatte er einige spektakuläre Freisprüche erwirkt und sich als Spezialist für die großen Schlachten empfohlen. Jetzt verfolgte er die Schilderungen des Zeugen Wu mit einem müden Lächeln, als handele es sich darum, Geduld mit einem Geisteskranken aufzubringen.

Wieso interessierte Dreyer sich überhaupt für einen so unspektakulären Fall? Binz, der sich auf Routine eingestellt hatte, tastete nach einem Fishermen's und schob es sich verstohlen in den Mund.

Laut Anklage hatte Sven Fierek an einem frühen Nachmittag im November letzten Jahres mit einem Messer mehrmals auf den Imbissbesitzer eingestochen und ihn schwer verletzt. Der Koch, ein stämmiger Mittdreißiger, sprach von Notwehr. Der Chinese sei mit einem Küchenbeil bewaffnet in der Küche des *Wemuth* erschienen und habe Anstalten gemacht, auf ihn loszugehen, und er, in Todesangst, habe sich mit einem Messer zur Wehr gesetzt.

»Ich hab gedacht, der haut mich gleich in Stücke, wie der

da steht und mit den Augen rollt. Kennt man doch: Wenn Asiaten ausflippen, werden die echt brutal.«

Die Klinge des Messers hatte Wu die Sehnen zweier Finger der rechten Hand durchtrennt, seitdem war er teilweise arbeitsunfähig.

Binz blätterte in der Akte. Für den Ablauf des Kampfes gab es anscheinend keine Zeugen, da stand Aussage gegen Aussage, wohl aber für die unmittelbare Zeitspanne davor. Der Auszubildende Wolnik war in der Küche des *Wemuth* beim Gemüseputzen gewesen, als Wu plötzlich mit einem Hackmesser in der Hand in der offenen Tür zum Hof erschien. Nach seinen Angaben hatte der Chinese am ganzen Körper gezittert, hatte eher verzweifelt als wütend gewirkt. Fierek hatte sich ein Ausbeinmesser gegriffen und Wu auf den Hof hinausgedrängt. Hinterher, so hatte der Lehrling ausgesagt, habe Fierek das blutige Messer ins Waschbecken geworfen und von Drecksarbeit gesprochen.

Binz las mit gerunzelter Stirn. Worum ging es hier eigentlich? Alle seine Nachfragen liefen ins Leere. Herr Wu schüttelte nur betrübt den Kopf, er konnte sich den Hass seines Nachbarn nicht erklären.

Nun begann Rechtsanwalt Dreyer, mit ruhiger Stimme Fragen zum Tathergang zu stellen. Doch Wu konnte nicht sagen, ob man einander zugewandt oder doch eher voneinander weggedreht gestanden hatte, wie groß die Entfernung zwischen ihnen genau war und wer dann den ersten Schritt auf den anderen zu machte. Und er wusste auch nicht mehr, wie er das Beil gehalten hatte, ob eher über seinem Kopf oder neben seinem Körper, wann er das Messer in Fiereks Hand zum ersten Mal sah, wie viel Zeit zwischen den einzelnen Stichen verging und wann und warum er das Beil losließ. Es war zu lange her, es war sehr schnell gegangen und es war schrecklich gewesen.

Dreyer bohrte unbeirrt nach, bestand auf genauen Antworten, nur um dem alten Mann im nächsten Augenblick Widersprüche darin vorhalten zu können. Herr Wu, den Kopf gesenkt, wirkte gepeinigt und schuldbewusst wie ein Schüler. Zuletzt flüchtete er sich vor dem Hagel von verwirrenden Fragen zu immer dem gleichen deutschen Satz, »ich nicht erinnern«, den er in monotonem Singsang wiederholte.

Fierek grinste vergnügt; er genoss das Schauspiel wie ein Söldner im römischen Zirkus.

»Wenn Sie sich an die Einzelheiten des Ablaufs nicht erinnern, wie können Sie sich dann so sicher sein, dass Sie nicht nach dem Angeklagten ausgeholt haben?«, fragte Dreyer schließlich mit sanfter Stimme und tippte dabei mit dem ausgestreckten Zeigefinger in Wus Richtung, als ob er testen wollte, ob der Mann schon reif war für seinen Sturz. Lächelnd nickte er dann zur Bank der Staatsanwaltschaft hinüber, hier haben Sie Ihren Zeugen zurück, Herr Kollege, sollte das heißen, jedenfalls das, was von ihm noch übrig ist.

Binz straffte sich. Unter einer dicken Schicht aus Routine und chronischer Arbeitsüberlastung regte sich sein gekränktes Rechtsempfinden. Während die Gerichtsmedizinerin ihr Gutachten vortrug, vertiefte er sich noch einmal in die Akte. An einer kleinen Notiz blieb er hängen, an einem Namen, der ihm auf einmal in glühender Schrift entgegenleuchtete und sich ihm in die Netzhaut brannte.

Mehrheitsgesellschafter des *Wemuth* war Lars Frederking, Sohn und Erbe des Immobilienkönigs Albert Frederking und Arno Binz' persönlicher Schatten, seit er vor über vierzig Jahren beim Kindergeburtstag im Wintergarten von Familie Frederking am Tisch mit dem Schokoladenbrunnen gesessen hatte, wo zwei Angestellte mit bunten Hütchen den kleinen Gästen Saft nachschenkten.

Schon damals hatte Lars so viele Freunde gehabt, dass er sich an Arno Binz nicht erinnerte, als sie sich Jahre später im Gymnasium wieder über den Weg liefen. Immer im Mittelpunkt einer johlenden Meute, zielte er im Vorbeigehen nur manchmal mit einer kleinen vernichtenden Pointe auf ihn und ließ ihn dann achtlos am Wegesrand zurück, glühend vor Scham. *Der wirft wie ein Mädchen. Der ist bestimmt noch Jungfrau.*

Schon damals übte Lars Frederking eine unbekümmerte Herrschaft über seine Umgebung aus, die er in Gefolgsleute und den verkrüppelten Rest unterteilte. Alle rissen sich darum, seine Komplizen zu sein, wenn er nachts in die Turnhalle einstieg, um dort eine kleine Party zu feiern, und eine leere Bacardiflasche und einen Haufen Kippen auf dem Linoleumboden hinterließ oder wenn der Geräteschuppen des Hausmeisters in Flammen aufging. Jeder auf dem Schulhof wusste, dass er es gewesen war, aber niemand drehte ihm einen Strick daraus. Nur drei oder vier Mal sah man morgens einen nachtblauen Mercedes 500 vor der Schule stehen, groß wie ein Schiff, das hieß, dass es eng geworden war und der alte Frederking die Angelegenheit mit der Schulleiterin persönlich regelte.

Auch später im großen Hörsaal der rechtswissenschaftlichen Fakultät erkannte Lars Frederking den ehemaligen Mitschüler nicht, zu gering war Binz' Bedeutung sogar als Opfer seiner Späße gewesen. Dafür erinnerte Binz sich sehr genau, beobachtete den jungen Frederking aus der Ferne, mit der Erbitterung des Rechtschaffenen, der um ein gelungenes Leben rang, während Lars sich seine Arbeiten von anderen schreiben ließ, weil er es nicht nötig hatte, irgendwen von seinen Fähigkeiten zu überzeugen. So oder so wartete zu Hause der Job als Juniorchef eines florierenden Unternehmens auf ihn, zu dem der alte Frederking in den Fünfzigern mit dem Kauf eines leerstehenden Schwesternwohnheims an der Palmaille den Grundstein gelegt hatte. Heute besaß die Frederking Holding Hotels und Gastronomiebetriebe, Gewerbeimmobilien und Wohnhäuser in ganz Norddeutschland. Der Alte war ein hanseatischer Kaufmann alten Schlages, instinktgetrieben, gewitzt, gut vernetzt, doch seit sein Sohn die Geschäfte führte, war die Firmenpolitik von einer schärferen, zeitgemäßeren Form der Rücksichtslosigkeit geprägt.

Binz beobachtete auch dies; unermüdlich sammelte er Material über Grundstückskäufe, Baugenehmigungen und plötzlich geänderte Bebauungspläne, die den Tatbestand der Bestechung mehr als nahelegten. Die ungenierte Brutalität, die Lars Frederking im Umgang mit sperrigen Geschäftspartnern, Mietern oder Arbeitskräften zeigte, beleidigte den Juristen in ihm. Diese Familie hatte noch nie erlebt, dass ihr jemand Grenzen setzte. Er, Arno Binz, wollte derjenige sein, der sie in ihre Schranken wies.

Und nun hatte er die Gelegenheit dazu.

In einem Feuerwerk von Fragen und Argumenten würde er die Zusammenhänge aufdecken, an denen dieser Prozess bisher blind vorbeigelaufen war. Denn nun war klar, worum es sich bei der Drecksarbeit handelte, die der Angeklagte erledigte, als er auf den Chinesen losging. Frederking hatte sich mit einem neuen Projekt in St. Georg angesiedelt, und wenn er etwas anfing, hielt er sich für gewöhnlich nicht mit Kleinigkeiten auf. Der Asia-Imbiss stand Plänen der Holding im Weg, deshalb musste Wu Tian vertrieben werden. Notfalls mit Gewalt. Deshalb auch der teure Anwalt; dessen Honorar musste der Koch nicht selber bezahlen.

Binz freute sich auf die säuerliche Miene des Starverteidigers, spürte prickelnde Kampfeslust, ein Vorgefühl des Sieges. Er dachte an den Abend im *Balzac*: warmes Licht, funkelndes Kristallglas, Teller mit Thunfisch-Carpaccio, gebratenen Jakobsmuscheln, Täubchen mit Zitronenbutter, er würde Champagner dazu bestellen.

Der Zeuge Wolnik wurde aufgerufen. In seiner Aussage bei der Polizei hatte der Auszubildende den Sous-Chef des *Wemuth* als ehrgeizigen und jähzornigen Mann beschrieben, der den Imbissbesitzer drangsalierte, weil er den Expansionsplänen des Restaurants im Weg war. Inzwischen waren fast sieben Monate vergangen. Wolnik informierte das Gericht, dass er inzwischen den Ausbildungsplatz gewechselt habe. Zu viel Stress. Und das erkläre auch, warum er damals die Dinge wohl ziemlich verzerrt gesehen habe. Also kein Nachbarschaftskrieg, keine Verleumdungen, keine Drohungen gegen den Imbissbesitzer. Gereiztheiten vielleicht, das schon, aber alles absolut im Rahmen.

»Was war das mit der Drecksarbeit, von der Herr Fierek Ihnen gegenüber gesprochen hat?«, fragte Binz, doch er erntete nur ein stummes Kopfschütteln.

Mit wachsender Erbitterung hielt er dem Zeugen die Einzelheiten seiner früheren Aussage vor, doch Wolnik zuckte bloß mit den Schultern und bedauerte, so dramatisiert zu haben. Wenn er vor Gericht diese Aussage nicht bestätigte, war sie das Papier nicht wert, auf dem sie in die Akte geheftet war. Der Blick, den Binz von dem lächelnden Fierek auffing, zeigte blanken Hohn, eine tiefe Verachtung für die mühsamen, skrupulösen Prozeduren der Rechtsprechung. Ihm wurde rot vor Augen. Hingehen. Schlagen. Zwischen zwei Bildern, nanosekundenschnell, von den anderen unbemerkt. Diesem feixenden Küchenbullen in die Haare greifen, zuschlagen, rechts, links, rechts, bis ihm das Schergengrinsen aus dem Gesicht fiel.

»Was hat man Ihnen dafür angeboten?«, fuhr er den Zeugen Wolnik an. »Lohnt sich das Lügen wenigstens?«

Anwalt Dreyer protestierte lautstark.

Binz winkte ab. »Oder hat man Ihnen vielleicht gedroht?«

Dreyer sprang auf. Im Gerichtssaal erhob sich ein Raunen. Die Vorsitzende rügte den Staatsanwalt für seine Unsachlichkeit.

»Sie machen einen Fehler«, hörte er die leicht spöttische Stimme von Lars Frederking sagen, »Sie verrennen sich da in was.«

Bei einer Veranstaltung im Anglo-German-Club hatte sich Frederking vor ein paar Jahren auf einmal neben ihn an die Bar geschoben und ein Bier für sie beide bestellt. Damals hatte Binz gerade aufgrund eines anonymen Hinweises ein Ermittlungsverfahren gegen die Holding eingeleitet, weil sie einige zur Luxussanierung vorgesehenen Häuser mit rabiaten Methoden entmietet hatten.

»Was haben Sie eigentlich für ein Problem mit uns?«,

hatte Frederking in jovialem Ton gefragt und ihm zugeprostet.

Binz sah den kleinen Lars im blütenweißen Hemd vor sich, wie er gleich mehrere mit Obststückchen gespickte Holzspieße in den Schokoladenbrunnen tunkte, doch er wartete vergeblich auf ein Zeichen des Wiedererkennens.

»Der alte Herr regt sich sehr auf, dass ihr ihn für einen Ganoven haltet. Das hat er nicht verdient. Ohne die Gelder unserer Holding könnten in dieser Stadt sehr viele Spielplätze nicht gebaut werden.«

»Ein böswilliger Mensch könnte jetzt vermuten, dass Sie versuchen, die Staatsanwaltschaft zu beeinflussen«, antwortete Binz.

Frederking grinste.

»Warum so verspannt, Herr Staatsanwalt?«

»Es ist mein Beruf, das Strafgesetzbuch ernst zu nehmen.«

Lars Frederking zog eine Schale mit Salzmandeln zu sich heran und warf sich ein paar davon in den Mund.

»Sie kaufen Häuser und setzen die Mieter an die Luft, um die Wohnungen in teure Eigentumswohnungen zu verwandeln«, setzte Binz nach.

»Eine Stadt ist ein lebendiger Organismus, sie entwickelt sich. Leute wie ich machen sie zukunftsfähig. Die Menschen, die in unsere Häuser ziehen, bringen ihr Geld mit.«

»Alles, was Sie interessiert, ist Ihr eigener Profit.«

Frederking lachte. »Wo ist das Problem?«

»Sie wenden ungesetzliche Mittel an.«

»Ein Mensch, der weniger gute Laune hat als ich, könnte den Eindruck gewinnen, dass Sie voreingenommen sind.«

»Ich denke, ich werde Ihnen das nachweisen.«

»Tun Sie, was Sie nicht lassen können.«

»Und dann klage ich Sie wegen Nötigung an.«

Frederking trank sein Bier aus und stand auf.

»Die Pflicht ruft. Als Kapitalist muss man sein Netzwerk pflegen.« Er klopfte Binz auf die Schulter. »Sie sind ein guter Typ. Wenn Sie es mal müde sind, gegen Windmühlenflügel zu kämpfen, dann kommen Sie zu uns. Wir brauchen Leute mit Biss.«

Die Ermittlungen damals hatte er einstellen müssen, so wie alle weiteren Verfahren, die er im Laufe der Jahre gegen die Frederking Holding einleitete, wegen Verstößen gegen das Arbeitsschutzgesetz, Nötigung, Bedrohung, Bestechung und Anstiftung zur Untreue.

Und auch dieser Prozess hier glitt ihm aus der Hand.

Vielleicht lag es an der beißenden Schärfe des Fishermen's, vielleicht auch an dem aufsteigenden Ärger über die Blöße, die er sich mit seinem Ausfall gegen den Zeugen gegeben hatte, dass sich sein Sodbrennen meldete. *Du hast zu viel Säure im System.* Irinas Diagnose kam ihm in den Sinn, er hasste es, wenn sie sich mit solchen Deutungsversuchen an ihm zu schaffen machte. Er kniff die Augen zusammen und nahm den Zeugen Wolnik ins Visier.

»Ich frage mich, was Sie dazu bewogen haben könnte, so detailliert von Vorgängen zu erzählen, die gar nicht stattgefunden haben.«

»Ich war wohl ziemlich schräg drauf in der Zeit«, sagte Wolnik und rieb sein Ohr, bis es dunkelrot war. »Und der Chef war ein totaler Stresstyp, ich fühlte mich ständig von ihm angemacht.«

»Verstehe ich Sie richtig: Sie haben eine Falschaussage

gemacht, um sich zu rächen?«, fragte Binz, und jetzt klang seine Stimme wie Metall.

Der Zeuge, der kein Zeuge mehr sein wollte, blieb stumm. Seine Miene zeigte trotzige Entschlossenheit.

»Falschaussage und falsche Verdächtigung – das sind Straftaten«, setzte Binz nach.

Dreyer protestierte. Die Vorsitzende forderte Binz auf, diese Bemerkung zurückzunehmen. Aber das spielte keine Rolle mehr. Er würde bei diesem Jungen ohnehin nichts mehr erreichen. Das Spiel war aus.

Nach der Sitzung hastete er zur Toilette, um sein brennendes Gesicht mit Wasser zu kühlen. In seinem Magen wütete inzwischen ein Flächenbrand. Immer weiter fraß sich die Glut die Speiseröhre hinauf und machte zu Asche, was ihr im Weg war.

Die Arme schwer auf das Waschbecken gestützt, sah er dem Mann im Spiegel forschend in die Augen. Registrierte die Furchen, die rechts und links der Nase zum Mundwinkel verliefen, die erweiterten Äderchen an den Wangen, den Ausdruck von Ekel um den Mund, der ihn befremdete. Sich provozieren zu lassen wie ein Dilettant. Missmutig studierte er das leicht hängende Kinn seines Gegenübers, die weiche, faltige Haut am Hals über dem Kragen. Beim Anblick des Hemdkragens erinnerte er sich daran, wie er das neue Hemd aus der Verpackung genommen hatte. Das war an diesem Morgen gewesen, aber es fühlte sich an, als klebte das Bild viel weiter vorne im Album – zwischen anderen Schnappschüssen aus glücklicheren Tagen, die einen strahlend selbstgewissen Staatsanwalt mit Zukunft zeigten. Seither war ein halbes Leben vergangen.

4.

Als Zoe die Wohnungstür aufschloss, hörte sie Stimmen. Sie war müde und hungrig, in der Spätvorstellung im *Gloria* hatten wieder nur zwanzig Leute gesessen, und wenn das so weiterging, hatte sich der Job als Filmvorführerin bald erledigt. Sie schnupperte hoffnungsvoll, aber nach Essen roch es in der Wohnung nicht. Nur nach den feuchten Handtüchern im fensterlosen Bad und nach Zigarettenrauch. In der Küche sah es aus wie immer: Der Dreck in Töpfen und Tellern war alt und ausgehärtet, um den überquellenden Abfalleimer herum wuchs der Fußboden mit leeren Flaschen zu, mittendrin lag das Gehäuse einer AEG Vampyrette. Mungo hatte den defekten Staubsauger von jemandem geschenkt bekommen, der nicht wusste, dass er von der Reparatur elektrischer Geräte nichts verstand. Er hatte ihn auseinandergenommen und das Projekt dann aus den Augen verloren.

Zoe öffnete den Kühlschrank. Dort standen in blendend hellem Licht eine Dose Red Bull, eine Batterie fast leerer Ketchup-Flaschen, eine Schachtel Margarine und eine angebrochene Dose Ravioli, deren Inhalt von einem flauschigen Pelz überzogen war. In einem der Hängeschränke fand sie eine Packung holländischer Schmalzkekse und ein Glas mit Instant-Früchtetee. Sie goss die blassrosa Krümel mit heißem Wasser aus der Leitung auf und schob sich mit den Armen eine kleine Insel auf dem zugemüllten Küchentisch frei, eine Schale mit Müslirest und zwei Kippen drin stellte sie zu dem anderen Geschirr ins Spülbecken.

Wo kam bloß ständig dieser fiese Schmutz her? Wie stellten es andere Menschen an, nicht von Silberfischen und Schimmel überrannt zu werden wie von einer siegreichen feindlichen Armee? Immerhin war dies nicht irgendein verwanzter lichtloser Altbau in St. Pauli, sondern eine Neubausozialwohnung in Altona Altstadt, die ihnen das Wohnungsamt zugewiesen hatte. Furniertüren, Auslegware, Einbauküche – das sah genauso zwanghaft anständig aus wie das Reihenhaus, in dem Zoe aufgewachsen war. Mungo und sie gaben sich redlich Mühe, aus dem Backsteintraum mit den weißen Raufaserwänden und den niedrigen Zimmerdecken etwas Lebbares zu machen: Aber es wurde bloß schmutzig, nie gut, und keinesfalls so reell wie eine schön verwanzte lichtlose Altbauwohnung.

Mungo erschien in der Küche, sah in den Kühlschrank und machte ihn gleich wieder zu.

»Wir sollten ihn als drittes Zimmer vermieten«, sagte Zoe. »An einen Eskimo.«

»Scheiße.« Mungo fuhr sich durch die abstehenden Haare und schaute ratlos in der Küche herum. »Ich brauch jetzt was Süßes. Haben wir nicht irgendwo was Süßes?«

»Klar. Ich bin hier vor ner Minute rein, hab gar nicht erst die Jacke ausgezogen und mich gleich über die Zweihundert-Gramm-Tafel mit ganzen Nüssen und den Zehnerpack Knoppers hergemacht.«

Aus Mungos Zimmer schob sich eine harzige Wolke in die Küche vor. Wahrscheinlich hatte er was geraucht, und jetzt kam die Fressattacke.

»Frenzi ist total fertig. Sie hockt seit drei Stunden in meinem Zimmer und heult. Ich dachte, ich versuch's mal mit einem Zuckerschock. Vielleicht hört sie dann wieder auf.«

Zoe sah ihren Freund fragend an.

»Sie haben sie im *Noma* rausgeschmissen. Auf die ganz üble Tour. Sie heult, weil sie so wütend ist.«

Hinter Mungo tauchte jetzt auch seine Freundin auf. Zoe stand auf und wollte sie umarmen, aber Frenzi schüttelte den Kopf.

»Ich bin doch nicht krank, Mann. Ich brauch kein Beileid, sondern ein paar von euren Farbdosen.«

»Wie wär's mit Buttersäure?«

»Oder Sekundenkleber?«

Mungo und Zoe lachten. Frenzi bedachte die beiden mit einem ätzenden Blick.

»Stellt euch das doch mal vor«, sagte sie und zog die Nase hoch. »Diese superedle Lobby, die Brokatpolster auf den Sofas, die Paravents, das ganze Blingbling, und dann ist da auf einmal überall rote Farbe drauf. Und auf dem marokkanischen Sandstein steht fett: Ausbeuterparadies.«

Zoe und Mungo tauschten einen kurzen Blick; sie hatten das ungute Gefühl, dass es ihr ernst damit war.

»Nee. Lass mal. So'n Aktivistenzeug, das ist nicht so unser Ding«, sagte Zoe. »Das ist mehr was für Leute, die sich an Schornsteine anketten oder Bäume retten.«

»Und viel zu riskant. Aus so einer belebten Hotellobby kommt man doch nie im Leben wieder heil raus«, ergänzte Mungo.

Frenzi schwieg. Zoe, die vorsichtshalber an ihr vorbeisah, hörte, dass sie wieder weinte. Das war ein bisschen zu viel jetzt.

33

Sie hätte sich gerne in ihr Zimmer verzogen und auf dem Laptop ein paar Folgen irgendeiner Serie geglotzt, und sie hätte gerne ein paar Biere dazu gehabt oder ein bisschen Gras von Mungo geschnorrt. Das Mädel hatte seinen Job verloren, eine nervige, unfassbar schlecht bezahlte Arbeit als Zimmermädchen im Schichtdienst. Das *Noma* war ein Luxushotel in einer Seitenstraße der Reeperbahn, das den Trash und die Nutten und die rund um die Uhr geöffneten Wurstbuden zur Kulisse für die schönen und wichtigen Menschen umfunktioniert hatte, die sich bei ayurvedischer Massage oder in Edelrestaurant und Cocktail-Lounge entspannten. Sie würde einen anderen Job finden. Vielleicht ja sogar einen, bei dem nicht irgendwelche Knechte der Geschäftsleitung ihr mit der Stoppuhr auf den Fersen waren, um die Zeit der Mädchen pro Zimmer auf unter zehn Minuten zu drücken. Wo lag das Problem?

Sie sah Mungo vor seiner weinenden Freundin stehen, die Hände tief in die Hosentaschen gestemmt, auf irgendwelchen Worten herumkauend, die ihm aber alle nicht tauglich zu sein schienen. Zoe überlegte, wie sie sich aus dieser Szene verabschieden könnte. Auf einmal packte sie ihren Freund am Arm.

»Mungo und ich gehen jetzt zur Tanke und holen ein bisschen Troststoff. Nicht weglaufen, Frenzi.«

Und bevor diese etwas erwidern konnte, waren die beiden schon aus der Tür.

»Gib mir mal ne Kippe«, sagte Zoe vorm Haus.

»Wieso immer ich. Du Schnorrerin.«

»Kleine Anerkennung. Immerhin hab ich dafür gesorgt, dass du ne Auszeit am Spielfeldrand bekommst.«

Mungo holte eine Schachtel Zigaretten aus der Jackentasche, gab Zoe eine und steckte sich selbst eine an. Zoe sog den Zigarettenrauch ein wie jemand, der einer Gefahr entronnen war.

»Die Frau hält einen ganz schön in Bewegung. Lohnt sich die Arbeit wenigstens?«

»Was redest du? Ich bin mit ihr zusammen, ich will nicht, dass irgendein Geldsack daherkommt und sie traurig macht.«

»Das ist echt nett von dir, Mungoboy. Bist einer von den Guten. Aber ich kauf mir jetzt zwei Kannen Bier und ne Bifi und bin weg.«

Es war fast Mitternacht. Die Wohnstraße, in der ihr Haus stand, war dunkel und still, vor den Eingängen standen büschelweise Fahrräder, Müllsäcke lagen wartend am Straßenrand. Nur ein alter Mann mit einem müden Hund kam ihnen entgegen. Auf der sechsspurigen Hauptverkehrsstraße, auf die sie einbogen, war die Stadt noch in Bewegung. Jedes Mal, wenn sie nachts hier stand, empfand Zoe Erleichterung, war dankbar für die Autos, die hier fuhren, für das helle Licht der Straßenlaternen, für die Ampeln, die ihr vorkamen wie Richtfeuer, die verlässlich übers schwarze Wasser hinweg den Weg wiesen. Sie war dankbar für alles, was sagte, dass der Tag noch nicht am Ende war, dass sie noch eine Gnadenfrist hatte, bevor sie sich niederlegen und ihren Alpträumen ausliefern musste wie Geiern, die schon wartend über ihr kreisten.

In der Tankstelle bestellte Zoe zwei Becher Kaffee und teilte sich mit Mungo eine Pizzazunge, die vom langen Liegen schon hart geworden war. Mungo erzählte, wie es zu Frenzis Rauswurf gekommen war. Ihre Chefin hatte sie zu sich kommen lassen und behauptet, Frenzi hätte in den Sachen der Gäste gewühlt.

Diese hatte die Anschuldigungen empört zurückgewiesen. Aber es nützte nichts. »Ich trau Ihnen nicht«, hatte die Chefin gesagt und Frenzi »Schmuddelkind« genannt.

»Ich wäre jetzt gerne der Held, der da reingeht und sein Baby rächt.«

»Aus welchem Film ist das?«, fragte Zoe. »'Ein Mann sieht rot'?«

Mungo grinste.

»Kein Amoklauf, Mann. Eher so ein kleiner böser Streich. Max und Moritz reloaded.«

»Du meinst, ein kleines Geschenk für Frenzi?«, fragte Zoe.

Gedankenverloren kaute sie auf ihrer Unterlippe und sah eine Weile vor sich hin.

»Gib mir noch ne Zigarette«, sagte sie schließlich.

»Kauf dir endlich mal selber welche. In diesem Laden haben sie schließlich genug davon.«

»Gib schon. Und dein Handy. Ich arbeite gerade an einem genialen Plan.«

Zoe gab in Mungos Handy eine Nummer ein. Wenn klappen sollte, was sich da gerade in ihrem Kopf zurechtformte, brauchten sie einen Mann mit guten Kontakten. So einen wie Henry Jäger aka Mütze.

»Wann ist denn nun eigentlich dein Termin?«, hörte sie Mungo fragen, während sie darauf wartete, dass jemand an Mützes Handy ging.

»Alles cool«, gab sie zurück und drehte sich weg, Mensch, geh schon ran, und als endlich Mützes verschlafene

Stimme erklang, nahm sie dies als willkommenen Anlass, ein paar Schritte zur Seite zu machen, raus aus dem Gespräch, das gerade unangenehm zu werden drohte.

Zoe hatte den Jungs aus ihrer Crew nichts von dem Wachmann erzählt, dem sie vermutlich die Nase gebrochen hatte. Sie hatte ihnen auch nichts von dem amtlichen Wisch gesagt, mit dem man sie zur Vernehmung vorlud und mit »polizeilicher Vorführung bei Nichterscheinen« drohte. Wieso fing Mungo gerade jetzt davon an, wo sie ihre Synapsen zum Glühen brachte, um die Revanche für seine gedemütigte Freundin zu organisieren?

In der Nacht im Depot war Mungo mit den anderen gerannt und entkommen. Zoe war geblieben, hatte ein verstauchtes Sprunggelenk, das noch wochenlang schmerzte, davongetragen und nun ziemlichen Stress an der Backe. Aber diese Aktion unter den Augen der Bewacher war ihre bislang beste Nummer. Nka. No kids anymore. Mit ihrem Smartphone hatte sie hastig ein paar Bilder davon gemacht, die bei der Hausdurchsuchung dann glücklicherweise unauffindbar blieben.

Bevor sie den Beamten öffnete, hatte sie blitzartig den Karton mit ihren Kannen und den Blackbooks bei Mungo ins Zimmer geschoben, Sonntagmorgen um sechs, wer sollte da sonst schon klingeln, und als sie an die Tür trommelten, fielen ihr siedendheiß diese Fotos ein, also sofort noch mal: Zimmertür auf, blind das Handy mit dem Fuß ins Gewölle gekickt, sorry Mungoboy, Gefahr im Verzug. Und ihre Rechnung ging auf. Tatsächlich hatten sie nur einen Beschluss für ihren Teil der Wohnung dabei, Mungos Zimmer war neutrales Terrain, und nur deshalb existierte überhaupt ein Beweis für die Nachwelt, was sie dort in der Halle abgeliefert hatte.

Aber es sah so aus, als ob ihr Solo nicht besonders gut angekommen wäre. Nicht dass einer von den Jungs etwas gesagt hatte. Aber das war es vielleicht gerade: Die Leitung war so gut wie tot seither, kein Kontakt, keine Nachfragen nach dem Ende der Geschichte. Nur Mungo, der in Unterhose verpennt im Flur erschien und drei Polizeibeamte sah, die bei Zoe die Klamotten durchwühlten, schließlich die Keksdose mit dem Gras erst sich, dann ihr unter die Nase hielten. Während sie den Netzstecker ihres Laptops zogen, um ihn einzupacken, fiel Zoe die alte Zigarettenschachtel mit den Pillen in der obersten Schreibtischschublade ein. Derart stramm war sie darauf programmiert, ihr Equipment verschwinden zu lassen, dass sie dieses Zeug gar nicht auf dem Plan hatte.

Dafür, dass Mungo den Rest des Tages nicht mit ihr sprach, glaubte Zoe den Grund zu kennen: Es war *sein* Dope gewesen, das beschlagnahmt worden war. Als er auch abends nicht aus seinem Zimmer kam, bestellte Zoe eine Maxipizza Diabolo und vier Astra beim Pizzablitz und klopfte an Mungos Tür. Aber es ging nicht um das Gras und die Pillen, obwohl der Stoff einiges wert gewesen war. Ihr Freund wollte eine Erklärung. Dabei gab es nichts zu erklären. Mungo kannte die Fotos. Sie erzählten, was sie in der Halle gemacht hatte, nachdem die anderen weg waren. Und es war schließlich ihr gemeinsamer Name, dem ab jetzt der verschärfte Respekt der Szene galt.

»*Unser* Name, Mungoboy. Muss ja keiner wissen, dass wir nicht zusammen da drin waren.« Zoe warf ihr angebissenes Pizzastück in den Karton zurück und fing an zu singen.

Es ist nicht leicht mein Freund denn wir sind keine Kinder mehr. Keiner passt auf uns auf denn wir sind keine Kinder mehr.

Sie sang die ersten Zeilen des Songs, der so was wie ihre persönliche Hymne war. Die Musik von Samy Deluxe, ihrem Hausgott, war der Soundtrack unter ihren Tagen und Nächten, seit sie angefangen hatten, die Schule zu schwänzen, Gras zu rauchen, in den richtigen Läden die richtigen Sprühdosen zu klauen und unter einer Bahnbrücke am Stadtrand Throw Ups zu üben, bis sie für die körpergroßen Buchstaben nur noch fünfundvierzig Sekunden brauchten und sie auch in schwärzester Nacht blind ausführen konnten.

»Hör auf damit.«

»Was mach ich denn?«, fragte Zoe und hob in einer Mischung aus Abwehr und Beschwichtigung die Hände. Sie dachte an den Schrei des Wachmanns, sie wollte keinen Streit.

»Ich hab die ganze Zeit das beschissene Gefühl, dass du mir nicht die Wahrheit sagst«, sagte Mungo. »Was geht da ab mit den Bullen? Wieso haben die dich so lange dabehalten? Was hatten die so lange zu reden mit dir?«

»Ach, ist das der Grund, warum hier nichts mehr läuft?«

»Die anderen haben im Moment keine große Lust, mit uns zusammen loszuziehen. Du bist zum Risiko geworden, Prinzessin. Zu viele Alleingänge. Zu viel Egoscheiß, zu viele Unklarheiten. Aber was hab ich damit zu tun, frag ich dich? Du ziehst da irgendeine linke Nummer durch und bescheißt mich genauso wie die andern.«

Mungos Worte hatten Zoe gekränkt. Was meinte er mit »linke Nummer?« Zoe hatte ihm großherzig die Hälfte des Ruhmes schenken wollen, aber Mungo hielt sich die Nase zu und verweigerte theatralisch die Annahme. Wieso der ganze Stress? Sicher war: Durch ihre Aktion standen die anderen auf einmal wie Schisser da. Das war keine Absicht gewesen. Und jemand wie der Sergeant müsste doch entspannt bleiben und Größe zeigen. Stattdessen war er bloß ein neidgelber Stinker. Das war ziemlich eng, oder? Und ziemlich traurig auch, denn so einen wie den Sergeant hätte sie wirklich gerne zu ihrem persönlichen Vorbild gemacht. War aber nicht, war leider auch nur ein Spießer in coolen Klamotten.

Seit der Pizza hatten Mungo und sie das Thema nicht mehr berührt. Zoe versuchte, ihrem Freund gegenüber besonders freigiebig und gesprächig zu sein, und hoffte, dass dieser die Botschaft verstand. Und jetzt bot sich die Chance, ein paar Extrapunkte gutzumachen, indem sie ihm half, für Frenzi einen kleinen Flashmob im *Noma* zu organisieren. Das war es, was Zoe vorschwebte und wozu sie die Kontakte brauchte, die ein Mensch wie Henry Jäger aka Mütze in seinen digitalen Adressbüchern sammelte: eine blitzartige Zusammenrottung, ein kleiner Menschenauflauf, so plötzlich wie ein Schweißausbruch und so schnell vorbei, dass man nicht sicher sein kann, ob er wirklich stattgefunden hat. Aber lang genug, um bei den Heimgesuchten einen schockartiges Gefühl von Desorientierung zu erzeugen, so unwirklich und aberwitzig wie ein Haschischtraum.

5.

Das 20up lag im obersten Stockwerk des Hotels *Empire Riverside* an der Davidstraße. Binz gab Regenjacke und Aktentasche in der Garderobe ab, tastete prüfend nach seinem Krawattenknoten und sah sich in der Bar nach einem freien Platz um. Er mochte den hohen Raum mit den bodentiefen Fenstern, obwohl man sich durch die Tristesse von St. Pauli arbeiten musste, bevor man mit dem unterkühlten Design von David Chipperfield belohnt wurde. Inmitten von schäbigen kleinen Trinkhöllen und Dönerbuden tat sich eine Welt aus Geschmack und Dezenz auf, in der er sich aufgehoben fühlte.

Auch ohne sich genauer umzusehen, wusste Binz, dass Irina noch nicht hier war. Sie kam nie pünktlich, obwohl sie ansonsten eine so redliche Natur war; irgendwie schienen Frauen es für weiblich zu halten, andere warten zu lassen. Irina und er lebten in getrennten Wohnungen, sie hatten beide ihre Berufe, ihre Interessen – sie unterhielten eine entspannte Beziehung, doch in manchen Dingen war auch seine Freundin nicht frei von romantischen Klischees.

Binz bestellte sich einen Martini, die üppigen Cocktails, für die der Laden berühmt war, verklebten bloß die Geschmackspapillen. Neben seinem Hocker ging es neunzig Meter in die Tiefe; er sah spielzeuggroße Taxis, Touristentrauben, die sich Richtung Reeperbahn schoben. Dahinter, horizontfüllend, der Hafen im Abenddunst: ein Archipel aus Becken und Kaianlagen, fein verästelt in die Elbe gebaut. Die Werfthallen, Kräne, Containerhalden und Raffinerien waren illuminiert von abertausend Arbeitsleuchten, die aus den profanen Industrieflächen ein festlich funkelndes Relief machten, aus dem die Elbphilharmonie wogend aufragte. Der Fluss schimmerte im späten Licht, der Martini breitete sich warm und besänftigend in seinen Adern aus.

Es war ein schwieriger Tag gewesen. Zurück in seinem Büro war ihm die Arbeit nur mühsam von der Hand gegangen, er fühlte sich niedergeschlagen und ruhelos, immer wieder musste er in einer Akte zurückblättern, weil er beim Lesen nicht bei der Sache war. Mit aller Macht musste er die Vorstellung zurückdrängen, wie Lars Frederking in seinem Büro die Arme hinter dem Kopf verschränkte und sich in seinem Sessel zurücklehnte, ein Feldherr nach siegreicher Schlacht.

Binz zog den Zahnstocher aus einer Olive, die man ihm in einem Schälchen zu seinem Aperitif gestellt hatte, und perforierte systematisch das Fruchtfleisch. Eigentlich hatte er sich selber nie als Law-and-order-Mann gesehen, eher als Arzt, der einen Körper von Krankheit kuriert. Das Strafgesetzbuch begriff er als eine Art Repertorium, das die Störungsbilder und die entsprechenden therapeutischen Maßnahmen auflistete. Doch er spürte, dass er die Zuversicht verlor, Misserfolge zermürbten ihn, wo sie früher bloß seinen Ehrgeiz angefacht hatten.

Gerade als er sich einen zweiten Martini bestellt hatte, sah er Irina. Mit ihrer großen, vollgestopften Tasche sah sie aus wie eine fliegende Händlerin; sie selber nannte es Handtasche, für Binz war das Verhältnis zwischen ihr und diesem formlosen, abgewetzten Beutel nur ein weiterer kleiner Punkt auf der Liste von Dingen, die ihm an ihr fremd geblieben waren. Sie hatte ihn noch nicht entdeckt, und während sie sich nach ihm umsah, betrachtete er sie wie eine Unbekannte.

Sie trug einen dunklen Blazer zu einer Stoffhose, war kaum geschminkt, kaum geschmückt. Ihre Haare waren nachlässig zusammengebunden; sie sah aus wie eine Tochter aus gutem Haus, die sich ihrer selbst so sicher ist, dass sie es nicht nötig hat, sich besonders herzurichten. Das wirkte fast schon überheblich, doch genau diese aufreizende Schlichtheit hatte ihn angezogen, als er sie kennenlernte. Eine solche Frau wollte nicht pausenlos im Sturm erobert werden. Tatsächlich war Irina eine ausgeglichene, verlassliche Gefährtin, aber sie war eben keine Erscheinung, mit der man als Mann glänzen konnte.

Am Tisch vor ihm lachte eine junge Brünette im ärmellosen Etuikleid auf, fing mit zwei Fingern den Strohhalm in ihrem Cocktailglas ein und führte ihn an die Lippen. Binz sah ihr dabei zu, wie sie daran sog, und empfand ein flüchtiges Bedauern. Aber er dachte den Gedanken nicht zu Ende, denn Irina hatte ihn gefunden und kam auf ihn zu.

»Guten Abend, mein Lieber«, sagte sie und gab ihm einen Kuss auf Wange.

Und kein Parfum, dachte Binz. Er wusste, dass ihr Chef es nicht mochte, wenn sie nach Parfum roch. Er fand das vulgär, aufdringlich, unseriös für die Mitarbeiterin eines privaten Bankhauses, die sich um Kulturförderung kümmerte. Irina schien es nichts auszumachen, Binz aber hatte sich auch nach drei Jahren noch nicht daran gewöhnt, dass seine Freundin olfaktorisch ein Neutrum war.

»Dieser Blick ist göttlich. Eine gute Idee von dir.« Irina ließ sich auf dem Hocker neben seinem nieder.

»Was machen deine Künstler?«, fragte Binz.

»Ich hab den ganzen Tag in Ateliers gehockt und mir Sachen zeigen lassen. Zum Schluss habe ich nur noch bunte Flocken gesehen. Und du? Wie war dein Tag?«

»Wie immer. Jede Menge Hässlichkeiten. Manche von den Strolchen kriegt man, andere lässt man laufen.«

Irina legte ihre Hand in Binz' Nacken und massierte ihn. Normalerweise gefiel ihm das, es wirkte fürsorglich, aufmunternd, manchmal auch einladend, heute aber war es kompliziert. Wieso meinte sie, dass er gerade jetzt massiert werden müsste? Obwohl er abgeklärt und selbstironisch geklungen hatte, behandelte sie ihn wie ein dickes Kind, das einen Trostpreis brauchte. Gereizt schüttelte er Irinas Hand ab. Glücklicherweise kam der Kellner mit seinem Martini und einem Campari für sie.

»Du bist frustriert«, sagte Irina, als sie wieder alleine waren.

»Unsinn.«

»Du machst einen schwierigen Job, Arno. Da darf man auch mal frustriert sein.«

»Ich *bin nicht* frustriert. Könnten wir jetzt bitte das Thema wechseln.«

Irina sah ihn gleichmütig an. Binz fürchtete diesen Blick, es war ihr Entomologen-Blick, der ihn wie einen Käfer ruhig besah, ihn laufen ließ, doch das Besteck lag schon bereit.

»Ich habe uns einen Tisch im *Madras* bestellt«, sagte sie. »Ich hoffe, das ist okay für dich.«

»Ich dachte, wir sind im *Balzac*. Täubchen mit Zitronenbutter und so.«

»Ich weiß. Aber heute Morgen hatte ich plötzlich so eine

Vision von Safran und scharfen Gewürzen. Und weil das *Madras* hier in der Gegend ist, dachte ich...«

Sie sah Binz von der Seite an und lächelte abwartend.

Binz trank von seinem Martini, aber er schmeckte nicht mehr so gut wie der erste. Unten bewegten sich geräuschlos die Laufkatzen an den Containerbrücken und beluden einen chinesischen Superfrachter. Das Tageslicht verglühte langsam, in der Fensterscheibe begann sich der Raum zu spiegeln. Im Vordergrund sah Binz einen Mann und eine Frau vor ihren Gläsern sitzen, doch dieses Bild hatte keinerlei Beziehung zu ihm selbst. Es war ihm gleichgültig. Eine Werbung in einem Magazin.

»Warum nicht«, sagte er.

»Du wirst sehen«, antwortete sie.

Sie gingen zu Fuß. Irina hatte sich bei ihm untergehakt, und so ließen sie sich im Tross mit den anderen Bummlern durch die Straßen spülen. An der Ecke zur Reeperbahn drängten sich die Mädchen vor Burger King auf dem Bürgersteig, blondierte, stark geschminkte Schönheiten in knappen Trikots und hohen Stiefeln, in denen Binz nur Fallgeschichten sehen konnte. Alle träumten sie von weißen Sandstränden und Pelzen, aber die Wirklichkeit war billig und gewalttätig, nur Kunstleder und Palmen aus Plastik. Weil er aber davon im Augenblick nichts wissen wollte, sah er auf den Gehweg vor sich, auf ketchupverschmierte Servietten, zertretene Pommes frites, Hundedreck, Kronkorken, Zigarettenkippen, Kaugummiflecken zwischen den Füßen der Passanten, und fragte sich, ob das Essen im *Madras* den Weg wert war. Irina fand die Atmosphäre vermutlich pittoresk; soweit er wusste, wohnten viele von dem Kreativvolk in den Seitenstraßen und Hinterhöfen von St. Pauli. Offenbar gab es so etwas wie einen asozialen Schick, der die Leute anzog, die in besseren Vierteln groß geworden waren.

Das *Empire Riverside* hatte den grandiosen Blick über den Hafen, das Hotel *Noma* aber, zu dem das *Madras* gehörte, lag in einer Seitenstraße tief im Quartier versteckt, zwischen einem Parkhaus und einer Spielhalle. Die Hotellobby empfing sie hinter dunklen schweren Eingangstüren mit einer Woge aus Farben und Licht. Currygelbe, roh verputzte Wände, Schieferböden, ein mit mattgoldenen Blenden verkleideter Empfangstresen, ausladende, niedrige Korbsofas mit Brokatkissen in delikaten Rosenholz-, Zimt- und Kupfertönen, Lacktische, bemalte Paravents, Terracottakübel mit Bambus und Pampasgras. In der Mitte eines meergrünen Bassins hockte ein goldener Buddha auf einem Podest; aus steinernen Lotusblumen um ihn herum plätscherte Wasser. In die Wand, die das Restaurant von der Halle trennte, war ein riesiges Aquarium eingelassen, in dem langsam und würdevoll große leuchtend-bunt geflammte Diskusfische schwammen.

Der Blick in die Speisekarte stimmte Binz versöhnlich. Ungewöhnlich kombinierte Zutaten versprachen raffinierte Geschmackserlebnisse, keine Spur von den dumpfen Ethno-Eintöpfen, vor denen er sich gefürchtet hatte. Er wählte Tempura mit Chili-Sabayon als Vorspeise und hätte sich mit Irina gerne das Sepia-Artischocken-Risotto als einen weiteren kleinen Zwischengang geteilt, bevor dann Aprikosen-Lamm oder Rindfleisch mit Ingwer und Thaispargel als Hauptgericht aufgetischt würde. Er fühlte sich immer angenehm lebendig, wenn er sich aufs Essen freute. Er folgte den gelassenen Bewegungen der bunten scheibenförmigen Fische hinter der Glaswand des Aquariums. Rind oder Huhn? Oder anstelle des Risottos doch ein sauer-scharfes Mango-Garnelen-Süppchen? Diese Fische hier schwammen im Kreis und glaubten sich im Ozean. Vielleicht ist das bei uns ja genauso, dachte er und schüttelte unwillkürlich den Kopf, um den Gedanken daran zu hindern, sich in ihm festzusetzen. Er sah zu der in die Speisekarte vertieften Irina hinüber, sah auf ihren Scheitel, den schmalen Streifen Grau, der über dem brünetten Haar sichtbar wurde. Wann hatte sich in ihm diese Neigung zum Defätismus breitgemacht? Das durfte er nicht zulassen, er würde sie bitten, nachher mit zu ihm zu kommen und die Nacht bei ihm zu verbringen.

In diesem Moment nahm er auf der anderen Seite des Aquariums verzerrt und undeutlich mehrere Gestalten wahr, die sich näherten. Er meinte ein Gesicht zu sehen, das sich flüchtig an die Scheibe presste, aber es war eigentlich eher eine Maske, die aus einer Sonnenbrille und einen weißen Weihnachtsmannbart bestand. Dann trübte sich die Flüssigkeit zwischen ihnen ein. Von der Futterklappe aus breitete sich dunkle Farbe in schlierigen Wolken aus, bis tiefe ozeanische Nacht im Aquarium herrschte und die Fische nur noch graue Schemen waren. Auch das Licht im Restaurant wurde dämmrig und trübe. Wo die Unterwasserwelt bis eben türkis geleuchtet hatte, herrschte plötzlich schummrige Dunkelheit.

Durch die Schar der Gäste ging ein erstauntes Raunen.

Gleichzeitig drangen aus der Hotelhalle Lärm und laute Stimmen. Binz sah Irinas fragendes Gesicht, er hielt die Luft an. Er dachte an einen Überfall, sah Bilder von hereinstürmenden Männern mit Patronengürteln und Maschinengewehren, sah Putz rieseln, wo Warnschüsse in die Decke gingen. Trotzdem stand er auf und folgte einigen anderen in die Lobby.

Dort bot sich ihnen ein erstaunlicher Anblick. Etwa fünfzig grotesk kostümierte Gestalten bevölkerten die Halle, und während einige von ihnen Hände voll glitzerndem Konfetti durch den Raum warfen, Luftschlangen verteilten und die Aktion mit Trillerpfeifen begleiteten, waren die anderen emsig und konzentriert dabei, Korbsofas, Kissen, Tische, Bilder und Paravents auf einen großen Haufen zu türmen, als ob sie ein Feuer damit machen wollten. Das Wasser im Aquarium war inzwischen schwarz wie Tinte, aus dem Becken des Springbrunnens quoll eine Wolke aus Seifenschaum, verschluckte den Buddha und die Wasserspeier. Hinter dem Empfangstresen standen drei Hotelangestellte und sahen dem Treiben zu, verstört und zugleich elektrisiert wie Schaulustige bei einem schlimmen Unfall. Die Eindringlinge trugen Kapuzen, Mützen oder Perücken, Sonnenbrillen, falsche Bärte oder waren als Clowns, Gorillas, Totenschädel, als Vampir und Mickeymouse maskiert. Sie schienen nicht bewaffnet zu sein, wirkten aber absolut zielstrebig und entschlossen, einschüchternd schon wegen ihrer schieren Zahl. Der Wahnsinn, der sich hier entlud und wie eine Windhose die Halle verwüstete, war fremd und unheimlich. Das Ganze besaß eine Qualität jenseits der vertrauten Rubriken.

Plötzlich erklang eine Kindertrompete: Das schien ihr Signal zu sein. Kurz darauf war der Spuk vorbei; die Meute stürmte aus dem Hotel und verschwand in der Dunkelheit. Zurück blieb eine prickelnde Leere. Auf dem Schieferboden glitzerten Abertausende von Stanniol-Sternchen, die Rattansofas ächzten leise unter dem Druck der anderen Möbel in dem hoch aufgeschichteten Turm, und auf dem Springbrunnen wuchs still und unaufhörlich eine steifweiße Schaummütze.

1.

Um ein Haar hätte sie verschlafen. Zoe hatte erst ins Bett gefunden, als die Vögel aufgekratzt zu lärmen anfingen. Ausgiebig hatten sie den gelungenen Streich gefeiert und sich an ihrem Auftritt berauscht. Sie war so müde, dass sie tief und traumlos schlief, doch als es bei den arbeitenden Menschen längst Zeit für die Frühstückspause war, fand sie sich auf einem schmalen Floß wieder, das durch einen See voller giftig rotem Wasser trieb, die Welt ringsum totenstill, verseucht. Sie, die letzte Überlebende, wusste, dass sie sich nicht bewegen durfte, wenn ihr Floß nicht kentern sollte, also lag sie in einem angsterfüllten Starrkrampf da, um am Leben zu bleiben, aber wozu? Als der Wecker klingelte, sank sie – verwirrt und erschöpft wie eine Fiebernde – gleich wieder weg. Erst unter der Dusche kam sie allmählich zu sich. Die Traumbilder verblassten wie Sterne am Tageshimmel, und Zoe erinnerte sich wieder daran, was sie erwartete.

Das Kapuzenshirt, das sie anziehen wollte, war nicht zu finden. Als sie es schließlich unter einem Stapel Manga-Comics hervorzog und mit neuen Augen betrachtete, war sie unsicher, ob es mit dem Aufdruck »Beton und Seligkeit« das Richtige für ein Rendezvous mit der Staatsmacht war. Nach einer hektischen Suche fand sie in Mungos Schrank ein Hemd, das ihr zwar zu eng, das aber so gut wie weiß war. Als sie sich im Spiegel besah, fand sie, dass sie unschuldig darin aussah und wohlerzogen wie eine Konfirmandin, und wurde zuversichtlich.

Am Eingang der Staatsanwaltschaft saß ein Mann in einem Pförtnerhäuschen aus kugelsicherem Glas. Er studierte Zoes Vorladung sehr gründlich, bevor er in grimmigem Ton ihren Ausweis forderte.

Sie lief durch fensterlose Flure mit trübem Licht, unter deren hohen Decken man sich automatisch klein und mickrig fühlte, ein rechter Sünder unter dem strengen Auge des Gesetzes. Manchmal stand eine Tür offen und gab den Blick frei auf einen zwischen Aktentürmen hockenden Staatsdiener.

Vor dem Zimmer von Dr. Binz lauschte Zoe, und als sie nichts hörte, klopfte sie an. Keine Antwort. Sollte sie noch einmal klopfen oder einfach hineingehen? Deprimierend genug, dass sie über so was überhaupt nachdachte.

»Sie sind zu spät.«

»Zehn Minuten.«

»Es sind dreizehn. Dreizehn Minuten zu viel.«

Der Staatsanwalt sah nicht einmal hoch. Er blätterte in einem Aktenordner, machte sich mit winziger Schrift Notizen.

»Setzen Sie sich.«

Zoe sah sich um. Ihr Blick blieb an einem PC hängen.

Irgendwie war sie immer erstaunt, dass solche Leute mit Computern umgehen konnten.

»Wann haben wir uns das letzte Mal gesehen?«, fragte Staatsanwalt Binz sie nach einer Weile und musterte sie kühl. »Was glauben Sie?«

»Keine Ahnung.« Zoe räusperte sich. Sie hatte einen Frosch im Hals. Umso besser. Sollte der Mann doch glauben, es sei wegen der Aufregung.

»Es ist kein halbes Jahr her«, sagte Binz.

»Echt?«

»Das müsste Ihnen eigentlich noch in Erinnerung sein: Ich habe Sie seinerzeit unter anderem wegen Sachbeschädigung angeklagt und in meinem Strafantrag eine Haftstrafe von einem Jahr und zwei Monaten auf Bewährung gefordert.«

»Stimmt. Na klar.« Mit zehn Leuten hatten sie damals einen ganzen Zug top to bottom zugebombt und aus ihm ein Kunstwerk gemacht, ein explodierendes Zeichen im Land der fehlenden Farben. »Jetzt fällt es mir wieder ein«, sagte Zoe und bemühte sich um einen möglichst neutralen Tonfall.

»Der von Ihnen verursachte Schaden belief sich auf neuntausendfünfhundert Euro.«

»Den zahl ich ab. So wie es verabredet war.«

Sie schickte Binz einen treuherzigen Blick. Sie kennen mich doch, Sir, hieß das, Sie wissen, dass ich kein verwahrlostes Kind aus den Slums bin. Keine Eltern, die fett und apathisch vor einem gigantischen Flachbildschirm ihre Tage verdösen; keine gewalttätigen Trinker, keine drogenabhängigen Geschwister in der Familie, keine Junkfoodhölle. Schauen Sie in meine Akte, hieß das, mein

Vater hat eine kleine Firma für Kältetechnik, meine Mutter arbeitet als medizinisch-technische Assistentin, meine kleine Schwester Nellie trägt eine feste Zahnklammer und träumt von Vampiren. Ich bin ein good girl, Sir, das den richtigen Weg einfach noch nicht gefunden hat.

Zoe wusste sehr genau, dass es jetzt drauf ankam: Nur wenn sie den Staatsanwalt davon überzeugen konnte, dass da eine junge Seele zu retten war, hatte sie noch eine Chance, halbwegs glimpflich davon zu kommen. Die Predigten ihrer Hamstereltern über gute Manieren erwiesen sich nun als Überlebenswissen.

»Leider sind die Raten ziemlich klein«, sagte Zoe. »Ich gebe mir Mühe. Ich habe eine feste Arbeit, aber dort verdiene ich nicht so viel.«

Dr. Binz schien unbeeindruckt. Er kniff die Augen zusammen wie Clint Eastwood in *Eine Handvoll Dollar*, wenn er bei seinen Gegnern Maß nahm.

»Wie es aussieht, lassen Sie es bei Sachbeschädigung neuerdings nicht mehr bewenden. Sie haben einen Securitymann angegriffen und schwer verletzt.«

Wieder sah er sie abschätzend an, als ob er herausfinden wollte, wie sie mit ihrer Statur das wohl angestellt haben könnte.

In Zoes Ohren hallte der Schrei des Wachmanns.

»Das bringt Ihnen zu der üblichen Sachbeschädigung eine Anklage wegen Körperverletzung ein. Für Sie wird es jetzt ernst, junge Frau.«

Sie hatte sich darauf verlassen, dass man ihr den Angriff nicht nachweisen konnte. Jetzt fühlte Zoe sich wie eine, die mitten auf dem gefrorenen See steht und plötzlich das Eis reißen hört, und sie erstarrte.

»Schweigen ist die schlechteste Lösung, Frau Aschenbrenner«, sagte Binz und lächelte wie eine böse Katze. »Ich bin derjenige, der in Ihrem Fall ermittelt. Meine Unterschrift steht unter dem Antrag für den Durchsuchungsbeschluss. Ich bin es, der gegen Sie Anklage erheben wird. Wenn es günstig für Sie laufen soll, sollten Sie mit mir ins Gespräch kommen.«

Zoe nickte mechanisch. Sie hielt sich, was Begegnungen mit Strafverfolgungsbehörden betraf, eigentlich für ziemlich routiniert. Doch dies hier war eine ganz andere Liga. Da half es nichts mehr, das brave Mädchen zu geben. Mit unbewegtem Gesicht ließ sie Ermahnungen und Belehrungen über sich ergehen, während sie im Geiste alles, was sie sah – die pissgelbe Wand, den Schrank, die Rücken der Ordner, die Fensterscheiben – mit Throw Ups in Schwarz und Silber verzierte.

»Sie sind ohne Anwalt hier«, hörte sie Binz sagen. »Ich bezweifle, dass Sie wirklich begreifen, was die Stunde geschlagen hat.«

»Aber ich streite ja gar nicht ab, auf dem S-Bahn-Gelände gewesen zu sein.« Zoe drehte die Handflächen nach oben, es sollte eine Unschuldsgeste sein, aber es sah aus, als ob sie sich für eine Kampfkunstübung bereit machte.

Binz griff nach einem Blatt Papier und las vor:

»Hausfriedensbruch, Sachbeschädigung, Störung öffentlicher Betriebe, Körperverletzung, Widerstand gegen Vollstreckungsbeamte…«

»Was denn für Widerstand? Die Typen waren zu dritt! Drei Männer gegen eine junge Frau«, rief Zoe und gab sich Mühe, irgendwie zart und verletzlich auszusehen.

Binz lehnte sich zurück und schwieg. Er spielte mit seinem Stift und sah aus dem Fenster, und Zoe fühlte sich wie die Maus, die verschnaufen darf, damit die Katze länger etwas von ihr hat.

»Die Schmierereien im Waggon in der Halle – das waren doch Sie?«

Als Zoe stumm blieb, beugte Binz sich vor, als spräche er zu einem begriffsstutzigen Kind.

»Nka. Wegen dieses Kürzels haben Sie das erste Mal eine Ermahnung bekommen, da waren Sie dreizehn. Seither wurden Sie acht Mal aufgegriffen, zu insgesamt 200 Sozialstunden und zwei Wochen Jugendarrest verurteilt – alles, bevor Sie einundzwanzig waren. Ich kenne Sie vermutlich besser als Ihre eigene Mutter. Wissen Ihre Eltern übrigens von dem neuen Ermittlungsverfahren?«

»Von wegen Widerstand«, fuhr Zoe hoch. »Das ist ein abgekartetes Spiel. Die haben mich festgehalten und geschlagen.«

»Wer soll Sie geschlagen haben?«

»Ich will eine Anzeige erstatten. Gegen die Typen von der Bundespolizei, die mich festgenommen haben. Die haben mich in den Magen geboxt.«

»Die Kollegen tragen Handschuhe, soviel ich weiß.«

»Genau, und die sind mit Quarzsand gefüllt. Das ist der Horror.«

Mungos Hemd kniff unter den Achseln, und ihr war höllisch heiß. Es fühlte sich an, als ob sie gleich schmelzen und wegtropfen würde wie ein Schokohase. War vielleicht doch ein Fehler, in fremden Klamotten in den Kampf zu ziehen.

»Haben Sie Zeugen für Ihre Behauptung? Gibt es dokumentierte Spuren dieser Misshandlung? Überlegen Sie sich, was Sie sagen, Frau Aschenbrenner. Sonst kommt nämlich noch falsche Verdächtigung nach Paragraph 164 StGB oben drauf.«

Zoe ächzte. Es klang weniger verächtlich, als sie wollte.

»Alles klar. Vergessen Sie's. Gegen diese Kerle hat jemand wie ich natürlich keine Chance.« Sie spürte ein Brennen in der Kehle. Für einen kurzen Moment hatte sie Angst, dass ihr die Tränen kommen. Jetzt verstand sie Frenzi, das Gefühl ohnmächtiger Wut konnte einem das Wasser in die Augen treiben.

»Was ist jetzt?« Ungerührt nahm Binz seinen Faden wieder auf. »Reden wir über Fakten.«

»Was bringt es mir, wenn ich mit Ihnen rede?«

»Falsche Frage. Was passiert, wenn Sie sich nicht kooperativ zeigen?«

Der Staatsanwalt deutete auf Zoes Sneakers mit den Schnürsenkeln in unterschiedlichen Farben, die in schnellem Takt wippten, als wären sie an eine Stromquelle angeschlossen.

»Könnten Sie das lassen?«

Zoe sah auf ihre Füße hinab wie auf etwas Unbegreifliches, und stellte einen auf den anderen, um sie zur Ruhe zu zwingen. Aber sie brauchte dringend etwas, um den Stress abzubauen, sie fingerte in den Taschen ihrer Jeans nach einem Kaugummi.

Der Staatsanwalt nutzte die Zeit für einen Nierenhaken.

»Sie werden ins Gefängnis gehen, so wie es aussieht.«

»Was? Wieso das denn auf einmal?«

»Das Jugendstrafrecht hat Sie bislang vor den Konsequenzen Ihres Verhaltens geschützt. Aber das ist jetzt vorbei. Höchste Zeit, endlich erwachsen zu werden.«

Ein Schweigen entstand, in dem nur gedämpfte Stimmen aus dem Nebenzimmer zu hören waren und die leise knallenden Geräusche, mit denen Zoe Kaugummiblasen zwischen ihren Lippen platzen ließ. Sie kaute dieses Kaugummi, als ob ihr Leben davon abhinge. Sonst fand sie nichts mehr in sich, auf das sie sich zurückziehen konnte. Wenn es beim Malen nachts eng wurde, fühlte sie sich kaltblütig und beweglich wie eine Ninja-Kämpferin. Dieser graue Herr jedoch hatte ihr in kürzester Zeit die Energie aus dem Körper gesaugt, ihren Kampfgeist, ihre Unerschrockenheit. Sie konnte sich nur noch einrollen, tot stellen, aufpassen, dass sie keine Treffer auf empfindliche Stellen mehr kassierte.

Dr. Binz schien es dagegen nicht zu beirren, dass sie verstummte. Frage um Frage ließ der Staatsanwalt auf sie niedertropfen und sah ungerührt zu, wie sie sich unter seiner sezierenden Neugier und seinem unstillbaren Faktenhunger wand wie eine Gefangene unter der chinesischen Wasserfolter.

Als Zoe aus dem Verhör entlassen wurde, nahm sie mechanisch den Weg durch die Flure zurück, durch die Sicherheitsschleuse und die schwere Holztür hinaus auf die Straße. Der Verkehrslärm, der sie dort empfing, war Musik für sie, die Abgase rochen tröstlich. Eine Mutter mit Kopftuch und langem Mantel schob eine Kinderkarre. Ein kräftiger Mann mit einem kräftigen Hund ging vorbei; der Hund hob das Bein und pinkelte an die Hauswand, die an dieser Stelle schon schwarz war von den Duftmarken seiner Vorgänger. Zoe sog dies alles ein wie eine nach langer Abwesenheit Heimgekehrte. Der helle Tag empfing sie wie ein Freund. Ihr Mund war trocken und schmeckte gallebitter, Mungos Hemd war feucht von ihrem Schweiß. Ein Königreich für eine Kippe und einen Kaffee. Sie zog ihr Smartphone aus der Tasche, rief aber statt Mungo ihre Eltern zu Hause an, hatte ihre kleine Schwester am Apparat. Sie hörte die Stimme ihrer Mutter im Hintergrund und wurde überfallen von Sehnsucht nach ihrem Essen. Danach gab sie eine andere Nummer ein.

»Heute Nacht. Halb eins. Bist du dabei?«

2.

Binz stand vor dem Tresen und musterte die ausgestellten Brötchenhälften. Mett mit Zwiebelringen, Bierschinken, Camembert, mit einer Weintraube und einer halben Salzstange garniert, Eiersalat. Der trüb beleuchtete Raum im Souterrain der Staatsanwaltschaft nannte sich selbst hochtrabend Cafeteria. In Wirklichkeit war es ein Nachkriegselend, das aus fünf wackeligen Resopaltischen und einem Holztresen bestand, hinter dem der hagere Rübner stand. Er trug eine Kochjacke und ein weißes Schiffchen auf dem schütteren Haar, hätte aber genauso gut im Blaumann seinen Job machen können; einen Dosenöffner gab es in jedem Baumarkt.

Binz fühlte sich hungrig und erschöpft. Die Nacht hatte er kein Augen zugetan. Nachdem seine Liebkosungen halbherzig und ziellos geblieben waren, hatte Irina sich ihr T-Shirt irgendwann wieder übergezogen und nach ihrem Buch gegriffen. Sie hatte ihn angelächelt, als ob nichts dabei wäre.

Der seltsame Überfall im *Noma* verdarb ihm nach dem frustrierenden Tag zu allem Überfluss auch noch den Abend. Die Aussicht auf ein schönes Tintenfischrisotto zerstob im Nichts, während er einer ungläubigen Polizistin das Geschehene beschrieb. Er konnte nicht erklären, was diese kindische Art von Vandalismus zu bedeuten hatte, er wusste nur, dass ihm die Selbstgefälligkeit, mit der sich die Randalierer inszenierten, unerträglich war.

Er bestellte eine Krakauer, verzichtete aber auf den Kartoffelsalat, den Rübner gewöhnlich aus einem Zehn-Kilo-Eimer unter dem Tisch schöpfte. Diese Aschenbrenner war auch so eine. Phlegmatisch hing sie in ihrem schmuddeligen Hemd auf dem Besucherstuhl und ließ ihn reden. Seine rechtlichen Vorhaltungen perlten an ihr ab, als trüge sie eine Wachsschicht auf dem Gemüt. Doch Binz hatte sich von diesem Stupor nicht provozieren lassen. Dieses Mädchen hatte krumme Dinger gedreht, seit sie dreizehn war, Appelle an ihre Einsicht waren verlorene Zeit. Figuren wie sie waren amoralische Wesen, sie kannten nur die Lust an der Zerstörung, den schnellen Kick. Sie ließen ihre Zukunft achtlos im Straßengraben liegen, um schneller vom Fleck zu kommen, wenn sie wieder einmal türmen mussten.

Offenbar wolle sie lieber ins Gefängnis gehen, als gegen eine Strafmilderung mit den Ermittlungsbehörden zusammenzuarbeiten, hatte er Zoe Aschenbrenner ins unbewegte Gesicht gesagt. Offenbar habe sie keine Vorstellung, was sie dort erwarte. Enge Zelle, mieses Essen, eine Stunde Freigang im betonierten Hof.

»Glauben Sie mir, in der Haft zählt jeder Monat, jede Woche, jeder einzelne Tag.«

Wenn seine Appelle schon vergeblich waren, so wollte er das Gör wenigstens das Fürchten lehren.

Als er sich gerade an einem der klebrigen Tische niedergelassen hatte, ging die Tür der Cafeteria auf, und die Staatsanwälte Urbach und Raabe kamen herein. Binz durchzuckte der Impuls, sich zu ducken.

»Ich bin schon so gespannt, was Sie uns heute Schönes gezaubert haben, Herr Rübner«, sagte sein Dezernatskollege Raabe, wie immer ein bisschen zu laut, und lachte über seinen Witz.

»War nur Spaß. Nein, also wir nehmen das, was der Kollege Binz dort gerade isst. Wie ist die Wurst, Arno?«

Urbach, Hauptabteilung fünf, organisierte Wirtschaftskriminalität, steuerte direkt auf ihn zu und klopfte ihm jovial auf die Schulter.

»Nimm es sportlich, Arno. Ärgere dich nicht.«

Irritiert sah Binz ihn an. Konnte man ihm inzwischen schon ansehen, was er gerade gedacht hatte?

»Natürlich muss es uns egal sein, was Volkes Stimme über unsere Arbeit sagt, aber ein kleines bisschen hässlich ist es von Esser schon.«

Raabe, der inzwischen dazugekommen war, sah Binz' verständnislose Miene und sagte zu Urbach: »Er hat es noch gar nicht gelesen.«

»Du hast es noch gar nicht gelesen?«

Urbach griff ein *Abendblatt* vom Nebentisch, faltete es auseinander und tippte auf einen Text.

Der traurige Chinese stand da als Überschrift für die Kolumne des Gerichtsreporters Thomas Esser. Binz ließ Messer und Gabel sinken und begann zu lesen.

Im Prozess gegen den Koch Sven F. hatte das Unrecht die-
ses Mal leichtes Spiel. Fünf Mal hatte der Angeklagte mit
einem Küchenmesser auf den chinesischen Imbissbesitzer
Wu T. eingestochen und ihn zum Krüppel gemacht. Bei der
Verhandlung gestern veranstaltete der Anwalt von F. eine
regelrechte Hexenjagd. Tatenlos sah Staatsanwalt Dr. Arno
Binz dabei zu, wie der Chinese ein zweites Mal zum Opfer
gemacht wurde. Später bestritt dann der einzige Augenzeu-
ge, irgendetwas gesehen zu haben. Der überforderte Anklä-
ger flüchtete sich in einen Wutanfall. Eine Sternstunde der
Staatsanwaltschaft.

Binz kannte den Gerichtsreporter, alle kannten ihn,
ein kleiner Mann mit Spitzbauch und flinker Zunge, der
dreiteilige Anzüge trug und so viel von den Klippen der
Rechtsauslegung verstand, dass man geneigt war, ihn für
einen Kollegen zu halten. Aber er war eben doch nur ein
Journalist. Saß hinten auf der Besucherbank und ließ die
anderen die Arbeit machen, sah ihnen zu, wie sie sich im
Gestrüpp aus Wahrheit, Wahrscheinlichkeit und Nach-
weisbarkeit immer wieder neu einen Weg zu bahnen versuchten. Hinterher vergab er Haltungsnoten.

»Niemand von uns würde seelenruhig zuschauen, wie
ein Verteidiger unseren wichtigsten Belastungszeugen
demontiert«, sagte Raabe und sein Kollege nickte. »Du
nimmst das doch hoffentlich nicht persönlich, Arno?«

Und Urbach fragte: »Hast du wirklich auf offener Bühne
einen Wutfall gekriegt?«

Binz rang sich ein dünnes Lächeln ab und schob seinen
Teller mit der halb gegessenen Wurst von sich. Der Appetit war ihm vergangen.

Im Büro empfing ihn das Klingeln des Telefons. Auch der Abteilungsleiter Dr. Asmus wollte wissen, was es mit Essers Artikel auf sich habe.

»Natürlich bin ich nicht glücklich darüber«, antwortete Binz. »Aber Thomas Esser schreibt gerne schlecht über uns. Das darf man nicht so ernst nehmen.«

Asmus jedoch nahm diesen Artikel durchaus ernst. Er erwartete Binz um zwei in seinem Büro. Binz schaltete die Espresso-Maschine ein. Die Wurst war überraschend schwer verdaulich. Während er auf den Kaffee wartete, pfiff er den *Türkischen Marsch*, aus einem diffusen Bedürfnis nach Auflehnung gegen die Zumutungen dieses Tages, doch schon nach ein paar Takten ließ er das Pfeifen wieder sein.

Als er von der Besprechung mit Dr. Asmus zurückkehrte, schien die Decke des Raumes deutlich niedriger als vorher zu sein. Die Luft, gesättigt mit Aktenstaub, roch muffig und alt und war zum Atmen zu dick. Hastig räumte Binz die Fensterbank von Akten und Papieren frei und riss eines der Fenster auf. Vom Grund des Innenhofs stieg das metallische Sirren einer Lüftung auf, hinter den Mauern brauste dumpf die Stadt.

Asmus hatte sich von ihm den Prozessverlauf schildern lassen, als hätte er es mit einem Referendar im ersten Jahr zu tun. Binz hatte sich hinreißen lassen und von mafiösen Methoden gesprochen, an denen die Rechtsprechung sich naturgemäß vergeblich abarbeite, und sich einen deutlich befremdeten Blick von Asmus eingehandelt, verbunden mit der Frage, ob er persönliche Probleme hätte.

Er saß auf der Fensterbank, gereizt, schwitzend, gierig nach Sauerstoff wie ein Asthmatiker.

Irgendetwas, Arno Binz, läuft dir gerade aus dem Ruder.

Im Internet suchte er nach Informationen über das Restaurant *Wemuth*. Er sah sich die Homepage an, die an die Bilder von Piet Mondrian erinnerte und Speisekarten für mittags und abends zeigte. Die Küche war ambitioniert; ein Menü mit drei Gängen kostete mittags sechsundvierzig Euro, abends gab es vier Gänge für das Doppelte. Von der Köchin Käthe Wemuth ein kurzer Lebenslauf und ein hymnisches Zitat eines Gastrokritikers. Das musste genügen.

Binz gab »Käthe Wemuth« ein. Er fand Presseberichte, ein älteres Porträt in einem Food-Portal, in dem »La Wemuth« als kommender Stern am Gourmethimmel beschrieben wurde. Ein Foto zeigte eine zierliche Frau in einer Kochjacke mit zurückgebundenen Haaren. Auf einem anderen Bild sah man sie in einem eleganten Kleid auf der Eröffnungsparty ihres Restaurants. Das *Abendblatt* berichtete von Fingerfood und Champagner, von Gastronomen, Clubbetreibern und Lokalprominenz, die vorbeigekommen waren, um La Wemuth Glück zu wünschen. Die Pressefotos zeigten Menschen mit erhitzten Gesichtern und Weingläsern in der Hand, und neben einer tief ausgeschnittenen Musical-Sängerin prostete Lars Frederking gut gelaunt in die Kamera.

Binz griff zum Telefon, wählte die Nummer des *Wemuth* und ließ sich einen Tisch reservieren.

3.

Zoe zog den Anfang des Films vom Drehteller und nestelte ihn zwischen die Rollen und Transportspulen. Ihre Finger zitterten, als wäre sie auf der Flucht, und ihr Kopf war irgendwo anders, jedenfalls nicht hier. Nachdem der Film startklar war, verließ sie den Projektionsraum und lief am Haus entlang zum Haupteingang des Kinos. Das *Gloria* lag an einer Ausfallstraße zwischen Autohaus und Pizzaservice in einem niedrigen Gebäude aus den fünfziger Jahren. Im Vorraum drängten sich schon die Kids. Sie trat hinter ihren Kollegen Cem in den Kassenraum und nahm sich ein Bier aus dem Kühlschrank, trank ein paar Schlucke aus der Flasche und stellte sie in den Kühlschrank zurück. Dann schob sie den schweren Vorhang vor dem Eingang zum Saal zur Seite, Signal für den Einlass, und konzentrierte sich auf die kleinen grünen Schnipsel, die ihr hingehalten wurden.

Mit dem Ärmel fuhr sie sich über die Augen, da sah sie die vertraute Gestalt. Heilige Scheiße, was war das für ein kranker Tag. In der Schlange zwischen zwei anderen Mädels stand Lotta und sah zu ihr herüber.

Wie oft hatte Zoe sich im letzten Jahr vorgestellt, dass Lotta sie sähe: wenn sie außen an der Brüstung der Fußgängerbrücke hing, um sie mit einem *Tag* zu schmücken; wenn sie an neuen genialen farbsatten Styles arbeitete; wenn sie ihre Trainingsrunden durch die Stadt lief, berauscht von der Gewissheit, jede Mauer dieser Stadt voll Kohle und Cashmere zum Explodieren zu bringen, wenn sie es wollte. So sollte Lotta sie sehen, dann hätte sie vielleicht zurückgenommen, was sie ihr als Abschiedsbrief in die Haut geritzt hatte: Du tust nichts und du willst nichts, was soll ich lieben an dir, nur deine grünen Augen, das ist mir nicht genug.

Musste aus dem Ozean an möglichen Begegnungen ausgerechnet diese Wirklichkeit werden, wo sie einem Heer von kreischenden Teens die Kinokarten abriss?

»Hallo, Zoe.«

Lotta trug ihre Haare komisch, trotzdem sah sie wunderschön aus. Sie hatte bestimmt eine Neue. Eine interessante junge Frau, die Jura studierte, um berühmte Menschenrechtsanwältin zu werden, sich vegan ernährte und in einer Band Keyboard spielte, weil sie eben keine blöde Streberin, sondern einfach nur sehr sehr toll war.

»Hi. Alles klar bei dir?«

»Ja, läuft ziemlich gut gerade«, sagte Lotta. »Und du?«

»Ich werd vielleicht für eine Weile ins Ausland gehen.« Zoe konnte Lotta gar nicht ansehen, so sehr war sie mit dem Kartenabreißen beschäftigt. »Raus aus dem Muff hier.«

Als sie doch kurz den Kopf hob, registrierte sie den Blick, den Lotta ihren Begleiterinnen zuwarf, und hoffte, ein plötzlich einsetzender Anfall von Frühdemenz würde dafür sorgen, dass sie sich an diese Szene nie wieder erinnern musste.

»Sorry, ich hätte echt gerne mit dir geplaudert, aber ist gerade ganz schlecht. Siehst ja«, sagte sie. Ziemlich müder Versuch, noch die Kurve zu kriegen.

Lotta verzog keine Miene. »Na dann. Mach's gut, Zoe. Viel Spaß im Ausland.«

Sie drehte sich um und verschwand mit ihren Freundinnen im Halbdunkel des Kinos.

Zu Hause war niemand. Vielleicht warf Mungo irgendwo gerade seinen Rucksack mit den Farben über einen Zaun und gab den anderen das Zeichen, dass die Luft rein war.

66

Wo war der Moment gewesen, in dem sie als Einzige falsch abgebogen war? Eben noch hatte es so ausgesehen, als sei sie die Queen of Bombing, doch auf einmal mieden ihre Leute sie, weil sie Zoe für eine Denunziantin hielten, und dafür hielt sie offenbar auch dieser Staatsanwalt, der wie ein böser Zwerg auf ihrem Brustkorb hockte und Namen aus ihr herauspressen wollte.

Zoe trank Leitungswasser aus einem klebrigen Glas, aß etwas aus einer Aluminiumschachtel, das wie der Rest von einer Tiefkühl-Lasagne aussah, dann tat sie, was sie immer getan hatte: Sie zog dunkle Klamotten an, rieb ihre Sprühdosen ab, um sie von Fingerabdrücken zu befreien, setzte die richtigen Caps drauf, denn ja: Sie war die Queen of Bombing. Sie packte alles in einen Stoffbeutel, dann in den Rucksack, dazu Latexhandschuhe, Sturmhaube, Taschenlampe, Handy, und verließ die Wohnung.

Am Altonaer Bahnhof lag um diese Zeit alles in tiefem Schlaf. Die letzten Züge waren längst abgefertigt, die Zeitungsläden, Bäckereien und Imbissstände geschlossen. Zwei Security-Leute mit Barett und Kampfstiefeln patrouillierten durch die ausgestorbene Wandelhalle. Zoe hatte sich mit Alex verabredet, einem ehrgeizigen Amateur, den sie nur vom Sehen kannte. Das war ohne Frage ein Abstieg, aber alles besser als jeden Abend auf dem Kiez die Zeit totzuschlagen wie ein Frührentner.

Treffpunkt war auf dem Parkplatz des Toom-Marktes. Sie checkte die Lage, keiner da. Hockte sich auf einen Fahrradständer, rauchte, wartete. Rauchte noch eine. Von Alex keine Spur. Zoe spürte, wie das Adrenalin in den Zellen versickerte. Was war das hier? Ein Hobbytreff? So was hätte es mit ihren Jungs nie gegeben. Wenn du losgehst, musst du dich auf die anderen absolut verlassen können.

Sollte sie die Sache abblasen und nach Hause gehen? Und was dann? Wie eine dieser traurigen Figuren, die in einem vergessenen Kaff New Mexicos ihr Verliererleben leben, sah sie sich in einem heruntergekommenen Trailerpark mit einer Dose Bier in der Hand in einem Gartenstuhl hocken und auf etwas warten, das nie passieren würde. Sie trat die Kippe aus, zog die Sturmhaube über und zurrte den Rucksack eng an den Körper. Dann rannte sie zum Bahnhofseingang hinüber und drückte sich dort in den Schatten der Hauswand.

Die Straße menschenleer. Sie sah sich um, sprang auf das Geländer, das die Auffahrt zum angrenzenden Parkhaus sicherte, hangelte sich an einem Straßenschild hoch, schwang sich rittlings auf das beleuchtete Parkhausschild über der Einfahrt und balancierte auf seinem Rücken bis zur Mauer des Bahnhofsgebäudes. Sie öffnete ihren Rucksack, nahm *Shock Black* und *Blood Orange* heraus und schob sich die Dosen in die Taschen ihrer Kapuzenjacke. Dann hakte sie sich mit den Fingerspitzen in einer schmalen Mauerkante ein und zog sich so weit nach oben, bis sie mit beiden Füßen auf einem schmalen Sims Halt fand. Dicht an die Wand gepresst schob sie sich zentimeterweise vor. Ihr Ziel war die helle unberührte Fläche neben den beiden großen roten Leuchtbuchstaben D und B, dem Signet der Deutschen Bahn.

Plötzlich hörte sie Stimmen unter sich.

Sie erstarrte in der Bewegung, presste sich noch dichter an die Fassade. Mühsam drehte sie den Kopf und sah die beiden Wachmänner aus der Bahnhofshalle kommen.

Zoes Fingerspitzen schmerzten, mit denen sie sich an den Mauervorsprung krallte. Sie roch Zigarettenrauch. Die Wachmänner standen direkt unter ihr. Suchten sie schon nach ihr? Hatte dieser Alex sich schon schnappen lassen? Oder war der am Ende gleich zu den Bullen marschiert und hatte Bescheid gesagt?

Die Typen rauchten. Sprachen übers Quadfahren. Zoes rechtes Bein begann zu zittern. Was steht ihr hier rum, los geht weiter. Wie hoch war der Sims, auf dem sie stand? Zehn Meter? Überlebte man einen Sturz aus dieser Höhe? Bitte lass sie weitergehen. Ein Schweißtropfen rann ihr an der Nase entlang ins Auge, sie blinzelte, unterdrückte ein Keuchen, schon fühlte sie, wie sie losließ und fiel. Sie kannte das Gefühl aus ihren Träumen. Doch dann war es ihr, als ob die Stimmen der beiden Männer leiser würden. Und tatsächlich konnte sie einen Atemzug später aus den Augenwinkeln sehen, wie sie sich langsam Richtung Autozugrampe bewegten. Mit letzter Kraft griff Zoe nach dem Gestänge, mit dem das DB-Schild an der Fassade befestigt war, hängte sich mit einem Arm ein und knetete fieberhaft ihre tauben Finger.

Sie zog die Dose Rot aus der Tasche und machte sich daran, die Stirn des Bahnhofsgebäudes mit ihrem knalligen Monogramm zu versehen. Die, für die sie bestimmt war, würden ihre Botschaft verstehen: der Sergeant und die anderen Jungs der Crew, die auf eine wie sie nicht verzichten konnten; Mungo, der zu ihr gehörte und mit dem sie ihren Ruhm zu teilen gedachte. Und Staatsanwalt Binz, dem sie hiermit ebenfalls eine Message zukommen ließ, die knapp war und unmissverständlich: Fick dich.

4.

Mit einem Klacken flammte die Neonröhre an der Decke auf und tauchte die Behördenmöbel mit den Aktenstapeln darauf in ein hartes, eisblaues Licht. Sofort nach der Veranstaltung hatte Binz sich unter einem Vorwand verabschiedet. Sein Podiumspartner, ein junger Professor für Kriminalistik und glühender Anhänger der Neurobiologie, hatte ihm attestiert, seine Auffassung von persönlicher Schuld sei angesichts der Erkenntnisse der Hirnforschung ein Rückfall ins letzte Jahrhundert. Die Nachlese dieser Diskussion bei Fingerfood und Merlot hatte Binz sich erspart. Solche Leute dachten wie Mechaniker, sie reduzierten den Menschen auf seine Gehirnprozesse. Wie konnte man von jemandem Verantwortung für seine Taten erwarten, wenn alle Entscheidungen Resultate von hirnphysiologischen Impulsen waren? Wo Binz von Entscheidungsfreiheit, Sühne, Wiedergutmachung sprach, redete der Limbiker von Cortex und Hirnstamm, endokriner und vegetativer Steuerung, schwärmte von einer *kopernikanischen Wende* im Bild des Menschen, erklärte das Schuldstrafrecht zu altem Eisen und ihn, Binz, gleich mit.

Er lockerte den Krawattenknoten, setzte sich an seinen Schreibtisch und sah sich um. Sein Blick fiel auf die Zimmerpalme auf der Fensterbank. Ihr Anblick verursachte ihm einen Anflug von schlechtem Gewissen. Dürr und hart und mirgelig der Stamm, die Blätter hatten braune Spitzen. Er griff nach einer Flasche Mineralwasser und goss vorsichtig etwas davon auf die trockene Erde, trank auch selbst einen Schluck. Aber Wasser war nicht das, wonach ihn verlangte. Mit einem Glas in der Hand ging er ins Nebenzimmer, wo der Schreibtisch des Dezernatskollegen Jens Raabe stand. Darin befand sich, wie er sehr genau wusste, eine Flasche Single Malt. Und weil sie schon lange Kollegen waren und so manche von Rübners Würsten zusammen verzehrt hatten, war nichts dabei, wenn er sich nun einen winzigen Schluck dieses Whiskys in sein Glas goss. Wenn Jens gewusst hätte, wo er herkam, hätte er nichts dagegen gehabt.

Er warf einen Blick auf seine Armbanduhr. Viertel nach zehn. Die Omega Seamaster hatte er sich selbst zum zweiten Staatsexamen geschenkt, weil er sich vorstellte, dass dies ein Moment war, in dem ein stolzer Vater seinem Sohn eine Uhr schenken würde. Doch sein Vater war da schon fast zwanzig Jahre tot und hatte ihn mit einer Mutter zurückgelassen, die ihre Kränkung über den Verlust wie eine schwere Krone trug.

Binz kehrte in sein Büro zurück. Die Helligkeit störte ihn, dieses nüchterne, brutale Licht. Er machte die Schreibtischlampe an und das Deckenlicht aus. Besser, viel besser. Er setzte sich, lehnte sich zurück, trank den Whisky in einem einzigen Schluck. Der Schnaps brannte in seinem leeren Magen, aber es war ein wunderbares Brennen, heimelig wie ein Kaminfeuer, als könne man sich die kalten Hände daran wärmen. Der Alkohol dehnte die Zellwände, es war wie ein tiefes erleichterndes Seufzen im ganzen Körper. Vorsichtig legte er die Füße zwischen zwei Aktenstapeln auf den Schreibtisch.

Wie oft saß er hier bis spät abends, bereitete Klagen vor, prüfte Revisionsanträge, arbeitete an Plädoyers. Und er machte seinen Job gut, das wusste er, auch wenn Urbach jetzt derjenige war, der anlässlich seiner Beförderung zum Oberstaatsanwalt demnächst zu einem Umtrunk bat, und er selbst bloß nachts hier herumsaß, ohne dass jemand ihn vermisste, und heimlich den Whisky seines Zimmernachbarn trank. Als Urbach ihm mit dem Understatement des Gewinners die Neuigkeit erzählte, war es ihm nur mit Mühe gelungen, Freude vorzutäuschen. Weil man auf schlechte Nachrichten trinken musste und weil es eine ziemlich große Flasche Single Malt war, die Raabe dort drüben in seinem Schreibtisch hatte, stand Binz auf und ging noch einmal hinüber. Es gab Situationen, in denen musste man handeln, ohne vorher um Erlaubnis zu fragen. Noch vor der offenen Schreibtischtür trank er das Glas im Stehen leer und schenkte sich gleich nach. Er konnte immer noch zu Trick siebzehn greifen und die Flasche mit Wasser auf den vorherigen Stand bringen. Trick siebzehn? Binz lächelte grimmig in die Dunkelheit. Dieser Ausdruck war ja wohl auch nicht mehr ganz up to date. Passte aber ganz gut zu einem, der gerade coram publico zu einem Mann des vorigen Jahrhunderts erklärt worden war.

Er nahm ein letztes Gläschen mit zu sich hinüber, suchte in seinem Schreibtisch nach Gebäck oder irgendetwas anderem, fand aber nichts außer Trüffelpralinen, von denen er sich gleich zwei auf einmal in den Mund steckte. Gierig biss er die Schokoladenhülle durch, um an die fettig-cremige Füllung zu kommen. Eigentlich war verabredet, dass er nach der Veranstaltung zu Irina fuhr, aber dieser Vorsatz löste sich gerade in Alkohol auf wie eine Sprudeltablette in einem Glas Wasser. Wenn er ehrlich war, wusste er auch nicht, wozu sein Besuch gut sein sollte. Er wusste nicht einmal, was genau er von Irina eigentlich wollte. Was er überhaupt von anderen Menschen wollte. Eine Ehe, die nur ein kurzer Irrtum war, wechselnde Frauenbekanntschaften – es hatte ihm nie wirklich etwas gefehlt. Es verlangte ihn nicht nach Nähe und Leidenschaft; das Einzige, wonach es ihn verlangte, war mehr von diesem flüssigen Gold. Als er das nächste Mal in Raabes Zimmer stand, machte er Licht, Schluss mit den Heimlichkeiten, klemmte sich die Flasche unter den Arm und kehrte mit ihr in an seinen Schreibtisch zurück. Er würde morgen früh eine neue kaufen.

Binz zog den Krawattenknoten noch weiter auf, um den Schlips über den Kopf streifen zu können. Wieder fiel sein Blick auf die Zimmerpalme. Auf einmal wurde er überflutet von Liebe für diese Pflanze, es rührte ihn, dass sie so mickrig und so hartnäckig war, und er spendierte ihr gleich noch einmal Wasser. Ich entschuldige mich in aller Form, sagte er zu ihr und stellte fest, dass er Mühe hatte, in den engen Topf zu zielen.

Er zerbiss eine weitere Trüffelkugel und nahm einen Schluck Single Malt dazu. Genau wie er vermutet hatte: die perfekte Mischung. Er lehnte sich in seinem Stuhl zurück und verschränkte die Hände hinterm Kopf.

Diese Türme aus beschriebenem Papier waren bisher sein Leben gewesen, dieses Gesumm von Stimmen, die berichteten und beschrieben und behaupteten, die leugneten und vortäuschten und verdrehten, deuteten und schlussfolgerten und argumentierten und durch das man sich hindurchtasten musste mit den kontrollierten Bewegungen eines Imkers. Im Glauben an die Bedeutsamkeit seiner Arbeit hatte er Überstunde auf Überstunde gehäuft.

Doch wo war der Glanz geblieben? Das Gefühl von Notwendigkeit, das ihn erfüllt hatte?

Noch während des Studiums hatte er sich seine erste Robe zugelegt. Er war dabei zu Werke gegangen, als bestellte er sich Hilfsmittel bei einem erotischen Versand. Verschämt hatte er die Tür hinter sich abgeschlossen, bevor er den schwarzen Mantel überstreifte und gen Osten geneigt das Wort *Mutabor* flüsterte. Und tatsächlich hatte dieses Kleidungsstück einen anderen aus ihm gemacht, einen, der weniger den Zufällen und Launen des Lebens ausgeliefert war, weniger schwach, weniger unentschieden, weniger ruhelos.

Binz seufzte, darauf einen Dujardin, sagte er laut zu sich selbst und goss sich Whisky ein. Bevor er die Flasche wieder verschloss, setzte er sie rasch an die Lippen, jetzt war es wirklich seine. Dann ging er zum Schrank, in dem seine Robe hing, und zog sie über. Dabei fiel ihm ein, dass er in der Mittagspause Käse gekauft hatte. Doch wo hatte er die Tüte gelassen? Im Schrank zwei weiße Hemden, sein Juristenbinder, ein Schirm. Kein Käse. Schließlich fand sich die Tüte neben der Espressomaschine. Espresso? Nein, danke, für mich heute Abend nur Schnaps. Und Käse, wunderbar reifer französischer Rohmilchkäse, leider kein Brot, in der allergrößten Not schmeckt die Wurst auch ohne Brot, er schüttelte den Kopf, so was Blödes, obwohl auch nicht wirklich verkehrt, und er setzte sich in seiner Robe an den Schreibtisch, schlug die Ärmel um, wickelte den Käse aus dem Papier und grub mit einem Teelöffel kleine Löcher hinein.

Auf Isabela hatte er immer mit den Händen gegessen. Vier Monate in einer Hütte am Strand und nichts weiter zu tun, als für die Unesco Vögel zu zählen und gebratenen Fisch von einem Bananenblatt zu essen. Mit den Fingern konnte man das Fleisch viel leichter von den Gräten lösen, nicht dieses förmliche Gestocher mit Gabel und Fischmesser, Ellbogen eng an den Körper gepresst, du musst auf jeder Seite ein Buch drunter halten können, hörte er seine Mutter predigen. Doch trotz aller Filetierungskünste hatte man ständig eine Gräte im Mund, dann fing so ein endloses Mahlen an, angestrengt wälzte man den zu Brei gewordenen Happen im Mund herum und tastete mit der Zunge nach der Nadel im Heuhaufen. Binz verzog das Gesicht, empört über den Widersinn dieser kulturell verbrämten Schikane. Nein, es ging viel besser mit den Fingern vom Bananenblatt, man spülte sich danach die Hände einfach mit warmem Meerwasser ab und meistens ließ er sich, wo er schon bis zu den Waden drin stand, einfach ganz ins seichte Wasser gleiten. Manchmal ging ein Tropenschauer nieder, und er lag satt und reglos im warmen Meer und sah den um ihn herum tanzenden Tropfen zu.

Er streckte die Hand nach der Whiskyflasche aus, die sich inzwischen deutlich geleert hatte. Halb so schlimm. Denn dass er jetzt den Impuls verspürte, diese Flasche zu ergreifen und an den Mund zu führen, das war nicht der unbedingte Wille, sich zu betrinken, das war überhaupt nicht seine eigene Entscheidung, sondern ein Befehl seines limbischen Systems. Wir sind alle bloß ein Produkt unseres Gehirns, rief er und zeigte mit ausgestrecktem Rechthaberfinger auf ein Gehirn mit einem Mund, der sich unaufhörlich schwatzend öffnete und schloss. Der Schreibtisch vor ihm wurde zu einer schiefen Ebene, grellbunte Comicfiguren schoben sich ins Bild und tanzten um ihn herum

Polonaise, während ein grinsendes Schweinchen, das Turnschuhe mit Schnürsenkeln in unterschiedlichen Farben trug, unaufhörlich Konfetti schmiss. Überhaupt diese Schnürsenkel – wo hatte er die schon mal gesehen?

Ihn fröstelte. Er zog seine Robe fester um sich herum und aß abwechselnd Käse und Pralinen, obwohl ihm inzwischen übel war. Hauptsächlich jedoch war er: enttäuscht. Enttäuscht von allem. Von der Flasche, weil sie fast leer war, von dem Käse, weil er sich einfach ohne Brot essen ließ, von Irina, weil sie nicht nach ihm suchte, hauptsächlich aber war er enttäuscht von sich selbst, weil er die Klugscheißer dieser Welt nicht in ihre Schranken wies. Aufstehen, hingehen, zuschlagen, bis sie sich auf dem Boden wie Würmer krümmten.

Dieses Gefühl hatte er schon einmal gehabt, wann war das, ach ja, gestern im Gericht, der Chinese und diese Köchin und ihr neuer Freund Lars Frederking, er war wirklich sehr enttäuscht von sich, so enttäuscht, wie sein Vater gar nicht hätte sein können, dir nehm ich die Uhr wieder weg, dachte er, so eine schöne Uhr hast du nicht verdient, und war sich nicht sicher, ob er eben wirklich seine Omega Seamaster vom Handgelenk genestelt und aus dem Fenster geworfen hatte. Der Blick in den Innenhof des alten Gebäudes war jedenfalls das Letzte, woran er sich erinnerte.

5.

Als Zoe eine Stunde später am Altonaer Balkon in die Dunkelheit der Bäume eintauchte, ohne von einem Zivilfahnder am Arm gepackt worden zu sein, verwandelte sich ihre

Anspannung in ein berauschendes Triumphgefühl. Sie stand am Geländer des Aussichtspunkts, und jedes Licht, das im Hafen brannte, war ein Feuerzeug, das jemand schwenkte, während sie im gleißenden Scheinwerferlicht auf der Bühne stand und im anbrandenden Applaus das Mikro sinken ließ.

Sie breitete die Arme aus, fühlte die kühle Nachtluft, die vom Fluss heraufwehte, und wurde von einer prickelnden Lust gepackt, auf das Geländer zu steigen und sich abzustoßen, um wie ein Mauersegler den Elbhang hinunter und über das Wasser zu schießen. Sie musste sich bewegen, bis zur totalen Verausgabung bewegen, um diesen wahnwitzigen Cocktail aus Adrenalin und Glückshormonen, der ihr durch die Gefäße strudelte, aus sich herauszuschwitzen, *Hello Hamburg, I love you*, sich fallen lassen in die tausend hochgereckten Hände eines verzückten Publikums, die sie auffingen und trugen, sodass sie über den Köpfen der Menschenmenge schwebte und in ihrer Liebe badete wie im Toten Meer, *God bless you, good night.*

Sie zündete sich eine Zigarette an, es war die letzte in der Schachtel, und weil sie Lust bekam, weiterzurauchen und Tequila zu trinken, weil sie Lärm und Licht und Leute um sich haben wollte, beschloss sie, an der Elbe entlang zum *Geier* zu laufen, und den kleinen Run zu nutzen, um wieder einigermaßen auf den Teppich zu kommen.

Zoe nahm den Beutel mit den Farbdosen und allen anderen Malutensilien und deponierte ihn im Dickicht eines Gebüschs. Wer mitten in der Nacht durch die Stadt rannte, zog wachsame Ordnungskräfte magisch an. Falls man sie kontrollierte, sollten sie nur eine späte Pistengängerin vor sich sehen. Und selbst wenn sie das Aerosol an ihr witterten – was konnten sie tun? Früher hatten sich Mungo und sie einen Sport daraus gemacht, mit den Zivilfahndern, die ihnen auf den Fersen waren, Katz und Maus zu spielen. Bevor sie nach einem Bombing über Simse und Brüstungen flohen, und sich geräuschlos in der Dunkelheit verloren, hinterließen sie als höflichen Gruß an ihre Verfolger noch einen Pfeil, der die Richtung angab, in der ihr nächstes Ziel lag.

Zoe sah sich um und setzte sich in langsamem Trab in Bewegung. Die Große Elbstraße mit ihren Kühlhäusern und Restaurants war menschenleer. Bald würden die ersten Laster hier an die Rampen fahren, um die Großhändler mit Edelfischen aus sämtlichen Weltmeeren zu beliefern. Auf dem Kopfsteinpflaster der Straße lief es sich mühsam, deshalb wechselte Zoe auf die Promenade, die hinter den Lagerhäusern direkt am Kai entlang führte. Während die Straße unscheinbar und nüchtern aussah wie in jedem Gewerbegebiet, zeigte sich die Wasserseite ziemlich edel. Hohe gläserne Fronten, breite Terrassen aus feinstem Tropenholz: Da saßen sie dann und schlürften Austern oder aßen rohen Thunfisch, der gestern noch ahnungslos im Pazifik geschwommen war, und fanden dieses ganze Industriezeugs vor der Tür so richtig krass.

Zoe dachte an die Gesichter der Mädels hinter dem Counter, als sie im *Noma* kurz nach dem Rechten gesehen hatten. Wie eine Heuschreckenplage waren sie eingefallen und wieder verschwunden, hinter sich eine Spur der Verwüstung zurücklassend.

Als sie im *Geier* die Tür aufstieß, knüppelten sofort die Beats von irgendeinem Acid-Mix auf sie ein. Es war spät, aber Gott sei Dank gab es genügend Leute, für die die

Nacht nicht nur zum Schlafen da war. Nachdem ihr Puls sich beruhigt hatte, arbeitete Zoe sich zum Tresen durch und bestellte eine Cola für den Durst und Tequila auf Eis. Im hinteren Raum hatte sie Mütze gesichtet, der gegen zwei andere Typen Tischfußball spielte. Als er Zoe sah, machte er ihr Zeichen, dass sie mitspielen sollte, doch Zoe hatte keine Lust.

Sie lehnte sich gegen den Tresen und sah sich um. Ihr Hochgefühl drohte zusammenzuschnurren wie ein mürbe gewordener Luftballon. Keine vertraute Seele hier, niemand, der sich an die Stirn tippte und zu ihr sagte, dass sie ein cooles Aas sei, von allen guten Geistern verlassen, eine Irre, die sie eines Tages gewaltig am Arsch kriegen würden und dann hasta la vista baby, aber bis dahin bist du die größte, coolste, tougheste Writerin zwischen den schmelzenden Polkappen.

Das Babyface von Mütze tauchte auf und drängte sich neben Zoe an den Tresen. Er war kein Sprayer, sondern nur einer, der in Kneipen herumhing und jede Nase in der Szene kannte, weil er eine Weile lang mal eine Quelle für ziemlich gutes Gras war.

Mütze orderte ein Bier und piekste Zoe mit dem Finger in die Brust.

»Wir sollten das wiederholen.«

Zoe verstand nicht.

»Diese Aktion war geil«, sagte Mütze und grinste. »Aber wir hätten ein Bekennerschreiben hinterlassen sollen. Ich möchte nicht für so einen Öko-Aktivisten gehalten werden. Aber für den Anfang...«.

»Ich höre immer ›Anfang‹. Das war eine einmalige Sache. Rache für Frenzi.«

Henry Jäger aka Mütze wirkte nicht überzeugt.

»Die meisten wären wieder dabei. Kleine Info genügt, und los geht's. Es könnte sogar noch viel mehr losgehen, wenn du mich fragst. Innerhalb von zwei Stunden könnte ich dir hundert, zweihundert Nasen organisieren. Das sind ne Menge Leute, wenn du sie dir alle auf einem Haufen in einem Kaufhaus oder so was vorstellst.«

»Und was willst du da machen, in dem Kaufhaus?«

»Was haben wir denn in dem Hotel gemacht?«

»Das ist doch idiotisch.«

»Das ist Punk.«

»Lass gut sein, Mütze.«

Ein Typ mit kurzen blondierten Haaren kam auf die beiden zu.

»Ich kenn dich«, sagte er zu Zoe. »Aber ich frag mich die ganze Zeit, woher.«

»Super Spruch«, sagte Mütze und vergrub seine Hände in den Taschen seiner beuteligen Skatershorts.

Zoe verdrehte die Augen.

»Der gehört nicht zu mir. Der ist mir zugelaufen. Ich bin Zoe.«

»Pepe.«

»Und was machst du so, Pepe?«

»Jedenfalls mache ich nicht wahllos irgendwelche Frauen an, falls du das meinst«, sagte er.

Zoe hatte plötzlich große Lust, nett zu diesem Pepe zu sein.

»Vermutlich hast du mich im *Gloria* gesehen. Ich bin die, die deine Kinokarte kontrolliert.«

Sie sah ihm in die Augen und lächelte ein sparsames, die Mundwinkel einknickendes Lächeln, ein bisschen müde, ein bisschen abgeklärt; ein Lächeln, das alles offen ließ. Jungs standen auf diesen Schuss Melancholie, das hatte sie in der Zeit ihres größten Liebeskummers wegen Lotta eher zufällig herausgefunden, und ihr machte er es leichter, einen sauberen Abgang hinzukriegen, so sorry, sweetheart, die alten Wunden sind wohl doch zu tief. Wie viel Wahres daran war, ging niemanden etwas an.

Jedenfalls tauchte dieser blonde Pepe gerade zum richtigen Zeitpunkt auf. Er konnte nicht wissen, was für ein genialer Stunt heute Abend über die Bühne gegangen war, aber das machte nichts. Er war, wenn er wollte, der Ehrengast auf ihrer ganz privaten Ruhmesfeier.

Am nächsten Tag holte sie anhaltendes Klingeln aus einem tiefen traumlosen Schlaf. Benommen kletterte sie über den schlafenden Mann in ihrem Bett hinweg und taumelte zur Wohnungstür. Draußen stand der Staatsanwalt.

6.

Als auch nach dem dritten Klingeln niemand öffnete, fragte er sich, was er sich eigentlich vorgestellt hatte. Binz sah sich in dem engen Treppenhaus um. Vor der Nachbarwohnung standen leere Getränkekisten neben der Fußmatte, drinnen hörte man laut den Fernseher laufen.

Als er am Morgen zu sich gekommen war, hatte er überlegt, sich krankzumelden. Sein Leib war von diffusen Schmerzen gepeinigt. Wenn er an den Käse und die Pralinen dachte, zog sich sein Magen heftig zusammen und katapultierte einen bitteren Strahl Galle nach oben. Sein

Kopf war an den Schläfen in eine Schraubzwinge gepresst, die ein verspielter Sadist immer stärker anzog. Er nahm zwei Schmerztabletten und stellte sich unter die Dusche. Als er in seinem Kleiderschrank stand, konnte er den Gedanken an den vor ihm liegenden Tag kaum ertragen. Es schien ihm strapaziös und zugleich unendlich öde, er selber sein zu müssen. Unwirsch schob er seine modischen Anzüge zur Seite und griff nach Flanellhose und Blazer. Er konnte dem Alter ebenso gut entgegengehen.

Im Büro machte er sich einen Pfefferminztee, und während er mit trübem Blick auf die Schlagzeile des *Abendblatts* starrte, klopfte es, und die Tür ging auf.

»Wie gut, du bist schon hier«, sagte Theo Urbach. Ohne eine Einladung abzuwarten, kam er herein und setzte sich auf den Besucherstuhl.

»Gibt es was Besonderes?«, fragte Binz und sah auf sein nacktes Handgelenk, an dem bis gestern seine Uhr gesessen hatte. »Ich habe gleich einen Termin.«

»Nein, nein. Das heißt: doch«, erwiderte Urbach und rutschte an die Kante seines Stuhls, um Binz von einem »üblen Ding« zu erzählen. Da musste einer dieser jugendlichen Farbschmierer gestern im Laufe des Tages über den Justizparkplatz geschlendert sein und nichts Besseres zu tun gehabt haben, als ausgerechnet seinem neuen Saab einen fetten zitronengelben Smiley auf die Motorhaube zu setzen.

»Hat man da Töne?«

»Vielleicht ein Racheakt«, sagte Binz. »Du machst dir im Milieu nicht nur Freunde.«

Urbach winkte ab.

»Wohl kaum. Die schweren Jungs von der Organisierten

Kriminalität spielen nicht mit Farbe herum, wenn man sie ärgert. Das riecht eher nach deiner Kundschaft.«

Er stand auf.

»Schon sehr ärgerlich. Diesen Schmierfink würde ich wirklich gerne drankriegen. Du hast da keine Idee, oder?«

Binz zuckte bedauernd mit den Schultern.

»Nein, leider. Habe ich nicht«, sagte er und hoffte, dass man seiner Stimme anhörte, wie idiotisch er die Frage fand.

Für eine Sekunde starrte Binz auf die Tür, die sich hinter Urbach geschlossen hatte, dann griff er nach seiner Jacke und verließ das Büro.

Gerade als er die Faust hob, um gegen die Wohnungstür zu hämmern, öffnete sie sich einen Spalt, und das vom Schlaf verquollene Gesicht von Zoe erschien. Das Mädchen starrte ihn wie betäubt an und brauchte einen Moment, bevor sie die Situation erfasste.

Dann warf sie die Tür zu.

»Seien Sie nicht albern. Ich bin alleine.«

Nach einer Weile wurde die Tür wieder geöffnet, und Binz trat in den engen, dunklen Wohnungsflur. Dort, wo man eine Garderobe vermutet hätte, lagen Jacken und Pullover zwischen einem Haufen ausgetretener Sportschuhe auf dem Fußboden. Daneben lehnte ein Fahrrad an der Wand. Zoe stand in einem T-Shirt, das ihr bis zu den Knien reichte, im Rahmen der Küchentür, blickte abwechselnd auf Binz und in den Raum und kratzte sich an der Stirn.

»Ziehen Sie sich etwas an. Wir beide machen eine kleine Fahrt.«

»Ist ganz schlecht gerade.«

»Sie haben zehn Minuten.«

Auf der Suche nach einer Sitzgelegenheit betrat Binz die Küche, prallte aber bei dem Bild, das sich ihm bot, augenblicklich zurück. Schmutziges Geschirr quoll aus dem Spülbecken, überzog die Flächen ringsherum und pflanzte sich auf dem Fußboden fort, drum herum hatte sich der Dreck zu klebrig glänzenden dunklen Inseln zusammengefunden. Vor dem Herd lag ein zusammengeklumptes Handtuch, mit dem man offensichtlich vor längerer Zeit eine Pfütze aufgewischt hatte. Obwohl draußen die Sonne schien, herrschte hier drinnen ein muffiges Zwielicht wie in einer Tropfsteinhöhle.

Flach atmend zog er sich wieder in den Flur zurück. »Ich warte unten.«

Zehn Minuten später ging die Haustür auf, und Zoe Aschenbrenner erschien. Binz, der auf der anderen Straßenseite vor einem türkischen Nachbarschaftsladen stand, deutete auf seine Vespa.

»Sie werden mich jetzt begleiten.«

»Ich brauch einen Kaffee.«

»Später.«

»Wieso haben Sie nicht einfach einen Streifenwagen geschickt?«

Wortlos reichte Binz Zoe einen City-Helm.

Zoe hielt ihn von sich weg, als fürchtete sie, sich anzustecken.

»Wozu soll der gut sein?«

»Aufziehen.«

»Damit sieht man absolut idiotisch aus.« Zoe warf einen

Blick die Straße entlang, als überschlüge sie, ob es sich lohnte, abzuhauen. Doch stattdessen nahm sie ihre Basecap ab und stülpte den Helm über, als gieße sie eine Ladung Unrat über sich aus.

Binz zog den Gurt unter ihrem Kinn fest, schob den Roller vom Ständer und stieg auf.

»Sie können sich hier festhalten«, sagte er und zeigte auf einen silbernen Bügel hinter dem Sitz.

Zoe schwang ein Bein über die Bank und rutschte so weit wie irgend möglich nach hinten. Sie saß dort mit abgespreizten Knien und hängenden Armen, dicht vor sich den breiten Rücken des Staatsanwalts, in der einen Hand noch immer ihre Schirmmütze. Als Binz Gas gab, fiel sie fast hinunter und suchte hastig nach Halt.

Binz fuhr zielstrebig durch das Gewirr der engen Straßen, bog dann auf die Königstraße ab. Statt den Weg zur Staatsanwaltschaft zu nehmen, fuhr er in den Holstenglacis, wo das Untersuchungsgefängnis lag. Schon von weitem sah man die Ziegelmauern mit dem Sicherheitsdraht, dahinter die endlosen Reihen von vergitterten Fensterluken.

Langsam fuhr Binz an der Mauer entlang Richtung Eingangsschleuse und hielt vor einem der grauen Tore.

»Schauen Sie sich das gut an, Frau Aschenbrenner.«

Zoe zuckte es in den Beinen. Sie brauchte dringend einen Plan, aber sie hatte keinen.

Gerade als sie ihre Muskeln anspannte, um abzuspringen, gab Binz Gas und fädelte sich wieder in den Verkehr ein. Er fuhr an den Messehallen vorbei und bog dann in eine kleine Straße ein, die von niedrigen Gewerbebauten gesäumt wurde. Auf den ungepflasterten Seitenstreifen waren Marktwagen geparkt, Schwarzwälder Spezialitäten, Käse, Crêpes. Schließlich hielt er vor einer Imbissbude.

Zoe starrte auf den Kiosk mit Vorzelt, vor dem zwei Biergartengarnituren standen. Binz nahm ihr den Helm ab und verstaute ihn im Gepäckkasten seines Rollers. Er trat unter die Plane und begrüßte den Mann hinter der Theke wie einen alten Bekannten. Mit einem Kaffee und einem Wasser kam er zurück und deutete auf eine der Bänke am Straßenrand.

Zoe rührte den Kaffee nicht an. Sie beobachtete Binz und wartete. Binz goss sein Mineralwasser ins Glas; er sah sich nach einem Löffel um, nahm schließlich seinen Zeigefinger, um darin herumzurühren, und schien vollkommen darauf konzentriert zu sein, seinem Wasser die Kohlensäure auszutreiben. Dann trank er und starrte stumm auf den Verkehr.

»Sie haben nicht zufällig eine Kippe für mich?«, fragte Zoe.

Ihre Stimme klang dünn und krächzig. Da sie keine Antwort bekam, stand sie auf, ging zur Theke und kam mit einer brennenden Zigarette zurück.

»Erste Regel«, sagte Binz, »du schnorrst nicht meine Leute an, wenn du mit mir zusammen bist.«

Zoe rauchte und wippte nervös mit den Füßen.

»Du warst wieder unterwegs.«

Ein kurzer Blick, fragend, flackernd, verunsichert.

»Sagt wer?«

»Es gibt einen Zeugen.«

»Was denn für einen Zeugen?«

»Den denkbar zuverlässigsten: mich.«

Zoe fuhr zurück und kniff ein Auge zu, als ob sie die Höhe eines Hindernisses einschätzen wollte.

86

»Sie bluffen doch.«

»So wie die Dinge liegen, könnte ich einen Haftbefehl erwirken. Fluchtgefahr.«

Binz fixierte die junge Frau mit den unterschiedlichen Schnürsenkeln, die ihre Wange einsog und darauf herumkaute.

»Was waren das für Leute, mit denen du im *Noma* aufgetreten bist? Deine Freunde?«

Zoes Miene zeigte aufrichtiges Erstaunen. »Im *Noma*?«

»Du hast eine Schweinemaske getragen, aber wie du siehst, hat es dir nichts genützt.«

Auf der anderen Straßenseite stieg ein Mann aus einem Van und verschwand in einem Lagergebäude, über dessen Eingang *Gourmet-Kontor* stand. Kurz darauf kam er mit mehreren Kisten auf einem Rollwagen zurück.

»Hummer«, sagte Binz.

Verständnislos sah Zoe den Staatsanwalt an. Der deutete zu dem Mann hinüber.

»In den Kisten sind lebende Hummer. Der unscheinbare Bau dort drüben beherbergt einen von Deutschlands größten Spezialmärkten für Delikatessen. Da kaufen die Spitzenköche der ganzen Stadt, aber auch normale Leute. Austern, Kaviar, Trüffeln. Papaya und Rochenflügel, frisch eingeflogen, dreißig Jahre alter Balsamico, Salz aus der Kalahari – was das Herz begehrt.«

Mit zwei Fingern kratzte Binz sich an der Schläfe.

»Der Laden gehört einer Gesellschaft, die ihr Geld eigentlich mit Immobilien macht. Luxussanierungen, gewaltsame Entmietungen, das ganze Programm. Seine Feinde muss man sich verdienen.«

Dann schwieg er. Nach einer Weile trank er den Rest seines Wassers aus, stand auf und wandte sich zum Gehen. Er nickte Zoe zu und deutete auf den Kaffee.

»Du bist eingeladen.«

7.

Mütze checkte die Uhrzeit. Drei Minuten vor halb elf. Er stand neben Zoe in der Toreinfahrt zu einer Autowerkstatt und wartete auf die anderen. Sie kamen zu Fuß, mit dem Fahrrad, einzeln, zu zweit, in Grüppchen. Mehr als dreißig Leute hatte Mütze zusammengetrommelt. Sie würden verschwinden, wie sie gekommen waren: wegsickern in die Alltagsströme der Stadt.

Zoe hatte Binz auf seinem Roller nachgesehen, bis dieser am Ende der Straße um die Ecke verschwunden war. Dann hatte sie zum Kaffeebecher gegriffen. Die Brühe war lauwarm und schmeckte widerlich. Trotzdem trank sie sie in einem Zug aus, als wäre sie am Verdursten. Sie fühlte sich wie eine Geisel, die man in einem öden Landstrich auf freien Fuß gesetzt hatte, zu mitgenommen, um zu begreifen, dass der Spuk vorbei war. Sehr langsam und sehr steif war sie die Straße entlanggegangen, wie jemand, der weiß, dass er durch ein Zielfernrohr beobachtet wird.

Die Wolkendecke hing tief über den Dächern, es war drückend schwül. Zoe schwitzte. War sie tatsächlich gerade im Begriff, im Auftrag eines Staatsanwalts einen Flashmob in einem Delikatessenladen durchzuziehen? Sie tastete in ihrer Tasche nach dem bereitgelegten Ein-Euro-Stück wie nach einem Talisman.

Abends hatte sie die anderen auf der Brachfläche hinter der alten Schraubenfabrik getroffen. Alte Bierkisten, zwei Campingstühle, etwas abseits ein Grill, den Mütze aus einer Waschmaschinentrommel gebaut hatte. Eine Handvoll Leute saß herum und rauchte. In einem Fahrradanhänger stand ein Bluetooth-Lautsprecher und ließ *Stand Tall* von *Ice Cube* in die Abendluft tropfen. Zoe ließ sich neben Mungo auf einer alten Sitzbank aus einem VW-Bus nieder, die hier herrenlos herumstand. Über stillgelegte Güterbahngleise konnte man bis zum Stellwerk sehen, eine Brise wehte das Kreischen der S-Bahnen in einer langgezogenen Gleiskurve herüber. Ein perfekter Abend eigentlich, aber Zoe kam die Szene irreal vor wie eine Computersimulation.

Mungo baute einen Joint und zündete ihn vorsichtig an. Ein heraushängender Tabakfaden verglomm und fiel herunter. Er zog vorsichtig, hielt den Rauch in seinen Lungen zurück und reichte ihr die Tüte. Zoe inhalierte tief. Keiner von beiden sprach ein Wort. Doch es war nicht das unkomplizierte, entspannte Schweigen, bei dem man bis auf den Grund sehen konnte. Als Frenzi zu ihnen herüberkam und sich zwischen sie quetschte, war sie fast erleichtert darüber.

»Dich sieht man selten in letzter Zeit«, sagte sie.

Dazu hätte es viel zu sagen gegeben, aber wozu. »Viel los gewesen«, nuschelte Zoe. Mungo sah sie fragend an.

»Ich wollte mich bei dir bedanken«, sagte Frenzi. »Der Flashmob im *Noma* war so ziemlich das Stärkste, was ich je erlebt habe. «

Zoe zuckte die Achseln. »Musst dich bei Mungo bedanken. Was tut ein Mann nicht alles für seine Frau.«

»Aber es war deine Idee. Eine geniale Idee. Wir wollen weitermachen, Mütze und ich.«

In diesem Moment kamen Oleg und der Sergeant über das Gelände auf sie zu. Seit ihrer Verhaftung auf dem Yard hatte Zoe die beiden nicht mehr gesehen. Sie begrüßten Mungo, der Sergeant boxte ihn buddymäßig in die Schulter, es sah nach intimem Einverständnis aus.

»Und wo treibst du dich so rum«, wandte sich der Sergeant dann an sie, »gehst du jetzt fremd, oder was?«

Zoe dachte an die Bahnhofsgeschichte. Bei dieser Aktion hatte sie ihren Arsch riskiert, nur um ihn und ihre alte Crew zu beeindrucken, aber auf einmal erlosch der Impuls, es überhaupt zu erwähnen. Es hätte auch nichts geändert. Sie waren keine Verbündeten mehr.

Sie rang sich ein Grinsen ab, machte eine vage Handbewegung, die alles und nichts heißen konnte. Mit einem Nicken wandte sich der Sergeant ab, und ihre alte Sprayerheimat verschloss sich vor Zoe wie der Berg Sesam.

Sie ließ sich den Joint geben, schaufelte durch rhythmische Kontraktionen der Bauchdecke den harzigen Rauch in sich hinein, bis in die Leisten hinunter, und beschloss, ihn drin zu behalten, bis er durch die Poren wieder herausquoll. Als sie Mungo den Stick zurückgab, wollte sie ihm eigentlich einen Blick hinterherschicken, der die Sache zwischen ihnen klarmachte, doch der Blick verrutschte und landete irgendwo auf Mungos Stirn, rutschte am Gesicht hinab zu seinem Kinn mit dem albernen Mösenbart. Am liebsten hätte sie ihm einen Schwur abgenommen, die anderen oder ich, mein Zwilling, mein Blutsbruder, sieht so aus, als ob du dich entscheiden müsstest. Doch in einem Nebenzimmer ihres Bewusstseins keimte so was wie eine

Ahnung, dass sie es war, die sich entscheiden musste. Weil Mungo endlich von ihr hören wollte, was mit ihrem Verfahren war. Weil Staatsanwalt Dr. Binz sie über den Rand seiner Lesebrille hinweg ins Visier nahm.

Seine Feinde muss man sich verdienen.

Mungo hatte den Kopf in den Nacken gelegt und betrachtete den Himmel. Zoe machte es ihm nach, sah einen aprikosenfarbenen Kondensstreifen, mit fettem Strich übers Blau gezogen. Was sollte das überhaupt heißen: *wir machen weiter*, und plötzlich wurde ihr klar, dass dies hier ihre Chance war. Hier tat sich gerade ein neues, ein gefährliches Spiel auf, und sie, Zoe, die Furchtlose, das coole Aas, die mit verbundenen Augen über jeden Abgrund balanciert, SuperZoe, heimliche Herrscherin über Gotham City, sie würde dieses Spiel spielen. Und gewinnen. Eine wie sie hatte sieben Leben.

Zoe holte tief Luft, nickte Mütze zu und verließ ihren Beobachtungsposten. Sie setzte auf ihrem Handy den Countdown in Gang und gab das Zeichen.

In der Halle war es kühl. Zoe steckte den Euro in den Einwurfschlitz eines Einkaufswagens, um ihn von der Kette zu lösen, und steuerte auf die Obst- und Gemüseabteilung zu, während hinter ihr immer mehr Menschen durch die schwere Eingangstür hereinkamen, ebenfalls Einkaufswagen nahmen und stumm damit begannen, sie zu füllen.

Das *Gourmet-Kontor* war um diese Zeit nur spärlich besucht. Die Einkäufer der Restaurants kamen morgens zwischen sieben und zehn. Gegen zwölf tauchten dann die ersten Königspudel auf, um an der Bar im hinteren

Teil des Raumes ein Gläschen Champagner und ein paar Austern zu schlürfen. Aber dieser Augenblick hier gehörte ganz ihnen. Sie hatten noch zwei Minuten und fünfundvierzig Sekunden.

Als Zoe anfing, Körbchen mit Litschis und Weintrauben in ihren Wagen zu stellen, bei Flugmangos und Feigen zuzugreifen, fing sie den verwunderten Blick einer Angestellten auf. Sie trug weiße Stoffhandschuhe, polierte kleine kugelige Früchte mit einem Tuch und schichtete sie zu einer glänzenden Pyramide auf. Zoe lächelte gewinnend zu ihr hinüber und verlangsamte ihr Tempo, bis sie an der Frau vorbei war.

Alles hing davon ab, dass sie so lange wie möglich unentdeckt arbeiten konnten. Sie nahm Kurs auf die Frischeabteilung, die mit Pendeltüren aus durchsichtigem Plastik vom übrigen Verkaufsraum abgetrennt war. Davor zwei lange Reihen mit Tiefkühlschränken. Die mussten zuerst besucht werden. Rehrücken, Froschschenkel, Entenbrust. Tintenfisch, Pangasiusfilets, Jakobsmuscheln. Basilikumsorbet, Schokoladeneis, einen Kilo-Beutel Himbeeren, einen mit Steinpilzen, Champagnertorte, Tiramisù. Und dann rüber zu griechischem Yoghurt aus Ziegenmilch, zu Salzbutter aus der Normandie und beherzt zugegriffen bei abgepacktem Bündnerfleisch, Rinderfilet und Teigtaschen mit Bärlauchpesto. Ihr Herz hämmerte.

Eine Minute und fünfzig Sekunden.

Die Gänge waren inzwischen dicht bevölkert von Gestalten, die alle mit dem gleichen still besessenen Kaufrausch ihre Wagen beluden. Ein älterer Angestellter kam aus der Tür zum Lagerraum, blickte überrascht auf Zoe, auf das Gedränge, die vielen Wagen, blinzelte und machte wieder kehrt. Schon das zweite Mal, dass ihr jemand hier voll ins Gesicht gesehen hatte, das ohne Maske plötzlich jeder lesen konnte wie einen Steckbrief.

Noch sechzig Sekunden.

Weiter, aus dem Kühlraum in die Halle zurück. Kaffee aus den Anden, Gebäck aus Mallorca. Ihr voll beladener Wagen lief nur noch schwer um die Kurven. Sie griff nach Calvados, Grappa und Marillenschnaps.

Dreißig Sekunden.

Zwei Männer an der Bar überlegten laut, die Polizei zu holen. Aber was wollt ihr denen denn erzählen, belgische Pralinen, Chutney, Kaviar, noch zwanzig Sekunden, zehn, und jetzt nichts wie raus. Zoe pfiff auf zwei Fingern, das war das Zeichen, die vollen Einkaufswagen aneinanderzuschließen und stehenzulassen, es war ja wohl kaum strafbar, dass man lieber doch woanders shoppen ging.

Alle strömten jetzt dem Ausgang zu, wo sich ein paar Mitarbeiter versammelt hatten und auf sie warteten, Zoe spannte die Muskeln, wie vor einem Sprung, eine Schlägerei war keine gute Sache jetzt. Ein dicker Mann hob angriffslustig die Arme, ließ sie aber gleich wieder sinken, als die ganze Schar wie bei einer Stampede nun durch die Tür drängte. Als Zoe an der Obstverkäuferin vorüberkam, schlug die mit wutverzerrtem Gesicht nach ihr, aber Zoe ließ sich von den anderen einfach weiterspülen, so viele Arme und Beine, das war die Macht des Faktischen. Drinnen summte zwischen ausgeplünderten Regalen die Stille nach dem Sturm, nur ein paar Hummer bewegten sich hier und da schwerfällig über den Boden.

1.

Im *Wemuth* waren fast alle Tische mit Mittagsgästen besetzt. Es herrschte reger Betrieb, der jedoch durch die Atmosphäre des Raumes auf eine Temperatur knapp über dem Gefrierpunkt heruntergekühlt wurde. Binz, der das *Balzac* mit seinen schweren Stoffen und ochsenblutroten Wänden gewohnt war, musterte einigermaßen frappiert die nackten Tische aus gebürstetem Edelstahl, die weißlackierten Wände, das arktische Licht, den Steinboden. Alles zusammen erzeugte eine Stimmung, steril und funktional wie in einem Labor.

Binz hatte den Roller in einer Seitenstraße vor einem mit buntem Gekrakel zugesprayten Rollgitter geparkt, mit dem ein Leihhaus seine Auslagen schützte, und sich zu Fuß auf den Weg in die Lange Reihe gemacht. Er kam an einem Asia-Shop, einem türkischen Reisebüro und einem Lebensmittel-Discounter vorbei. Aus einem Hofeingang roch es intensiv nach Urin, und er begann sich bereits zu fragen, ob er sich die Adresse wirklich richtig notiert hatte. Doch dann veränderte sich die Szenerie. Je weiter er sich vom Hauptbahnhof entfernte, desto gefälliger wurde das Angebot an Läden und Cafés. Eine Coffeebar hatte Tische auf den Bürgersteig gestellt, zwischen dem Uhrmacher und dem Billigfriseur fanden sich ein Biokaufhaus und eine Vinothek. Warum hatte sich Frederking ausgerechnet diesen Ort für seine Edelküche ausgesucht?

Das *Wemuth* lag etwas zurückgesetzt im Ladengeschoss eines Altbaus und präsentierte sich ausgesprochen wortkarg. Das einzige große Fenster war mit hellen Schiebegardinen verhängt, über der Eingangstür prangte in eckigen Lettern aus oxidiertem Metall der Schriftzug *Wemuth*. Das war alles; es wirkte exklusiv, aber nicht besonders einladend. Nebenan, nur durch die Eingangsstufen zum Wohnhaus getrennt, lag das *Lotus,* der China-Imbiss von Wu Tian. Er warb mit neonroten Folienbuchstaben auf dem Schaufenster für seinen Mittagstisch von elf bis siebzehn Uhr, Tagessuppe und Hauptgericht für vier Euro fünfundneunzig. Zwischen der Beschriftung hindurch sah Binz im Ladeninneren jemanden in einem roten Kittel hinter der Theke hantieren. Als er Wu erblickte, der mit langsamen Bewegungen die Stehtische vor dem Fenster abwischte, drehte er sich mit einer raschen Bewegung weg.

Eine junge Frau brachte ihn zu einem freien Platz. Eine Speisekarte gab es nicht; mittags aßen alle das gleiche Menü. Am Nebentisch wurden gerade zwei an den Rändern gewellte quadratische Teller serviert, in deren Mitte ein Nest aus grünlichen Spänen saß. Darin zitterte etwas Geliertes, kreisförmig darum herum waren glänzende karottenrote Dragees angeordnet. Das Ganze sah aus wie ein Gemälde von Kandinsky.

Die junge Bedienung kam und stellte eine ovale Schale mit einer dampfenden Flüssigkeit vor ihn hin. Binz sah misstrauisch auf die Suppe hinunter und nahm erleichtert wahr, dass sie einen intensiven würzigen Duft verströmte.

Auf einmal stand Lars Frederking an seinem Tisch. »Sie mal an, unser Don Quichotte.«

Immer noch dieselbe Herablassung. Und immer noch hatte sie die Macht, ihn augenblicklich in einen hässlichen Zwerg zu verwandeln.

»Sind Sie neugierig geworden?«

»Man hört so einiges über die Küche hier.«

Frederking grinste. »Ist nicht gut gelaufen für Sie, dieser fürchterliche Prozess. Wie es aussieht, haben Sie die Gegenseite unterschätzt.«

»Vor diesem Fehler ist niemand gefeit.«

»Das Beamtendasein schwächt die Witterung.« Frederking tippte sich mit dem Zeigefinger an die Nase. »Sie hätten damals auf mich hören sollen. Das ist nicht der richtige Job für Sie. Ich fürchte, jetzt ist es zu spät.«

Binz dachte an das Gesicht von Zoe Aschenbrenner, als sie ihn vor ihrer Wohnungstür stehen sah.

»Das fürchte ich auch.«

Frederking wandte sich zum Gehen, dann hielt er noch einmal inne.

»Lassen Sie sich nicht entmutigen. Die Sachen, die hier serviert werden, sehen vielleicht anders aus als das, was Sie kennen, aber sie schmecken phantastisch. Deshalb habe ich Käthe hergeholt.«

Tatsächlich schmeckte die Suppe köstlich nach Kräutern. Immer wieder wurde ein neuer Teller vor ihn hingestellt, und jedes Mal war Binz, nach einem skeptischen Blick auf die geometrischen Arrangements, von der Intensität der Aromen überrascht. Als er gerade etwas probierte, das wie eine geröstete Weißbrotscheibe mit Kaviar aussah, aber nach Brombeere und Vanille schmeckte, ließ sich eine Frau auf den Platz ihm gegenüber fallen und zerrte am obersten Knopf einer verschmutzten Kochjacke.

»Sie sind der Jurist.«

Binz wollte sich erheben, um sich vorzustellen, aber die Frau winkte ab.

»Und?«, fragte sie. »Was sagen Sie? Haben Sie gut gegessen?«

Käthe Wemuth bedachte erst das Dessert auf der schmalen Porzellanplatte, dann ihn mit einem prüfenden Blick.

»Sie essen gerne«, ergänzte sie mit einem spöttischen Lächeln.

»Sieht man das?« Charmant lächelte Binz zurück. Er hatte die Absicht, in diesem Gespräch derjenige zu sein, der führt.

»Aber *so* haben Sie noch nie gegessen. Stimmt doch, oder?«

Binz antwortete mit einer vagen Bewegung des Kopfes.

Käthe Wemuth beugte sich über den Tisch zu ihm hinüber, als lese sie ihm aus der Hand.

»Sie haben sich bei jedem Gang gefragt, ob das alles seine Richtigkeit hat. Sie haben gedacht, dass jemand Ihnen einen Streich spielt. Sie sind ein Mensch, der *Tournedos Rossini* serviert bekommen will, und haben sich betrogen gefühlt. Das ist gut«, rief sie aus und schlug mit der flachen Hand auf den Tisch. »Man muss sich nämlich ganz neu auf das Abenteuer des Schmeckens einlassen, wenn der Verstand nicht vorsagen kann, was man schmecken sollte.«

»Da haben Sie ganze Arbeit geleistet. Ich habe keine Ahnung, was ich gegessen habe.«

»Das freut mich«, sagte sie und deutete eine Verbeugung an. »Obwohl wir hier erst ganz am Anfang stehen. Aber wir wollen unsere Entdeckungen mit unseren Gästen teilen.«

»Ich muss gestehen, dass ich doch etwas schreckhaft reagiere, wenn sich die Dinge auf meinem Teller nicht identifizieren lassen.«

»Vertrauen Sie auf Ihren Instinkt.«

»Ich bin Rationalist.«

»Sie sind ein Gewohnheitsmensch. Das macht das Genießen schwieriger. Aber ja nicht unmöglich.«

Käthe Wemuth schenkte ihm ein strahlendes Lächeln. Binz, der sich vorgenommen hatte, die Geschäftspartnerin von Lars Frederking unsympathisch zu finden, wurde aus dem Takt gebracht.

Inzwischen hatte sich das Restaurant geleert. Das Personal hatte die Eingangstür abgeschlossen und war am Aufräumen.

»Sie wissen, wer ich bin?«

Die Köchin nickte.

»Herr Frederking hat gesagt, Sie sind gekommen, um zu spionieren. Und dass ich Sie einwickeln soll.«

»Ich bin gekommen, um Ihre Küche kennenzulernen. Aber wo wir gerade dabei sind, würde ich gerne mit Ihnen über Ihren Sous-Chef sprechen.«

»Ehemaliger Sous-Chef. Der Fierek ist die längste Zeit hier gewesen.«

»Das klang aber im Prozess noch ganz anders.«

»Kann sein. Aber jetzt ist er raus. Er ist ein Grobmotoriker.«

Binz sah sie fragend an.

»Der gehört in einen Landgasthof mit Forellenteich hinterm Haus. Solche Leute will ich in meiner Küche nicht haben. Das hier ist ein Konzeptladen.«

»Haben Sie denn eine Ahnung, warum man Sie zu dem Fall nie gehört hat?«

»Wieso sollte man?«

»Ihr Laden. Ihr Koch. Ihr Nachbar.«

»Aber nicht mein Stil.« Wieder dieses strahlende Lächeln.

»Sie haben also kein Problem mit Ihrem Nachbarn?«

»Wird das jetzt ein Verhör? Also bitte. Verhören Sie mich. Aber dann müssen Sie Ihr Essen bezahlen. Eigentlich wollte ich Sie einladen, aber nachher heißt es noch, ich besteche einen Staatsdiener.«

»Nett gemeint, aber ich bezahle mein Essen immer selbst.«

Nun war es Binz, der lächelte. »Wie stehen Sie zu Lars Frederking?«

»Er ist mein Kompagnon.«

»Das heißt, Sie kochen, und er macht das Kaufmännische.«

»Nein. Geschäftsführerin bin ich. Ich gebe meinen Namen, deshalb will ich auch bestimmen, wohin die Reise geht.«

»Aber er gibt das Geld.«

»Ja. Er glaubt an unser Projekt. Das ist besser als jede Bank. Er lässt mich machen, was ich für richtig halte. Und er traut mir zu, dass ich mit meiner Vision Erfolg habe.«

Binz betrachtete die Frau ihm gegenüber. Ihr zurückgebundenes Haar glänzte rötlich, ihre Augen funkelten vor Entschlossenheit. Vielleicht waren es ja nicht nur ihre Kochkünste, die den Junior für sie einnahmen.

»Was sagen Sie denn zu dem Angriff auf Herrn Wu?«

»Das war völlig daneben. Da sehen Sie, wie unsmart der Fierek gestrickt ist. Man löst Probleme nicht mit dem Ausbeinmesser.«

»Was für Probleme?«

»Na, der Chinese stellt sich stur. Er will nicht gehen. Er hält an seiner heruntergekommenen Bude fest, als wäre es das Ritz. Idiotisch. Lars hat ihm Ersatz angeboten, aber...«

Lars. Man war also per Du. Schade eigentlich, dass diese hübsche, ehrgeizige Frau sich in so schlechte Gesellschaft begeben hatte.

»Also war Fierek Ihr Mann fürs Grobe?«

»Unfug. Der Chinese muss gehen, das ist klar. Das Haus gehört der Frederking-Holding und ich habe hier überhaupt nur zugesagt, weil man mir versichert hat, dass Platz genug ist für das Kochlabor, das ich aufziehen will, und vielleicht einen kleinen Laden.«

»Sie haben große Pläne, wie mir scheint. Da sind Sie bei der Familie Frederking ja genau richtig.«

Binz ärgerte sich über seinen schnappenden Tonfall, doch Käthe Wemuth überhörte die Schärfe. Sie sann über etwas nach und rieb sich dabei die Wange, unbewusst wie ein Kind. Dann schüttelte sie den Kopf.

»Ich bin jetzt sechsunddreißig. In unserem Metier ist das schon lange nicht mehr jung. Und es ist wahr. Man lebt ungesund, man brennt an beiden Enden und irgendwann verlässt einen die Kraft. Ich habe immer die Ideen anderer umgesetzt, jetzt will ich mir meine eigene Welt erschaffen. Das ist mein Traum. Und den lasse ich mir nicht verderben von dem alten Chinamann, der seinen Billigmampf auch an jedem anderen Platz der Welt zusammenrühren kann.«

Es war später Nachmittag, als Binz die Tür zu seiner Wohnung aufschloss. Er zog sein Jackett aus und warf es auf einen Stuhl, zerrte die Krawatte aus dem Hemdkragen und ließ sie danebenfallen. Nach dem Gespräch mit Käthe Wemuth war er ins Büro zurückgekehrt und hatte nach einem Blick in seinen Terminkalender beschlossen, seine Akten mit nach Hause zu nehmen. Es war Freitag, und er sah auf einmal keinen Grund, warum er sich der Tristesse dieses Behördenzimmers aussetzen sollte, während er genauso gut in seinem lichtdurchfluteten Wohnzimmer arbeiten konnte.

Dann sah er die Handtasche.

Sie stand neben einem Paar ordentlich abgestellter Damenschuhe mit bleistiftdünnen Absätzen unter der Garderobe. Das waren nicht Irinas Schuhe.

Binz fühlte sich wie ein ertappter Einbrecher. Er hielt den Atem an und lauschte auf die leisen Geräusche, die aus dem Inneren der Wohnung kamen. Freitag. Natürlich. Nuria. Dienstags und freitags war seine Haushaltshilfe da, nur begegneten sie einander so gut wie nie, weil er in der Regel erst sehr viel später nach Hause kam.

In seinem Alltag war sie der freundliche Dschinn, der aufräumte und putzte und seine Hemden bügelte und dabei unsichtbar blieb. Und so hätte es gerne auch bleiben können. Nun war es vorbei mit der ungestörten Ruhe, nun würde er irgendeine alberne Konversation machen müssen, während jemand um seine Füße herum den Staub saugte und die Polster des Sofas aufklopfte, auf dem er sich niedergelassen hatte. Einen Moment lang überlegte er, die Wohnungstür einfach leise wieder hinter sich zuzuziehen und ins Büro zurückzukehren.

Stattdessen fuhr er sich vor dem Spiegel durchs Haar und räusperte sich.

»Hallo, Nuria.«

Keine Antwort.

»Nuria?«

Nichts.

»Hallo, ist jemand da?«

Bad und Küche waren leer. Er fand Nuria schließlich in seinem begehbaren Kleiderschrank; sie hatte ihm den Rücken zugekehrt und sortierte Wäsche ein. Sie trug ein weites Kleid, war barfuß, hatte ihre dunklen Haare hochgebunden. In ihren Ohren steckten winzige Kopfhörer, und an einem ihrer Ärmel trug sie einen Clip mit einem MP3-Player, so groß wie eine Briefmarke. Es war offensichtlich, dass sie ihn nicht hörte, auch ihre eigene Stimme nicht hörte, die ab und zu ein paar Töne erzeugte, kehlig und unartikuliert wie bei einer Taubstummen.

Dieser Anblick eines Menschen, der sich allein wähnt, das heimlich gestohlene Bild dieser Frau erzeugte eine überwältigende, verwirrende Intimität. Binz betrachtete ihren Nacken, in dem sich einige verschwitzte dunkle Haare kringelten und der so arglos war, so ungeschützt und nackt.

Reglos stand er an der Tür und nahm die Einzelheiten ihrer Erscheinung mit einer lustvollen Akribie in sich auf, als ob er sie malen wollte. Er sah die dunklen Pigmentflecken auf ihrem Hals, die Grübchen an den Ellbogen, die helle Haut in den Kniekehlen, die braunen weichen Füße mit den dunkel lackierten Zehennägeln. Ein unbändiges Verlangen überkam ihn, mit beiden Händen nach ihr zu greifen, ihre Nähe erschien ihm wie eine unerhört bekömmliche, allen Hunger stillende Speise.

Als Nuria sich umdrehte und ihn sah, erschrak sie nicht, sondern lächelte und zog sich die Kopfhörer aus dem Ohren. Binz glaubte, Freude in ihrer Miene zu lesen. Freude, ihn zu sehen? Er ließ die Klinke der Tür los, an der er sich festgehalten hatte, und machte sich auf den Weg zu ihr, einen Fuß vor den anderen setzend wie ein Schlafwandler auf schmalem First. Bevor er bei ihr war, musste er wissen, was er tun durfte, Nurias Lächeln jedenfalls dauerte an, sie sah auf eine Stelle auf seiner Brust, als stünde dort geschrieben, was er wollte, dann legte sie das frisch gebügelte Hemd weg, das sie in der Hand gehalten hatte, und wartete, bis er vor ihr angekommen war. Mit einem leisen Kopfschütteln hob sie ihre Hand und strich ihm mit dem Daumen sacht über die Stirn, als sähe sie dort seine ganze Gier und Unsicherheit, dann schloss sie die Augen.

Die Linden vor dem Haus dufteten süß und schwer. Binz saß auf seiner Dachterrasse, trank einen Schluck Weißwein und sah einer Hummel dabei zu, wie sie an einem schwankenden Lavendelzweig von Blüte zu Blüte flog. Er war zu sich gekommen, als er die Wohnungstür zuklappen hörte; er musste eingeschlafen sein, auf dem Teppichboden in seinem begehbaren Schrank, inmitten seiner verstreuten Kleidung. Sein Verstand hatte einige Mühe, zu verarbeiten, was geschehen war. Es schien ihm unglaubwürdig, phantastisch, denn es sah ihm so gar nicht ähnlich. Tagtäglich hatte er mit Menschen zu tun, die von ihren Leidenschaften vor sich hergetrieben wurden; er fand ihre mangelnde Selbstkontrolle befremdlich, doch insgeheim hatte es ihn auch beunruhigt, dass er in sich selbst solche Entflammbarkeit nicht finden konnte.

Und als sein Verstand endlich wieder Herr der Lage zu sein glaubte, gab dieser sogleich zu bedenken, dass er nun ein Problem habe. Er hatte einer Frau Hoffnungen gemacht, und es würde schwierig sein, sich mit Anstand von ihren Erwartungen zu befreien. Aber die innere Stimme leierte ihre Skrupel und Einwände wie ein Pflichtpensum herunter, es fiel Binz schwer, ihr überhaupt zuzuhören. Der Rest von ihm war vollkommen damit ausgefüllt, diese pelzige Hummel beim Hummelsein zu beobachten.

Schließlich griff er zum Telefon, wählte Irinas Nummer, und ohne die Hummel aus den Augen zu lassen erklärte er ihr, dass er die Verabredung für den Abend absagen müsste. Keine Vernissage, kein spätes Essen. Das Übliche: der Magen, der Kopf. Zu viel gearbeitet.

Dann ging er ins Schlafzimmer, warf sein Hemd aufs Bett und suchte stattdessen das Trikot heraus, das er beim Fußball im Jenischpark trug. In der Küche schenkte er sich kalten Wein nach und fischte zwei Scheiben italienischer Mortadella aus ihrem Papier. Auf dem Weg zurück auf die Terrasse kam er an dem Spiegel im Flur vorbei. Er hielt inne und betrachtete sich neugierig, als erwartete er, ein anderer geworden zu sein, nur weil er gerade mit einer Frau geschlafen hatte, die er kaum kannte und weil es eine der seltenen Gelegenheiten gewesen war, wo er sich nicht dabei zugesehen hatte. Ein barfüßiger Mann mit unordentlichem Haar, in einer verknitterten Anzughose, über der ein weites T-Shirt mit der Nummer vierzehn hing, prostete ihm zu.

Er nahm einen Schluck Wein, lief ins Wohnzimmer und legte die Goldberg-Variationen auf. Nach ein paar Takten nahm er die CD wieder aus dem Laufwerk und suchte nach etwas anderem. Es dauerte eine Weile, doch schließlich fand er, was er suchte. Er schob die neue Disk ein und drehte den Regler für die Lautstärke auf. Einen Augenblick später wurde das Zimmer erfüllt von kreischenden E-Gitarren und der heiseren, stürmischen Stimme von Suzi Quatro.

2.

Zoe brauchte eine Weile, bis sie begriff, dass der Klingelton nicht zu ihren mäandernden Marihuana-Träumen gehörte. Dann dauerte es noch einmal eine Weile, bis sie ihr Handy zwischen den Klamotten auf dem Fußboden gefunden hatte.

»Zweite Regel«, hörte sie Binz' ungeduldige Stimme, »solange du mit mir zu tun hast, gehst du an dein Handy, wenn es klingelt.«

Mit einem Ächzen ließ Zoe sich wieder in die Kissen fallen.

»Scheiße, es ist Samstag. Ich hab noch geschlafen.«

»Dafür ist keine Zeit. Wir müssen uns unterhalten. Ich habe jetzt gleich einen Termin im Polizeipräsidium, und danach treffen wir uns. Um elf an der Eiskiste.«

»Eiskiste?«

»Der Kiosk bei der Schlittschuhbahn.«

»Schlittschuhbahn?«

Zoe kniff die Augen zusammen, weil sie das Wort *Schlittschuhe* gerade weit weg zu tragen drohte wie ein fliegender Teppich.

»Ja, die Eisbahn in Planten un Blomen, Herrgott, gehen Leute wie du eigentlich immer nur nachts aus dem Haus?«

Die Eisbahn entpuppte sich als Betonplatz, auf dem ein einsamer Inline-Skater herumkurvte. Auf einer Seite war der Platz von einem Gebäude mit Mustern in Pastelltönen eingefasst, das wie eine Tiefseestation in einem Low-Budget-Streifen der Siebziger aussah. Zoe starrte misstrauisch auf die Fassade aus Sichtbeton, die Brücke mit der eckigen Beobachtungskanzel, als hätten sie diese Kulisse nur aufgebaut, um sie zu verwirren. Und es funktionierte. Sie hatte das Gefühl, durch einen Schlitz aus der Wirklichkeit gefallen zu sein wie eine Erdnuss.

Als sie am Treffpunkt ankam, wartete Binz schon auf sie. Seine Miene war finster. Er nickte ihr zu und dirigierte sie zu einer etwas abseits stehenden Parkbank.

»Die Dinge haben sich geändert«, sagte er mit dringlicher, leiser Stimme. Er hielt inne und wartete, bis ein alter Mann mit seiner Gehhilfe an ihnen vorbeigeschlurft war. »Bislang war er bloß ein Arschloch, das ich ein bisschen ärgern wollte. Aber seit heute Nacht ist er ein Mörder.«

Zoe wurde es mulmig. Für einen kurzen Moment hatte sie wieder das Gefühl, auf einem schwankenden fliegenden Teppich zu sitzen. Was war das für ein abgedrehter Film, in den sie da hineingeraten war?

»Kurze Pause, okay? Ich blick nämlich echt nicht durch. Worum geht's hier eigentlich?«

Es ging um eine Immobiliengesellschaft, Vater und Sohn, die kauften Wohnhäuser in Altona, St. Pauli und

Eimsbüttel und entmieteten sie, drehten den Mietern, die sich weigerten auszuziehen, Wasser und Strom ab und ließen ihnen Fäkalien an die Wohnungstür schmieren.

»Echte Scheiße? Krass.«

Zoe wurde mit einem konsternierten Blick bedacht.

»Das sind Familien mit Kindern, Alte und Leute wie du, die in solchen Häusern leben. Und wenn sie immer noch nicht genug haben, schickt man ihnen Handwerkertrupps vorbei, die die Toilette aus der Wand reißen und dann nicht mehr wiederkommen.«

Okay, das war schlimm. Die Welt war schlecht. Aber was bitte hatte das mit ihr zu tun?

Der Staatsanwalt fuhr sich mit der Hand über die Augen, dann erzählte er von einem chinesischen Imbiss, dessen Inhaber Wu niedergestochen worden war, weil dieser Frederking Junior andere Pläne mit den Räumen hatte. In der Nacht war das Lokal in Flammen aufgegangen. Unglücklicherweise hatte im Hinterzimmer, das als Lagerraum genutzt wurde, eine Verwandte von Wu geschlafen.

»Ich will, dass dieser Verbrecher keine ruhige Nacht mehr hat. Ich will, dass er Herzklopfen bekommt, wenn er die Zeitung aufschlägt. Ich will, dass sein Name in dieser Stadt einen schlechten Geschmack im Mund hinterlässt«, sagte er, und sein Zeigefinger hieb wie eine Nahkampfwaffe die Luft in Stücke.

Vergeblich grub Zoe in ihren Jackentaschen nach einem Kaugummi. Die Situation stresste sie. Der Mann war ein Eiferer, ein selbsternannter Super-Sheriff, der davon träumte, einmal richtig aufzuräumen. Solche Leute lösten in ihr automatisch einen Totstellreflex aus.

»Euer Auftritt in dem Gourmet-Laden war ja schon ganz

nett fürs Erste«, hörte sie den Juristen sagen, »aber jetzt muss da ein bisschen mehr Druck rein.«

Konzentriert zeichnete sie mit einer Schuhspitze Muster in den Sand und versuchte, sich in einen Einzeller zurückzuverwandeln, über den die Zivilisation achtlos hinwegbrauste.

»Die Zeitungen rätseln, welche Gruppe dahintersteckt und welches Ziel sie mit der Aktion verfolgt hat. Wir werden ihnen eine Botschaft geben. Ihr braucht ein erkennbares Profil.«

Zoe hustete. Was sie brauchte, war eine Kippe.

Der Staatsanwalt beugte sich zu ihr herüber. »Neue Mitte Altona«, sagte er mit Triumph in der Stimme.

Die Deutsche Bahn plante, den Altonaer Bahnhof zu verlegen, und die Stadt hatte begonnen, auf dem schon stillgelegten Teil des ausgedehnten Areals einen neuen Stadtteil zu errichten. Die Frederking Holding wollte dort im zweiten Bauabschnitt vierhundert Mietwohnungen, Stadthäuser und Gewerbeimmobilien bauen. Aber so kritisch, wie die öffentliche Stimmung gegenüber diesem Projekt war, würde die Stadt keine Grundstücke an einen Investor verkaufen, gegen den sich bereits eine Protestbewegung formiert hatte.

Zoes Gedanken drifteten zu den vielen Nächten, die sie mit Mungo, dem Sergeant und den anderen zwischen den Gleisen unterwegs war, zu ihrem Masterpiece an der Stirnseite der alten Wartungshalle, zu dem Treffpunkt auf der Brache mit der Bank aus dem VW-Bus und Mützes selbstgebautem Grill. Doch der energisch auf sie einredende Mensch neben ihr holte sie zurück.

»Bei den Aktionen hast du im Großen und Ganzen freie

Hand, solange es sich im Rahmen hält«, sagte Binz. »Das Wichtigste ist, dass Frederking als skrupelloser Gentrifizierer ins Gerede kommt. Meine Person bleibt außen vor, das ist ja wohl klar. Du bist die Einzige von eurer Truppe, die die Zusammenhänge kennt.«

Der meinte es wirklich ernst, der wollte diesen Typen hängen sehen. Jetzt schien es doch angeraten, wach zu werden. Zoe setzte sich aufrecht hin und versuchte einen Systemstart. Währenddessen kramte Binz in seiner Tasche und hielt ihr ein altes Klapphandy hin.

»Darüber werden wir in Verbindung bleiben. Du benutzt es nur für die Gespräche mit mir.«

Sie sah das Handy an, als ob es strahlenverseucht wäre. Dieser Dr. Binz kam ihr wirklich durchgeknallt vor. Unberechenbar. Fast sehnte sie sich nach dem altvertrauten Gegner zurück, dem Law-and-Order-Fritzen, der sie ins Gefängnis bringen wollte und sonst nichts.

»Was bedeutet das alles? Spielen wir jetzt MI5 oder so?«

»Mir ist es verdammt ernst, Aschenbrenner. Du machst besser keine Witze.«

»Aber wieso denn ich? Ich bin eine von den Bösen, schon vergessen?«

Der Staatsanwalt schenkte ihr ein gequältes Lächeln.

»Gerade deshalb ja.«

»Woher weiß ich, dass ich damit nicht nur weiter meine Strafakte füttere, sehr geehrter Herr Doktor Binz?«

»Bist du still!«, fuhr Binz sie an. Mit einem schnellen Blick sicherte er, ob jemand sie gehört haben konnte.

Zoe begriff, wie riskant das Spiel für den Juristen war, und der Gedanke gefiel ihr außerordentlich. Allmählich erreichte sie ihre Betriebstemperatur.

»Wie stellen Sie sich das vor, Mann? Bin ich die Chefin einer paramilitärischen Einheit? Wir sind alle gleich, kein Mensch hört drauf, was ich sage. Die meisten von den Leuten kenne ich nicht mal. Die habe ich in dem Fresstempel das erste und vielleicht auch das letzte Mal in meinem Leben gesehen.«

»Lass dir was einfallen, Aschenbrenner. Du bist doch sonst nicht auf den Kopf gefallen. Wer weiß, vielleicht lass ich dich ja laufen, wenn du deine Sache gut machst. Schon mal was von einer Win-Win-Situation gehört?«

»Woher soll ich wissen, dass Sie mich nicht bescheißen?«

Binz stand auf und strich sich mit den Händen über den Bauch. »Willst du auch ein Eis?«

Ohne eine Antwort abzuwarten, ging er zum Kiosk hinüber und kam mit zwei Cornetto Nuss zurück.

»Das gab's schon, als ich hier als kleiner Junge unterwegs war. Und es schmeckt auch noch genauso wie damals«, sagte er.

Eine Weile lang aßen sie wortlos ihr Eis. Zoe war als Erste fertig. Sie hatte es hastig in sich hineingeschlungen und bedauert, dass die Waffeltüte nicht üppiger ausfiel, schließlich hatte sie noch nicht gefrühstückt. Dann kickte sie das Papier auf der Fußspitze ins Gebüsch und drehte sich zu dem Staatsanwalt um.

»Ich denk drüber nach. Aber bei mir gibt's auch ein paar Regeln. Die erste ist: Hören Sie auf, mich zu duzen.«

Binz, der gerade einen großen Bissen nehmen wollte, hielt stirnrunzelnd inne. Zoe betrachtete den Mann im Anzug mit der Eistüte in der Hand und hatte auf einmal ein irrwitziges, halsbrecherisches Gefühl von Macht. Sie sah sich neben Clint Eastwood ihre Smith & Wesson ziehen, um Seite an Seite die Rattennester der Großstadt auszuheben; mit fragenden Augen versorgte Lotta Zoes böse Fleischwunde, aber Zoe konnte ihr nicht erzählen, welchen Kampf sie gerade führte. Dann war der Flash vorbei, und sie sah bloß einen nicht mehr jungen, etwas aufgedunsenen Mann, der ein rosafarbenes Oberhemd unter seinem Jackett trug. Aus seiner Aktentasche holte Binz einen braunen Umschlag hervor und hielt ihn ihr hin.

»Was ist das?«

»Mach auf.«

Genervt verdrehte Zoe die Augen.

»Schon gut. Also bitte, sehen *Sie* sich die Bilder an. Das sind Fotos vom Tatort. Sie sollen wissen, mit wem wir es zu tun haben.«

Zoe schüttelte den Kopf. »Geschenkt, Doktor. Sagen Sie mir einfach, was Sache ist.«

Mit Genugtuung registrierte sie die Missbilligung im Gesicht des Staatsanwalts.

Binz schlug vor, ein bisschen durch die Wallanlagen zu schlendern. Zoe bemerkte schaudernd, dass vor jeder Pflanze ein Täfelchen mit ihrem deutschen und dem lateinischen Namen in der Erde steckte.

»Ich war auf dem Präsidium heute Morgen. Ich wollte wissen, ob man schon verwertbare Spuren gefunden hat. Die Brandermittler fangen gerade erst an, aber ich weiß auch so, dass es Brandstiftung war.«

Zoe kratzte sich die Stirn, rieb sich die Nase und kaute auf ihrer Unterlippe herum. Ihr Brustkorb dehnte sich, sie atmete laut aus, sie dachte nach. Dann nickte sie.

»Okay, Doktor. Dann ärgern wir Ihren Tycoon mal ein bisschen.«

»Kein Klassenkampf, Aschenbrenner. Gewalt ist absolut tabu.«

Zoe zuckte mit den Schultern. Kaum einmal einen schmutzigen Gedanken zu Ende gedacht, und schon Angst vor dem Zorn Gottes.

»Hier ist eine Aufstellung mit einigen Objekten«, fuhr Binz fort, »da wird ja wohl was für euch dabei sein.«

»Das muss vorbereitet werden«, antwortete Zoe, nachdem sie die Liste überflogen hatte. »Ein paar Tage müssen Sie sich schon gedulden. Ich melde mich dann.«

Sie hielt das neue Handy hoch.

»Und jetzt brauch ich einen Kaffee und irgendwas zu beißen. Und außerdem muss ich aus diesem Park hier raus. Solche Parks machen mich depressiv.«

Binz blieb stehen und hielt ihr die Hand hin.

»Dann sind wir also im Geschäft«, sagte er.

Zoe starrte die Hand an und schüttelte den Kopf.

»Diese Nummer mit dem Handschlag hab ich zum letzten Mal mitgemacht, als mein Vater mir mit vierzehn das Versprechen abgenommen hat, nicht mit dem Rauchen anzufangen.«

Sie wendete sich zum Gehen. Als sie sich ein paar Schritte entfernt hatte, rief ihr Binz hinterher.

»Eine Frage noch.«

Zoe drehte sich um und wartete.

»Da ist noch eine Kleinigkeit, die ich gerne wissen würde. Das mit dem Smiley auf dem Auto – geht das auch auf Ihr Konto?«

Zoe machte eine vage Handbewegung.

»Das war der Wagen meines Kollegen Urbach. Wieso er?«

»War ein Versehen. Ich war mir eigentlich sicher, dass es Ihre Karre ist.«

3.

Bevor sie im Altonaer Bahnhof frühstücken ging, warf Zoe einen Blick auf die Fassade. Ihr Graffito war mit grauer Farbe notdürftig übergepinselt worden. Man sah zwar ihr *Tag* nicht mehr, doch jeder, der Augen im Kopf hatte, wusste, dass hier jemand die Deutsche Bahn an den Eiern gekriegt hatte. Trotzdem fühlte sie keine Genugtuung. Der Sinn der Botschaft war erloschen wie bei einer prähistorischen Höhlenmalerei.

In einem Stehcafé bestellte sie ein belegtes Baguette und Kaffee, und während sie auf dem gummiartigen Weißbrot herumkaute, beobachtete sie die durch die Wandelhalle strömenden Menschen und baute ihnen im Geiste kleine Hindernisse in den Weg, so wie sie als Kind mit Steinen und Ästen Dämme gebaut hatte, um Rinnsale zu kleinen Seen anschwellen zu lassen.

Da tat sich auf einmal ein ganz neues Betätigungsfeld auf. Think big war die Parole, und das hieß, dass sie Leute brauchte, mit denen sie arbeiten konnte.

In ihrem Zimmer zog sie das Handy aus der Tasche, das Binz ihr gegeben hatte, und suchte nach einem geeigneten Versteck. All die Jahre waren es polizeiliche Einsatzkommandos, vor denen sie ihr Dope und ihre Farben verborgen hatte; auf einmal war es Mungo, vor dem sie auf der Hut sein musste. Zoe wog das Handy in ihrer Hand, als ließe sich damit die Schwere des Verrats ermessen, und fühlte sich für einen Moment einsam wie eine Astronautin, die abgesprengt von der Raumstation durchs schwarze All trudelt. Sie konnte nicht in den Knast gehen, das wusste sie, seit Binz neulich mit ihr zum Untersuchungsgefängnis gefahren war und sie sich schon am Anstaltstelefon gesehen hatte, *einen Anruf haben Sie, Aschenbrenner*, wie sie ihre Mutter bat, ihr eine Tasche mit Wäsche und ihren Laptop zu bringen, *kein PC, kein Handy, Aschenbrenner, das ist kein Hotel hier.* Und sie hatte sich vorgestellt, wie ihre Mutter im Besuchszimmer mit dem Überwachungsbeamten auf sie wartete und mit welchem Gesichtsausdruck sie ihr dort entgegensah.

Zoe fuhr ihren Laptop hoch und gab den Namen Frederking ein. Die Trefferliste war beachtlich, sogar einen Wikipedia-Eintrag gab es. Darin wurde Albert Frederking als großer Sohn der Hansestadt gefeiert, der mit seinem Unternehmen massenhaft Arbeitsplätze, günstige Wohnungen und Wohlstand gebracht hatte. Offenbar hatte die Familie sogar eine Stiftung gegründet, die lernschwache Kinder förderte.

Sie studierte die Homepages der Hotels und Restaurants, die auf Binz' Liste standen, und gab ihre Adressen bei Google Maps ein. Dank Street View konnte sie mit dem Mauszeiger um die Gebäude herum spazieren gehen, sie studierte Lage und Zufahrtswege, Eingänge und Fassadenstruktur und machte sich Notizen.

Es dauerte ziemlich lange, bis sie wusste, wonach genau sie eigentlich suchte. Dann rief sie einen hageren Typen namens Henk an und verabredete sich mit ihm. Henk arbeitete beim Pizza-Service neben dem *Gloria*, und ihr

Kollege Cem und sie ließen ihn gelegentlich für eine Pizza Tonno in die Vorstellung. Henk war Aktivist, einer, der auf Kongresse fuhr und über der Ungerechtigkeit der Welt das Essen vergaß. Wenn er darüber redete, führte er sperrige Vokabeln im Mund, sprach von den Vernichtungsstrategien des Neoliberalismus, von der Aggression des Kapitals, das sich den öffentlichen Raum unterwirft. Einer wie Henk schien ihr für den Job sehr nützlich zu sein; seine Wut auf den Schweinekapitalismus hatte das richtige kreative Potential.

Mit einem lauten Krachen fiel die Wohnungstür ins Schloss.

Zoe klappte instinktiv ihren Laptop zu. Sie hörte, wie Mungo im Flur seine Fahrradtasche auf den Boden warf, dann erschien ihr Freund im Türrahmen.

»Na, chica, planst du wieder den Sturm auf einen Supermarkt? Frenzi jedenfalls fand es stark.«

Mungo gähnte. Er war die Nacht wenig zum Schlafen gekommen, hatte mit den anderen Jungs dem Bahndepot in Eidelstedt einen Besuch abgestattet und war zum Nachglühen im *Geier* gewesen. Zoe klappte ihren Laptop wieder auf.

»Wir ziehen das jetzt im großen Stil auf. Wir sind ein Faktor, mit dem man ab heute rechnen muss.«

»Wer ist *wir*?«

»Darüber kann ich nicht sprechen.«

»Alles klar.« Mungo nickte träge. »Dann geh ich jetzt mal pennen und stör dich nicht weiter bei der Planung von Aufruhr und Umsturz.«

Sie trafen sich in einem Altbau im Schanzenviertel. In einem Treppenhaus, in dem es intensiv nach Katzenpisse roch, stiegen sie bis zum Dachboden hoch, wo Henk eine Luke öffnete, die aufs Dach führte. Dort standen zwei mit Ziegelsteinen beschwerte Liegestühle, dazwischen eine Blechdose mit Kippen.

Von hier oben aus betrachtet war die Stadt wie neu. Ein Flickenteppich aus Dächern, braunrot und grün und grau, aus dem Kirchtürme und Kräne und Hochhäuser ragten. Auf einige Dächer hatten sich wie Seepocken Aufbauten gesetzt, Penthäuser mit breiten Fensterfronten und Terrassen mit Windschutz aus Bambusstauden.

Zoe deutete auf eine Dachwohnung in der Nähe, wo eine Wendeltreppe im Inneren auf eine Galerie führte.

»Wir wollen den Spekulanten den Krieg ansagen. Du hast vielleicht von unseren ersten Aktionen gehört«, begann sie und erzählte kurz von der Sache im *Noma* und im *Gourmet-Kontor*. »Das waren erste Kostproben, sozusagen unsere Visitenkarte. Jetzt machen wir mobil gegen einen Typen, der Altona mit Luxuswohnungen zubetonieren will. Dafür brauchen wir strategische Köpfe.«

»Ich dachte du bist eine von denen, die nachts Häuserwände anmalen.«

Mit düsterer Miene schüttelte Zoe den Kopf.

»Das war mal.«

Als sie Henks skeptischen Blick sah, deklamierte sie, was sie an Parolen aufgeschnappt hatte.

»Man darf die Stadt nicht den Bonzen überlassen.«

Sie hätte ja schlecht sagen können, dass sie Leute für die Eingreiftruppe eines rachsüchtigen Staatsanwalts anwarb, der sie erpresste.

Zoe beschrieb das Projekt: ein kleiner Kern aus Initiatoren entwickelte Aktionen und mobilisierte jeweils eine große Zahl von Leuten über digitale Schneeballsysteme. Henk schien nun ehrlich interessiert. Und als er eine erste Kostprobe seines zersetzenden Einfallsreichtums gab, fand auch Zoe allmählich Geschmack an dem Handwerk einer Stadtguerillera. So wie Henk darüber sprach, ging es tatsächlich um etwas Großes, Wichtiges. Sie waren der Sand im Getriebe; sie hatten die Macht, die Geldgeier dieser Stadt aus ihrer Ruhe aufzustören.

Und als sie etwas später mit Mütze im Park an der Hospitalstraße saß und ihm dabei zusah, wie er für beide eine Tüte baute, malte Zoe ihm aus, was für einen Kick das geben würde, wie eine große Welle durch die Straßen zu fluten und Chaos zu stiften. Sie meinte es vollkommen ehrlich, sie spürte schon, wie diese Welle sie hochhob und vor sich herschob wie eine Surferin, fühlte das Adrenalin in ihren Adern, wir lassen sie alle tanzen, babyface, und du und ich, wir legen die Musik dazu auf.

4.

Von den Wallanlagen aus fuhr Binz direkt nach St. Georg.

Er wollte sich den ausgebrannten Asia-Imbiss mit eigenen Augen ansehen. Auf dem Weg dorthin überflutete ihn eine Welle der Euphorie. Etwas, das lange Zeit sehr klein zusammengefaltet gewesen war, breitete sich in ihm zu voller Größe aus. Schluss mit den Dulderposen, mit der frommen Friedfertigkeit, endlich Schluss damit. Sich still in die Grenzen des Machbaren zu fügen, ist kein Zeichen von Reife, sondern von Resignation; ihn aber erfüllte prickelnde Kampflust. Und dieses Mädchen und seine Kumpane waren seine Armee. Mit popeligen Bauern schlug er die gegnerische Dame aus dem Feld. Schach. Bei jedem Zug, mit dem sein Gegenspieler seinen König zu retten versuchte, würde ihm ein anderer Bauer den Weg versperren. Binz hatte nämlich viele davon. Sie waren jung, und vermutlich trugen sie einen Stecker in der Augenbraue oder färbten sich die Haare. Es waren Bauern, die in alle Richtungen ziehen und schlagen konnten, denn er hatte sich erlaubt, die Regeln zu erweitern. Es blieb nicht mehr viel, und dann hieße es für den erfolgsverwöhnten Lars Frederking zum ersten Mal in seinem Leben: schachmatt.

Dieses Mal stellte Binz seine Vespa direkt vor dem Haus in der Langen Reihe ab. Dort, wo der Chinese bis gestern seine Stehtische, seine Theke, seinen Herd gehabt hatte, klaffte ein russschwarzes Loch in der Hausfassade, das mit rot-weißem Absperrband gesichert war. Glücklicherweise hatte sich das Feuer nicht auf das Wohnhaus ausgebreitet. Das *Wemuth* auf der anderen Seite der Eingangsstufen lag kühl und unangefochten da wie zuvor. Das Restaurant war geschlossen, am Wochenende gab es keinen Mittagstisch. Binz spürte eine jähe Enttäuschung, obwohl er bis eben noch nicht gewusst hatte, dass er dort mittagessen wollte. Er spähte durch die Lamellen der Jalousie ins Innere, ohne zu wissen, was er zu sehen hoffte.

Das *Lotus* allerdings bot einen traurigen Anblick. Von der Hitze verkrümmte, zerfressene, zusammengebackene Bruchstücke, deren ursprüngliche Gestalt nicht mehr auszumachen war, lagen in Pfützen von Löschwasser, es stank beißend nach verschmortem Plastik.

In der Tiefe des dunklen Raumes hockte ein Mann in einem Overall und stocherte mit einer kleinen Schaufel in einem Aschehaufen herum, ein Brandermittler des Landeskriminalamtes, den Binz begrüßte. Wortlos hielt er einen schwarze verbogene Schale hoch, die vielleicht einmal ein Wok gewesen war, legte sie zur Seite, hob ein anderes Teil auf, das er mit der Spitze der Schaufel von verkohlten Schichten befreite und prüfend in den Händen drehte.

»Was sagen Sie?«, fragte Binz. »Brandstiftung oder nicht?«

Er müsse erst einmal den Brandherd finden, sagte der Ermittler, und so weit sei er noch nicht. Binz sehe ja selbst, das Feuer habe gründliche Arbeit geleistet.

Binz fragte nach Zeugen.

Ein Hausbewohner, der von der Spätschicht nach Hause kam, hatte Rauch bemerkt und die Feuerwehr alarmiert. Als die Kollegen eintrafen, brannte der Laden lichterloh. Warum interessierte der Fall die Staatsanwaltschaft so?

Eigentlich sei er wegen Frau Wemuth hier, hörte Binz sich sagen und bemerkte zu seinem eigenen Erstaunen, dass dies die reine Wahrheit war. Diese aufblühende Erkenntnis nahm ihn so sehr gefangen, dass er zunächst gar nicht richtig hinhörte, als der Mann ihm den Weg durch das Treppenhaus in den Hinterhof beschrieb. Doch schließlich verstand er, dass Käthe Wemuth in ihrer Küche werkelte und fand, dass der nächtliche Brand ein triftiger Grund war, sie dort zu stören.

Als Binz den Müllcontainer in gemauerter Einfassung erblickte, die vergitterten Fenster, der umgestülpte Bierkasten mit einem vollen Aschenbecher daneben, kam ihm die Szenerie seltsam bekannt vor, und es fiel ihm ein, dass es dieser Hof war, in dem Wu Tian von dem Koch Fierek attackiert worden war.

In der Küche des *Wemuth* brannte Licht; die Tür zum Hof stand offen. Als Binz sich näherte, sah er die Köchin tief über eine Arbeitsplatte gebeugt, wie sie die Konsistenz von etwas in einer Schale mit den Fingerspitzen prüfte. Um sie nicht zu erschrecken, hüstelte er und klopfte dann förmlich an den Türrahmen.

»Wir haben geschlossen«, rief Käthe Wemuth, ohne den Blick von der Schale abzuwenden.

»Ich dagegen muss leider arbeiten«, entgegnete Binz, »und diese Arbeit führt mich hierher.«

Mit einem Seufzer richtete sich die Köchin auf und wendete sich ihm zu. Ihrer Miene nach zu urteilen, kam die Störung höchst ungelegen. Doch als sie ihn erblickte, schien sie sich eines anderen zu besinnen.

»Sieh an, der Jurist«, sagte sie lächelnd.

»Ja, und dieser Jurist ist dienstlich hier. Obwohl er auch sehr gerne bei Ihnen gegessen hätte.«

Die Köchin wischte ihre Hände ab, fischte eine Packung Zigaretten von einem Bord und trat zu ihm in den Hof. Unter ihrer Schürze trug sie eine alte Jeans und ein weißes Männerhemd. Obwohl er sich bemühte, nicht zu genau hinzusehen, registrierte Binz den feinen Regen aus Sommersprossen auf ihrer blassen Haut. Sie zündete sich eine Zigarette an, blies den Rauch laut aus und verzog das Gesicht.

»Herr im Himmel, warum muss ich mir das antun?« Sie schnitt eine melodramatische Grimasse, dann lachte sie. »Sie müssen mich jetzt fragen, ob ich noch bei Trost bin mit der Raucherei – in meinem Beruf.«

Während der Connaisseur in Binz der schönen Köchin auf den Mund schaute und den Schwung ihrer Oberlippe bewunderte, fand der Ermittler ihre gute Laune ein wenig anstößig.

»Schlimme Sache mit Ihrem Nachbarn«, sagte er.

Sie nickte.

»Aber Ihnen ist ja glücklicherweise nichts passiert.«

»Mir? Nein. Ich habe aber auch eine vernünftige Elektrik in meinem Laden.«

»Sie wissen, dass es ein Opfer gegeben hat?«

»Ja.«

»Woher wissen Sie das, wenn ich fragen darf?«

Die Köchin ging vor einem Strauch in einem kleinen Beet in die Hocke und prüfte kritisch die Unterseite der Blätter. Sie zupfte ein paar vertrocknete Stängel ab, pflückte dann ein Blatt, zerrieb es zwischen den Fingern und hielt es Binz unter die Nase. Erschrocken zuckte er zurück, ärgerte sich sogleich darüber und sog dann umso nachdrücklicher den würzigen Duft ein.

Gerne hätte er jetzt etwas Passendes gesagt; sie sollte wissen, dass er etwas vom guten Leben verstand. Aber ihm fiel nicht einmal der Name des Krauts ein. Liebstöckel, Sauerampfer, Borretsch? Der Geruch erinnerte ihn an nichts.

»Woher ich das weiß? Von irgendwelchen Nachbarn, nehme ich an. Hier im Haus wird ja über nichts anderes geredet.«

Sie zupfte ein weiteres Blatt ab, schob es sich in den Mund und kaute darauf herum.

»Schon wieder verhören Sie mich«, sagte sie. »Wahrscheinlich sollte ich mir allmählich Sorgen machen.«

Binz ertappte sich dabei, wie er auf das Lächeln wartete, mit dem sie solche Äußerungen zu begleiten pflegte, doch ihr Gesicht zeigte einen konzentrierten, abwesenden Ernst – vermutlich schmeckte sie den einzelnen Aromen in ihrem Mund nach und brachte sie im Geiste mit einer ungewohnten Zutat zusammen.

»Ich wüsste gerne, was Sie denken«, sagte Binz. »Was, glauben Sie, hat das Feuer ausgelöst?«

»Was weiß denn ich? Meistens ist ein defektes Kabel oder so etwas Schuld.«

»Sie wollen sagen, der Mann hatte einfach Pech?«

Käthe Wemuth sah ihn einen Moment lang mit gerunzelten Brauen an, dann lachte sie auf.

»Nein, in Wirklichkeit bin ich nachts an seine Tür geschlichen und habe ihm einen Brandsatz durch den Briefkastenschlitz geworfen. Ich bringe immer die Leute um, die sich am Essen versündigen. Und der Eimer Glutamat, den die hier neben dem Herd stehen hatten, war so groß wie eine Waschmittelpackung.«

Auf ihren Spott hatte Binz keine Antwort. Offenbar hatte er sie gekränkt; zwischen staatsanwaltlicher Befragung und persönlichem Interesse fand er nicht den richtigen Ton. Ärgerlich über das Dilemma schickte er im Stillen den misstrauischen Ermittler vom Platz, und der Privatmann spürte sogleich, wie seine Befangenheit wuchs wie eine Dornenhecke. Ihm fiel nichts ein, was er sagen könnte. Alles, was er wusste, war, dass er sie nicht zurück in ihre Küche gehen lassen durfte. Doch Käthe Wemuth warf ihre Zigarette in den Aschenbecher und sah aus, als ob die Unterhaltung für sie beendet wäre.

»Ich habe wahnsinnigen Hunger.« Binz klang sehr viel

kleinlauter, als er beabsichtigt hatte. Es trug ihm einen Blick von ihr ein, den er nicht zu deuten wusste. Dann sagte sie: »Also gut. Ich brauche sowieso mal einen Testesser für mein neues Menü. Zur Strafe für Ihre finsteren Verdächtigungen müssen Sie als Versuchskaninchen herhalten.«

In Binz tat irgendetwas einen mächtigen Satz. Es war eine Empfindung, die er nicht zu benennen gewusst hätte, sie erinnerte ihn an nichts, so wenig wie der Geruch des Krauts eben. Es war genau genommen auch eher wie eine Veränderung in der Körperchemie, die bewirkte, dass Strom floss, wo zuvor keiner geflossen war.

Die Küche des *Wemuth* war viel kleiner und enger, als er sich eine Restaurantküche vorgestellt hatte. Alles war aufgeräumt und blank geputzt, nur auf einer Arbeitsplatte hatte die Köchin die Zutaten für ihre Experimente ausgebreitet. Neugierig sah Binz sich um. In der Schale, mit der er sie hatte hantieren sehen, lagen geleeartige rötliche Kugeln in der Größe von Kirschen.

Käthe nahm eine dieser Kirschen behutsam mit einem Löffel auf und hielt sie ihm unter die Nase.

»Wie heißen Sie eigentlich?«

»Arno.«

»Also, Arno, sagen Sie mir, was Sie schmecken.«

Die Kirsche war eine ziemliche Überraschung.

»Das war flüssig innen drin.«

»Stimmt.«

»Und es schmeckte salzig. Nach Tomate.«

»Und weiter?«

»Nach Alkohol?«

Käthe Wemuth nickte, das stimmte ihn froh. Er war stolz auf seine feine Zunge.

»Ich dachte mir das folgendermaßen«. Sie holte einen Becher mit grünem Saft aus dem Kühlschrank, wog umständlich eine bestimmte Menge eines Pulvers ab und rührte es in den Saft ein, bis dieser anfing, Schaum zu bilden wie ein Shampoo. Schließlich nahm sie eine neue Tomatenkugel, setzte sie auf eine Untertasse, bedeckte sie mit dem blassgrünen Schaum und hielt sie Binz hin. Was aussah wie eine Nachspeise, schmeckte säuerlich herb und würzig nach Tomatenessenz und Basilikum.

Als Nächstes gab es eine kompliziert geschichtete Kreation, die grün und weiß leuchtete. Spinat und Fisch.

»Welcher Fisch?«

»Ich weiß nicht.«

Sie schob ihm einen weiteren Löffel der Creme in den Mund.

»Süßwasser oder Salzwasser?«

Die Kluft, die zwischen dem Aussehen und dem Geschmack der Dinge klaffte, war verwirrend. Binz musste sich anstrengen, um überhaupt etwas zu schmecken. Gehorsam kostete er, was man ihm hinstellte, in den Pausen dazwischen beobachtete er die Köchin, wie sie eine neue Zutat nach Art einer Alchimistin unter Zugabe von Pulvern in ihrer Konsistenz veränderte, um sie dann mit anderen auf einem Teller immer wieder neu zu arrangieren, bis sie zufrieden war. Sie tat dies konzentriert und versunken wie eine Musikerin und nahm seine Anwesenheit nur zur Kenntnis, wenn er probierte und sie ungeduldig auf seine Reaktion wartete.

Irgendwann – Binz hatte gerade etwas Nudelartiges zu sich genommen, das nach Espresso schmeckte und mit einer fruchtig scharfen Mousse kombiniert war – trat sie einen Schritt zurück, atmete tief aus und rieb sich die Stirn, als versuche sie, einen Krampf zu lösen.

»Jetzt wäre ein kleiner Schwarzer gut, oder?«

Gemeinsam gingen sie nach vorne in den Gastraum. Binz betrachtete die verwaisten Tische; der verlassene Raum kam ihm unerhört privat vor.

»Käthe«, sagte er, hörte dem altmodischen Klang ihres Namens nach und wartete, ob sie ihm diese Zutraulichkeit durchgehen ließ, »arbeiten Sie eigentlich immer?«

Sie ließ ihren Blick durch ihr Restaurant wandern.

»Montags haben wir geschlossen. Aber ich bin trotzdem meistens hier. Ich glaube, ich kann gar nichts anderes.«

»Dann wird es aber Zeit.«

Ihre zweifelnde Miene befeuerte ihn. Eigentlich hatte er sie fragen wollen, ob er sie einmal anrufen dürfe, doch nun überlegte er es sich anders.

»Also, Montag um sieben«, sagte er. »Ich hole Sie ab.«

5.

Unter Bastschirmen standen Liegestühle mit kleinen Tischchen wie in einem Beach Ressort irgendwo in der Karibik. Das Wasser im Pool leuchtete azurblau und türkis, auf dem Beckengrund schimmerten goldene Mosaiksteinchen in Form eines Delfins und wurden von unter Wasser angebrachten Strahlern illuminiert. Nur zwei Liegen waren besetzt. Eine einzelne Schwimmerin ließ sich im Pool auf dem Rücken treiben; auf der Wasseroberfläche tanzten helle Sonnenreflexe. Die Bastschirme bewegten sich leicht im Wind, aus Lautsprechern rieselte Loungemusik und versuchte, das Brausen des Straßenverkehrs zu überdecken.

Alles verlief geräuschlos und flüssig: An fünf Stellen kletterten die Überraschungsgäste über den Zaun. Totenköpfe, Fledermäuse, Panzerknacker, Clowns und Banditen, Batman, Santa Claus und Bugs Bunny, ein nicht abreißendes Band von Figuren, das an die Termitenarmee im Haus von Donald Duck erinnerte.

Am Anfang der Aktion hatte eine kurze Nachricht gestanden, die Mütze in sein digitales Rohrpostsystem einspeiste.

Freies Schwimmen für alle.

Treffpunkt war die Rückseite des *Beautydome.* In der umgebauten Fabrikhalle in Bahrenfeld betrieb die Frederking Living GmbH einen Fitnessclub mit angeschlossenem Wellnessbereich und Schwimmbad. Ein Metallzaun, von innen mit Schilfrohrmatten verkleidet, trennte die Terrasse mit dem Außenbecken von der Straße ab. Freunde von Henk, die darin geübt waren, sich an Orten Eintritt zu verschaffen, an denen man sie um keinen Preis haben wollte, brachten schmale Holzbretter mit Metallbügeln an den Seiten mit, die man als Tritt zwischen zwei Zaunstreben einhängen konnte. Ein großer Schritt, hochstemmen, ein Bein über den Zaun schwingen, das andere nachholen, dann ein Sprung in den pulverfeinen hellen Sand. Während einer nach dem anderen im künstlichen Paradies landete, zählte Zoe die Überwachungskameras und fragte sich, wie viel Zeit sie wohl hatten.

Da schlug eine auf der Liege dösende Frau die Augen auf. Ihr erschrockener Schrei war das Signal zum Angriff. Mit einer Arschbombe sprang Mütze in das türkisblaue

Wasser, die anderen folgten ihm mit Kampfgeheul nach. Durch das schäumende Wasser arbeiteten sie sich zum Tunnel vor, der das Außenbecken mit der Halle verband.

Einige kletterten aus dem überfüllten Bassin, um durch eine Drehtür nach drinnen zu stürmen. In einem von ihnen erkannte Zoe Pepe, ihre Kurzzeit-Flamme aus dem *Geier*. Er trug eine Badekappe und eine Fliegerbrille dazu, aber sein Tattoo an der Schulter verriet ihn. Einen gigantischen Moment lang fühlte Zoe die Macht einer Voodoo-Priesterin, die die Menge nach ihrem Willen tanzen ließ.

Drinnen roch es nach Chlor und irgendeinem klebrig-süßen Duftzeug. Neben dem großen Schwimmbecken gab es unter einer umlaufenden Galerie mehrere kleine Pools. Zwei Frauen mit Handtuchturban saßen auf einer Marmorbank und hielten ihre Füße in Holzzuber, vereinzelt lagen Menschen in Bademänteln auf Ruheliegen. Auf der Galerie strampelten zwei Leute auf Fitnesstrainern; daneben rannte ein Mann mit Stirnband angestrengt auf der Stelle und blies dabei im Rhythmus seines Atems die Wangen auf. Sie alle hielten abrupt inne und rissen Augen und Münder auf, als die grellbunte, kreischende Horde die Halle enterte und das große Becken in einen kochenden See verwandelte. Ihr Geschrei wurde von den hohen gekachelten Wänden zurückgeworfen und zu einem ohrenbetäubenden Krawall gesteigert.

In einer der vielen Türen tauchte ein Mann in weißem Shirt und weißer Hose auf. Zoe, die mit einen Feuerlöscher versuchte, eine Tür zu blockieren, ließ sofort davon ab. Besser, wenn sie jetzt die Hände frei hatte. Es gab für diese Situation keinen wirklichen Plan; sie hatten sich darauf verlassen, dass ihre schiere Menge ihnen genügend

Spielraum verschaffen würde. Doch immer mehr Figuren in Weiß erschienen jetzt in der hohen, kirchenähnlichen Halle, sie tauchten aus Türen, in Gängen und an der Brüstung der Galerie auf wie die Armee von Dr. No. So viel Weiß war schließlich überall, dass Zoe plötzlich nicht mehr sicher war, ob es wirklich gelingen würde, sie zu überrennen. Hinten rein, vorne wieder raus – so war es abgesprochen, aber eher schob man ein Kamel durch ein Nadelöhr, als diesen tobenden, lärmenden Haufen durch die Türen des *Beautydome* zu dirigieren.

Inzwischen war kein einziger der Ausgänge mehr unverstellt. Wohin führten all diese Türen überhaupt? Welche von ihnen brachte sie auf die Straße zurück? Wieso hatte sich niemand von ihnen darum gekümmert? Auf offenem Gelände reichte es vielleicht aus, wenn man nur genügend Leute zusammen hatte, aber dieses umzäunte Gebäude funktionierte wie eine Falle.

»Weg hier!«

Das war Henk. Er deutete auf einen der Angestellten, der sich eine massive hölzerne Kelle für Aufgüsse geschnappt hatte und mit einem Kollegen auf Zoe und ihn zukam. Es konnte nur noch Sekunden dauern, bis der Knüppel aus dem Sack und auf sie nieder fuhr. Plötzlich stand Frenzi neben ihnen. Statt Maske und T-Shirt trug sie einen Bikini mit String-Tanga und sah wie eine gewöhnliche Kundin aus.

»Gib das Zeichen, Zoe. Ich kenne den Weg«, rief sie.

Es blieb keine Zeit, um sich zu wundern. Henk und sie pfiffen auf zwei Fingern, sie mussten mehrmals ansetzen, bis der Lärm abebbte, dann starteten sie durch und rannten mit Wucht gegen die beiden Beauty-Knechte an. Mit einem ninjamäßigen Tritt fegte Henk dem einen von ihnen die Kelle aus der Hand. Zoe, die gerade zum Schlag ausholen wollte, besann sich, gab dem anderen stattdessen nur einen kräftigen Stoß, der den Mann von den Füßen holte. Wie eine Springflut schwappte nun der Mob über die Ränder des Beckens, ergoss sich in die Halle und strudelte hinter Frenzi und Zoe durch eine breite Doppelglastür hinaus. Niemand wagte es, sich ihnen in den Weg zu stellen. Sie stürmten durch einen langen gefliesten Gang, durchquerten einen Dusch- und dann einen Umkleideraum mit Schränken und Spiegeln, ohne auf die Leute zu achten, die sich eilig vor der rennenden, rempelnden, brüllenden Horde in Sicherheit brachten. Durch die Eingangshalle mit ihren breiten Türen quoll die Meute auf die Straße hinaus.

Draußen empfing sie heiß und abgasgesättigt die Stresemannstraße, wo Passanten verwundert den durchnässten Menschen nachschauten, die in alle Himmelsrichtungen auseinanderstoben.

6.

Als die Tür des Restaurants aufging und Käthe erschien, stellte er fest, dass er nicht wirklich davon überzeugt gewesen war, dass sie kommen würde.

Am Wochenende war Binz mit Irina auf dem Land bei einer Kunstauktion für wohltätige Zwecke gewesen und hatte sich bemüht, dieses Rendezvous mit einer ihm unbekannten Prominentenköchin zu vergessen. Doch stattdessen spielte sein Geist ihm die Szene in Käthes Küche hundert Mal in Zeitlupe vor, und am Ende war er sicher, dass er einen Narren aus sich gemacht hatte. Irina war so freundlich und liebevoll wie immer, nur er war nicht mehr derselbe. Als sie sich abends auszog und zu ihm unter die Decke legte, hatte er das Gefühl, dass ihm diese Intimität schon längst nicht mehr zustand. Schlaflos wälzte er sich in dem unbequemen Bett und wünschte sich auf seine kühle Dachterrasse, um Rotwein zu trinken und in die Sterne zu schauen.

»Also, hier bin ich«, sagte Käthe. »Ich komme mir vor, als täte ich etwas Verbotenes. Aber da bin ich ja bei Ihnen richtig!«

Sie blinzelte in die Abendsonne. »Was tun wir?«

Sie stand in verwaschenen Jeans und einem weiten Hemd vor ihm, ähnlich dem, das sie neulich schon getragen hatte. Es war an der Taille zusammengeknotet; darüber trug sie eine dicke bunte Kette. Ihr Aufzug sah etwas seltsam aus, irgendwie vorlaut und piratenhaft und keinesfalls so, dass man damit in ein gehobenes Restaurant hätte gehen können.

Darauf war Binz nicht vorbereitet. Wenn er mit Frauen ausging, tat er nie etwas anderes, als sie zum Essen auszuführen, doch gerade dämmerte ihm, dass genau dies für eine Person, die ihr ganzes Leben in einem Restaurant verbrachte, sicherlich nicht besonders reizvoll war. Die Mauern der Häuser strahlten die Hitze des Tages ab, die Straßencafés waren überfüllt. Einer plötzlichen Eingebung folgend ging er zu seiner Vespa, die er am Straßenrand geparkt hatte, und legte die Hand auf den Sitz.

»Haben Sie Lust auf eine kleine Stadtrundfahrt?«

Offenbar hatte sie ihm einen Motorroller nicht zugetraut. Sie klatschte in die Hände und bedachte ihn mit einem Lächeln, dem ersten, wie ihm schien, das ihm persönlich galt und das ihn umstandslos euphorisierte.

»Ja, zeigen Sie mir ein bisschen was von der Stadt«, rief Käthe. »Ich bin seit fast acht Monaten in Hamburg und habe praktisch noch nichts gesehen. Heute Abend will ich mich mit Eindrücken vollsaugen, die für die ganze Saison reichen.«

Als er den zweiten Helm aus der Sitzbank holte, schoss wie eine Stichflamme das schlechte Gewissen in ihm hoch: das war Irinas Helm, sie war die Einzige, die ihn benutzte. Doch dann fiel ihm die Tour mit Zoe Aschenbrenner ein und erinnerte ihn daran, dass er im Begriff war, noch ganz andere Grenzen zu überschreiten.

Als er Käthe mit dem Kinngurt half, registrierte er sehr wohl den leichten Spott in ihren Augen, mit dem sie die plötzliche Nähe parierte, aber auch da war es zu spät für die übliche Vorsicht. Ganz ernst und schlicht erwiderte er ihren Blick, grün-braune Augen hatte sie, von der Farbe eingelegter Oliven, dann sagte er: »Halt dich gut fest.«

Und ohne ihre Reaktion abzuwarten, schwang er sich auf die Sitzbank, ließ den Motor an und schob die Vespa von ihrem Ständer. Mit Herzklopfen wartete er, dass sie sich hinter ihn setzte und er ihren Körper dicht an seinem spüren würde. Die Begegnung mit Nuria vor ein paar Tagen war in diesem Augenblick vergessen. Sein ohnehin eher kümmerliches Wissen über die Frauen und die Liebe zerstob, sein Album leerte sich und versetzte ihn in den Ursprungszustand zurück. Ein junger Spund war er, atemlos vor Erwartung und noch ungeküsst.

Binz fuhr schnell und wechselte häufig und abrupt die Spur. Vielleicht lag es am dichten Verkehr, vielleicht auch nur daran, dass er sie mit seinen Manövern dazu bringen wollte, sich statt an den Bügeln an ihm festzuhalten. Aber Käthe ließ sich nur schwer locken. Sie saß, fast ohne ihn zu berühren, und schien ihren Gedanken nachzuhängen.

Sie fuhren um die Außenalster, über die Krugkoppelbrücke, und den Klosterstern nach Eppendorf hinein, er sah sie und sich in den Schaufensterscheiben der eleganten Läden am Eppendorfer Baum gespiegelt und hätte gerne gewusst, wo das hinführen sollte. Er zeigte ihr die Viertel, von denen er glaubte, dass sie eher dorthin gehörte als in die disparate, an den Rändern so triste Bahnhofsgegend. Er wartete auf eine Reaktion von ihr, ein Zeichen der Begeisterung oder des Interesses, aber sie blieb still und passiv.

Binz' Ratlosigkeit wuchs, er hätte es ihr gerne recht gemacht, doch da er keine Ahnung hatte, wie, tat er schließlich, wonach ihm zumute war. Er gab Gas, ließ die Jugendstilpracht hinter sich und fuhr Richtung Elbe. Als er auf die Elbchaussee bog und man den ersten Blick auf den Hafen werfen konnte, tippte ihm Käthe auf die Schulter und nickte. Eigentlich hatte er Richtung Westen aus der Stadt hinausfahren wollen, aber nun änderte er seinen Plan, wendete und fuhr stattdessen zum Alten Elbtunnel. Dort wartete er mit ihr, bis der alte Fahrstuhl sie zu den beiden unterirdischen Röhren brachte.

Auf der anderen Seite des Flusses war die Stadt plötzlich nur noch Kulisse. Hier herrschte ein anderer Takt, der nach dem Hämmern in Schiffsrümpfen klang, nach dem Rumpeln von Containern, die aufeinandergesetzt wurden,

dem hohen Sirren der Laufkatzen, wummernden Schiffs-
dieseln und LKW-Motoren. Das braune Wasser schmatzte
an den Piers, Möwen flogen schreiend ihre Kurven, und
alles war grundiert vom Rauschen des Verkehrs auf der A7.
Binz kurvte mit Käthe durch Steinwerder, an den Docks
von Blohm + Voss vorbei, am Klärwerk, dessen Faultürme
wie eine riesige Skulptur in der Abendsonne glänzten.

Er spürte an der veränderten Spannung ihres Körpers,
wie gefangen sie von dieser Welt war, und so fuhr er weiter
in Richtung der Raffinerie, über die alte Kattwykbrücke
nach Altenwerder. Dort hielt er vor der Kirche, die als
einziges Bauwerk von diesem Ort noch übrig war, und
erzählte ihr die Geschichte dieses Stadtteils, der einmal
ein kleines Dorf gewesen war, verschlungen und verdaut
vom gefräßigen, nimmersatten Hafenbetrieb. Zusammen
lasen sie die Namen auf dem Friedhof, die Namen der hier
Getrauten, die auf einer Tafel geschrieben standen wie
eine trotzige Beschwörung von Zukunft, und als sie wieder auf den Roller gestiegen waren, spürte Binz auf einmal Käthes Hände an seinen Hüften. Und als sie wenig
später die weit geschwungene Auffahrt zur Köhlbrandbrücke nahmen und die Sonne mit ihren letzten Strahlen der Hafenlandschaft gleißende, glühende, funkelnde
Lichter aufsetzte, legte sie ihre Arme ganz um ihn. Er hielt
still, ohne darauf zu reagieren, denn schon jetzt war ihm
klar, dass in dieser Geschichte, wenn es denn eine werden
würde, sie der Vogel war und er die Katze.

Dreimal musste er mit ihr über die Brücke fahren, weil
das Anhalten dort verboten war und Käthe sich an dem
weiten Blick über die von Wasser zergliederte industrielle
Wildnis nicht sattsehen konnte.

Als sie nach einer Fahrt durch den neuen Elbtunnel schließlich auf der anderen Seite des Stromes wieder ans Licht kamen, kam es selbst Binz so vor, als kehrte er von einer weiten Reise zurück.

»Jetzt habe ich Durst«, sagte Käthe.

Ihm fiel das Bistro auf dem Süllberg ein, das erstklassige Küche und eine Terrasse mit einem herrlichen Blick hatte, doch auf der Höhe von Övelgönne sah Käthe die Menschen mit Decken unterm Arm und Kisten mit Feuerholz zur Elbe strömen und

wollte anhalten. Ergeben parkte er den Roller und stieg mit ihr den steilen Weg am Schulberg hinab, der zur *Strandperle* führte.

Vor den Stufen zum Strand gab es einen kleinen Auflauf. Binz betrachtete die barfüßigen Menschen mit Hunden und Kleinkindern, die Cliquen mit Bierkästen und Boombox, die alle ausgerechnet hier ans Wasser wollten. Auch vor dem Tresen des Strandkiosks war die Schlange elend lang, Stühle und Tische natürlich alle besetzt. Die meisten Gäste saßen im Sand oder auf den Steinen der Uferbefestigung und gingen in die Schar derer über, die einfach nur zum Grillen hierher gekommen waren. Es herrschte eine Atmosphäre wie in einem überfüllten Freibad. Käthe, der angehenden Sterneköchin, schien das sehr zu gefallen. Binz dagegen war unglücklich. Er wollte nicht mit Schuhen und Strümpfen und Tuchhose zwischen lauter Halbnackten im Sand sitzen. Es war unbequem und schmutzig, und er sah in so einer Umgebung wie ein Irrläufer aus.

»Ich gebe einen aus«, sagte Käthe, und während er zaudernd um sich blickte, sprach sie einen jungen Mann an, der mit seinen Freunden auf Decken lagerte, und kaufte ihm zwei Flaschen Bier aus seinem üppigen Vorrat ab.

Etwas abseits ließen sie sich auf den Ufersteinen nieder. Vom Wasser wehte eine laue Brise herüber. Käthe zog ihr Oberhemd aus, unter dem sie ein ärmelloses, eng anliegendes Etwas mit hauchdünnen Trägern trug, und Binz vergaß, dass er eigentlich lieber woanders gewesen wäre.

»Arno«, sagte sie und stieß mit ihrer Flasche leicht an seine.

»Käthe«, sagte er, und es geriet ihm eine Spur zu feierlich, dafür, dass sie mit einem warmen Bier in einer Bügelflasche anstießen, um Brüderschaft zu trinken.

»Das war schön«, sagte sie.

»Es ist immer noch schön. Auch wenn du mir im Augenblick viel zu weit weg sitzt.«

Käthe lächelte.

Eine Weile saßen sie stumm und sahen auf die vorbeifahrenden Schiffe, hörten den Stimmen um sie herum zu, während ein warmes Zwielicht sie alle einhüllte wie in ein weiches Tuch.

Vielleicht lag es an der gemeinsamen Fahrt auf dem Roller, dass keiner von ihnen sich zum Sprechen gezwungen fühlte. Für Binz war dies der Augenblick, in dem er sich verliebte. Eine ungekannte Sehnsucht keimte in ihm auf und dehnte sich aus wie einer von Käthes luftigen Schäumen, eine schwindelerregende Lust auf Vermischung, der Wunsch, sein Schweigen mit dem dieser Frau zusammenwachsen zu lassen.

Als sie sich später doch in den Sand setzten, hatte Binz keinen Gedanken mehr übrig für den Anblick, den er bot. Käthe wollte ein bisschen gehen, sie sei das Stillsitzen nicht gewohnt, und so liefen sie am Strand entlang bis nach Teufelsbrück und weiter, während der Uferweg sich allmählich leerte. Schließlich setzten sie sich unter einer Trauerweide in den Sand, es musste fast Mitternacht sein, und weil es etwas feucht wurde und sie fröstelte, legte er den Arm um sie, sie sprachen mit leisen Stimmen. Sie beschrieben einander das Gefühl, von der Arbeit, die man tat, so vereinnahmt zu sein, dass kein Raum mehr für wirkliche Menschen blieb, von der Mischung aus Langeweile und Ungeduld, mit dem man allem begegnete, was nicht Arbeit war, und dem chronischen Schuldgefühl deshalb. Und als sie müde wurden, breitete er sein Jackett auf dem Boden aus, und sie legten sich zueinander. Der Nachthimmel leuchtete rötlich im Widerschein der Arbeitslampen, das Wasser der Elbe schlappte träge ans Ufer, er hörte Käthe seufzen, schnupperte an ihrem Haar, dann fielen ihm die Augen zu wie einem, der nach langem Rätseln endlich das Lösungswort zusammen hat.

1.

Auf einem schmalen Plattenweg lief Zoe durch die Reihenhaussiedlung zum Haus ihrer Eltern. Ein Eingang neben dem anderen, schmalbrüstige, enge Kästen, die den kleinen Leuten vorgaukeln sollten, dass sie es geschafft hatten. Kinder, die hier aufgewachsen waren, ergriffen bei der ersten Gelegenheit die Flucht und ließen Väter zurück, die an ihrer Hütte herumbastelten, bis sie starben. Ihr Drang zu Höherem entlud sich in Fahnenmasten, Wintergärten, Haustüren, die viel zu massiv waren für den schmächtigen Rest.

Auch wenn ihre Eltern das Wettrüsten um sich herum ignorierten, waren sie doch auf ihre Art genauso emsig und beschränkt wie ihre Nachbarn. Sie arbeiteten, und wenn sie gerade nicht in ihren Jobs arbeiteten, dann arbeiteten sie im Garten, im Haushalt, im Hobbykeller. Sogar das Amt als Elternvertreter, die Ferienplanung, der Kauf einer neuen Gefriertruhe, die Mülltrennung – alles, was das Leben bereithielt, geriet ihnen zur Demonstration ihres Pflichtbewusstseins. Natürlich wussten sie es nicht zu würdigen, dass ihre Tochter es lockerer anging als sie. Wenn man ihrem Vater glaubte, war der Mensch ohne Arbeit, ohne Aufgabe nicht lebensfähig. Wovor hatten diese Leute so eine Angst?

Zoe klingelte und starrte auf das geriffelte Glas in der Haustür und auf den Messingknauf, der von einer geschätzten Million Berührungen stumpf geworden war. Ihre Mutter öffnete ihr.

»Wo ist dein Schlüssel?«

»Keine Ahnung.«

Zoe gab ihr einen flüchtigen Kuss.

»Du hast ihn verloren?«

»Irgendwo wird er schon sein. Aber ich war spät dran und hatte keinen Nerv, groß zu suchen.«

»Wir haben schon gegessen. Wir dachten, du kommst früher.«

»Ging nicht eher.«

Mit halb abgewandtem Gesicht schob sie sich an ihrer Mutter vorbei. Keinesfalls wollte sie den mütterlichen Flimmerhärchen Anlass für eine Warnmeldung geben. Sie war sich nicht ganz sicher, ob der Kontakt mit dem Staatsanwalt sie nicht verstrahlt hatte, ob die Nähe von Galgen und Verrat nicht an ihrer Haut klebte wie eine phosphoreszierende Substanz.

»Hi, Schwesterchen«, krächzte eine Stimme aus halber Höhe der Treppe.

Zoe sah die nackten Füße ihrer jüngeren Schwester Nellie. Die Mutter scheuchte sie in ihr Zimmer zurück.

»Das Kind hat ziemliches Fieber«, sagte sie. »Was ist mit dir? Alles gut? Musst du heute nicht arbeiten?«

Das war leicht dahin gesagt, aber Zoe war auf der Hut, denn zwischen den Zeilen hing viel Text in der Luft: was sie aus ihrem Leben zu machen gedenke, wie es denn nun mit einer Ausbildung sei, wie fatal es war, in ihrem Alter – wahlweise: in der heutigen Zeit – so gedankenlos in den Tag hinein zu leben, dass man ein Ziel brauchte, Geld zum Leben und für das Alter. Und ob sie nicht endlich begreifen wolle, dass es nur noch eine feine Grenze war, die sie von sozialen Verlierern trennte.

An dieser Stelle sah Zoe jedes Mal ein singendes Biberpärchen aus einem Zeichentrickfilm, das mit großem Eifer in einem Fluss einen Staudamm aus Zweigen baute. Wieso fielen ihr immer bloß irgendwelche Nagetiere ein, wenn sie an ihre Eltern dachte? Es blieb jedenfalls nicht viel, worüber man mit ihnen reden konnte. Immer musste man um jede Menge Unsagbares herum jonglieren, bevor wieder ein unbedenklicher Satz nach draußen fand.

»Ich hab ein paar Tage frei«, sagte Zoe.

»Komm doch endlich«, tönte es von oben.

»Sei nett zu ihr«, sagte die Mutter. »Ich mach dir inzwischen dein Essen warm.«

Ohne hinzusehen, wusste Zoe, dass sie gleich das feine Knarren der Küchentür hören würde, weil ihre Mutter ihre Schürze in der Ecke dahinter hängen hatte, die sie sich jetzt umband; wie oft hatte sie ihr als Kind im Weg gestanden, wenn sie Essen machte. Diese Welt hier war gigantisch öde, aber sie roch gut: nach angebratenen Zwiebeln, nach Kohlrouladen mit Speck und viel Soße und Petersilienkartoffeln.

Oben warf sie sich auf das Bett ihrer kleinen Schwester. Nellie war blass und hatte tiefe Ringe unter den Augen, was ihrem Kindergesicht einen bestürzenden Ernst verlieh. Augenringe waren etwas, das nicht in ein Zimmer mit

Pferdepostern und einem Starschnitt von Justin Bieber gehörte. Augenringe waren etwas für Erwachsene, Adelsprädikate, die man sich mit Schlafentzug und Tequila erwarb, mit dem Horror, wenn man morgens um acht von einer Nachtsession im *Geier* durch die Große Bergstraße nach Hause taumelte und sich vor den resoluten Hausfrauen in Acht nehmen musste, die um diese Zeit einkaufen gingen.

»Was ist mit dir, Zuckerschnute? Tut dir was weh?«

»Nö«, krächzte Nellie. »Aber ich muss die Lateinarbeit nicht mitschreiben. Das ist gut.«

Sie sah Zoe mit großen Augen an. Normalerweise hätte sie ihre große Schwester atemlos mit ihrem Mädchenkram vollgeschwatzt. Jetzt kaute sie an einem Zipfel ihrer Bettbezugs wie ein kleines Kind.

»Du musst schön stillhalten«, sagte Zoe.

»Das ist langweilig.«

»Was? Langweilig? Du hast keine Ahnung, oder?«

»Wovon?«

»Von dem, was da gerade in deinen Adern tobt. DER KRIEG DER KEIME. Zwei finstere Typen, die sich Aug in Aug gegenüberstehen. Freddy, die Bakterie, gegen Punk, den Virus. Und dazwischen die schöne Zytia, die schönste Zelle im ganzen verdammten Organismus. Und du willst sagen, dass du davon nichts mitkriegst?«

Nellie gluckste und legte sich bequem hin, um Zoes Geschichte zu hören.

»Zytia: superzarte Membran, sexy geformte Mitochondrien, und ein wirklich phantastischer Zellkern. WOW. Jeder, der sie sieht, möchte sie sofort infizieren. Freddy will, und Punk, die Stinksocke, will auch. Zwischen ihnen entbrennt also deswegen ein höllischer Streit. Zytia will natürlich keinen von beiden. Sie ist OHO ...! eine wirklich clevere Zelle. Sie weiß, dass es mit diesen Jungs nur Stress gibt. Freddy, die Bakterie, versucht es auf die klassische Tour: Er mixt einen Giftcocktail und lädt Zytia auf ein Gläschen unter Nachbarn ein.«

»Nein, sie soll am Leben bleiben«, verlangte Nellie.

»Keine Angst. Zytia ist ja nicht blöd. Sie gießt das Zeug in die Blumen und ruft ihren großen Bruder an, der als Soldat bei den Fresszellen stationiert ist und gleich mit einer Handvoll Kollegen auftaucht. VRÖMM. Sehen furchterregend aus, die Jungs, groß wie breit, muskelbepackt, mit riesigen Zähnen. Sie kennen keine Angst, aber sie sind leider auch nicht besonders helle. Und weil sie eben nur dumme Fresszellen sind, merken sie nicht, dass man sie hereinlegen will, und nehmen die Einladung von Freddy, der Bakterie, zum Cocktail gerne an. GULPGULP. Und jetzt liegen sie wie Mehlsäcke in der Ecke, die Knallköpfe, und haben total vergessen, wieso sie hergekommen sind. Freddy denkt an Zytia und reibt sich schon die Hände, aber er hat die Rechnung ohne Punk, den Virus, gemacht. Gegen so einen abgefeimten Virus sind die Tricks eines Bakteriums von gestern.«

»Was macht der Virus denn?«

»Er verkleidet sich. Punk brezelt sich also auf, stopft sich Socken in den BH, zieht sich eine Perücke auf und schminkt sich die Lippen. Dann klopft er bei Zytia an der Tür.«

Von unten rief die Mutter. »Zoe, kommst du? Essen ist fertig.«

Nellie richtete sich auf. Sie hatte vergessen, dass sie zu

alt für die Comic-Märchen war, die ihre Schwester ihr erzählte.

»Zytia fällt doch wohl nicht auf so einen bescheuerten Trick rein?«

»Klar fällt sie rein. Sie denkt doch, dass da ein nettes Mädel steht. Das Wesen da draußen riecht sogar, wie nur Mädchen riechen – irgendwie lecker nach Erdbeer oder Blumen oder so. Und es lächelt zuckersüß, klimpert plingpling mit den langen Wimpern. Und der schönen Zytia ist sowieso schon die ganze Zeit wahnsinnig langweilig, weil: immer nur vorsichtig sein, immer aufpassen und so, das hält ja keine Zelle aus. Und ihr Bruder taucht auch ewig nicht auf. Also macht Zytia die Tür auf. Ich sag ja: Dieser Virus ist ein Profi, der weiß, wie er kriegt, was er will. Blitzschnell drängt sich der verkleidete Punk in ihr Zimmer und schließt die Tür von innen ab. Er reißt sich die Perücke vom Kopf. Zytia kreischt, UHHHH, aber natürlich hört sie keiner. Und Punk lässt seine Finger knacken und zeigt sein fiesestes Grinsen.«

Zoe rollte ihre Oberlippe ein und machte eine affenähnliche Grimasse.

»Zitternd presst Zytia sich an die Wand, während Punk sich wie ein Monster durch ihr Zimmer fräst. Er frisst alles, was ihm in die Hände fällt, ihre Pralinen MUMPF und die Kekse MUMPF und die Blumen in der Vase. BÖRRP. Er schmatzt dabei und grunzt und furzt. Und weil sie so schrecklich stinken, seine Fürze, kriegt Zytia keine Luft mehr. Er wischt seine Schokoladenfinger am Vorhang ab, springt wie ein Teufel auf dem Bett rum, und weil das mächtig staubt, muss Zytia husten. Er säuft ihr Parfum und fängt an, betrunken herumzugrölen, HOHOHUAAA, und davon bekommt die zarte Zytia schlimmes Kopfweh. Aber immerhin vergisst er dabei, ihr was zu anzutun. Als er endlich schnarchend in ihrer Badewanne liegt, ein Monster mit verschmiertem Lippenstift, beugt sie sich aus dem Fenster, HILFEHILFE, aber weil sie sehr lange und laut rufen muss, bis endlich mit Blaulicht ein paar Helferzellen kommen, tut ihr danach auch noch der Hals schrecklich weh.«

»Zoe, wird doch alles kalt.« Ach ja, die Mutter.

»Und weiter?«, fragt Nellie erwartungsvoll.

»Nix weiter. Schluss. Ende. Abspann.«

»Das ist doch kein richtiges Ende.«

»Gibt kein anderes. Du musst im Bett bleiben und die Helferzellen ihren Job machen lassen. So ist das.«

Grinsend wich Zoe einem Stoffaffen aus, den ihre Schwester nach ihr warf.

»Blöde Geschichte«, sagte Nellie und lächelte.

Die Kohlrouladen waren ein Traum. Ihre Mutter saß bei ihr und sah ihr zu, wie sie aß. Ein seltener einträchtiger Moment.

»Freut mich, dass es dir zu Hause so gut schmeckt,« sagte sie. »Ihr esst aber doch nicht nur Hamburger, oder?«

Zoe kaute und schluckte, kaute und schluckte. Kauend schüttelte sie den Kopf. Beim Essen spricht man nicht. Sie drückte Kartoffelstückchen in die Soße, häufte den Brei mit etwas von der Füllung und einem weichen Stück Kohl auf die Gabel und führte sie konzentriert zum Mund.

Wieder eine dieser brandgefährlichen Lücken im Gespräch, ein paar Brocken Text und sehr tiefe Löcher dazwischen, aus denen die Schlangen der Familienräson gekrochen kamen. Sie hatte ihre liebe Not damit, sie zurückzudrängen. Wenn diese Frau hier, ihr zugleich so vertraut und so fern wie kein anderer Mensch, wüsste, dass es Dinge gab, die eine Frage nach Zukunftsplänen auf der Stelle sinnlos machten. *So wie die Dinge liegen, könnte ich einen Haftbefehl erwirken.* Dass ihre Tochter gerade einen Wellnesstempel überfallen hatte und noch weitere Überfälle plante, um zu verhindern, dass ihre Mutter ihr irgendwann in Santa Fu im Besuchszimmer gegenübersaß.

»Ich habe da vielleicht was in Aussicht«, sagte sie.

»Wie – in Aussicht?«

»Ich könnte eine Ausbildung anfangen.« Sie griff zu dem Glas Wasser, das ihre Mutter ihr hingestellt hatte, und leerte es in einem Zug. »Im Filmbereich.«

Ihre Mutter sah sie erwartungsvoll an.

»Ist noch nichts konkret, aber ich denke drüber nach.«

Anders als mit ihrem Vater konnte sie sich mit ihr nicht streiten. Statt wütend zu werden, reagierte ihre Mutter bekümmert. Früher, wenn es nachts klingelte und Zivilfahnder ihre vierzehnjährige Tochter über die Schwelle schoben, nachdem man sie erwischt hatte, wie sie die Rollläden der Hamburger Sparkasse mit einem ungelenken *Tag* verzierte. In späteren Jahren, wenn nachts das Telefon klingelte, weil jemand Mungo und Zoe nach der vorläufigen Festnahme von der Wache abholen musste. Wenn sie sich freinahm, um mit ihr zur Erziehungsberatung zu gehen oder bei einer Gerichtsverhandlung im Zuschauerraum zu sitzen. Zoes Vater arbeitete viel, die Firma forderte seinen ganzen Einsatz – *für euch, nur für euch* –, aber wenn sie ihm gegenüberstand, hatte Zoe mehr als einmal das Gefühl, dass er sie gerne geschlagen hätte. Ging aber schlecht: Vernunft predigen, Sachlichkeit und zivilisiertes Benehmen, und dann seinem Kind durch Schläge das Böse austreiben wie ein Exorzist.

Mungo war da eindeutig im Vorteil, seine Mutter zog ihn und seine Schwestern allein auf, und weil sie arbeiten musste, war den ganzen Tag niemand zu Hause, dafür die Tiefkühltruhe voll mit Pizzas, damit die Kinder was zum Mittag hatten. Und wenn sie abends nach Hause kam, war sie so kaputt, dass sie nichts von Schule wissen wollte oder von dem süßen Dunst, der aus Mungos Zimmer unter der Tür hindurch quoll. Und wenn wieder ein amtliches Schreiben kam und bei Aschenbrenners der Familienrat tagte, schrie Mungos Mutter jedes Mal bloß: »Ich steck dich ins Heim«, und vergaß es sofort wieder.

Ganze Tage hockten sie in seinem Zimmer, hörten mit wummernden Beats Sido, Kool Savas und Samy Deluxe und entwarfen mit Akribie komplexe, wuchernde Gemälde in ihren Skizzenbüchern, träumten sie sich riesenhaft vergrößert auf Hallenwände und Doppeldeckerbusse. Hätten, wenn sie bekifft im Park auf der Wiese lagen, rasend gerne ein geiles Throw Up auf den aufreizend blanken Himmel geworfen, *wir zwei sind die Champions,* und sammelten an anderen Tagen in demselben Park Müll auf, schrubbten Parkbänke, weil die Einstellung eines Verfahrens wegen Sachbeschädigung nur gegen dreißig Stunden gemeinnütziger Arbeit zu haben war. So waren die Preise.

Und jetzt saß sie in der Küche und erzählte ihrer Mutter irgendeinen Scheiß von wegen Filmbranche und so, obwohl der alte Besitzer des *Gloria*-Kinos ihr einziger Kontakt in der Filmbranche war. Doch ihre Mutter fragte gar nicht weiter nach. Sie war eine clevere Mutter, und hatte längst gelernt, dass Fragen nichts half.

Zoe gab ihr einen Kuss auf die Wange und sprang noch einmal die enge Treppe hoch, ließ dabei automatisch die knackenden Stufen aus. Nacht für Nacht hatte sie sich im Dunklen aus dem Haus geschlichen, umsichtig und geschickt wie eine Diebin, und wenn sie das Schloss der Haustür sanft und trocken einschnappen hörte, fing ihr Herz euphorisch zu schlagen an. Sie rannte den Plattenweg entlang, um sich dem Abenteuer in die Arme zu stürzen, jenem vollkommenen, adrenalindurchtränkten Moment, berstend vor reiner Gegenwart, und sie so leicht und kühl und unsterblich wie einer ihrer Comic-Helden.

Nellie war eingeschlafen und ließ die Helferzellen ihre Arbeit tun. Zoes altes Zimmer lag direkt daneben. Meistens vermied sie es, dort hineinzugehen, denn es kam ihr vor, als betrete sie ein Museum. Diesmal legte sie sich auf ihr altes Bett, verschränkte die Arme hinter dem Kopf und sah sich um. Sah aus wie immer: das Poster von Rihanna, ein Stapel X-Men-Hefte auf einem fast leeren Regal, der Schreibtisch mit den übermalten Aufklebern, ein Dinosaurier-Skelett, der alte Diercke-Atlas mit dem Schulstempel vorne drin – wirklich täuschend echt alles, sehen Sie, so sah ein Kinderleben im frühen einundzwanzigsten Jahrhundert aus. Unten hörte sie ihre Mutter in der Küche hantieren. Zoe fielen die Augen zu. Mit der Spitze ihres Zeigefingers fuhr Lotta sachte die Bögen von Zoes Brauen, den Schwung ihrer Nase und ihrer Lippen nach, dann schlief Zoe ein.

2.

Die Resonanz auf den Vorfall im *Beautydome* war äußerst befriedigend. Die Lokalpresse, aufgeschreckt durch die rasch aufeinander folgenden Auftritte einer zügellosen Horde in der Stadt, analysierte das Phänomen in ihren Kommentaren und spekulierte über den politischen Hintergrund des Mobs. *Was ist los mit Hamburg?*, fragte das *Abendblatt* auf der Titelseite, das *Abendjournal* hatte sogar ein verwackeltes Handyvideo ausgestrahlt, das tumultartige Szenen zeigte. Der Geschäftsführer des Wellnessclubs sprach in einem Interview von Enthemmung und Gewalt.

Frohgemut ließ Binz die Zeitung sinken. Der Name Frederking war zwar noch nicht gefallen, aber das ließ sich sehr leicht ändern. Ein kleines Bekennerschreiben. Nieder mit. Kampf dem. Rettet die. Er würde eine neue Protestbewegung entfesseln, wie sie die Stadt noch nicht gesehen hatte. Kurios, wie einfach es war, welche Möglichkeiten sich auftaten, nur eine Handbreit neben den ausgetretenen Wegen des Üblichen. Auch wenn Frederking es noch nicht wusste: Aber das Großprojekt in der Neuen Mitte Altona war ihm bereits vom Haken gegangen. Der hässliche Zwerg schlägt zurück.

Zoe sicherte nach allen Seiten, bevor sie das portugiesische Café betrat. Sie sah den Staatsanwalt nicht sofort, der an einem Tischchen in der hintersten Ecke saß, und als sie ihn entdeckte, brauchte ihr Verstand doch eine Extrasekunde, um den aufsteigenden Fluchtreflex niederzukämpfen. Das Nickerchen in ihrem alten Zimmer war ihr nicht gut bekommen. Es war, als ob in der Matratze ihres Bettes die alten Geschichten überwintert hätten, und nun, wo sie so wehrlos dalag, waren sie hervorgekrochen und hatten sich mit Appetit über sie hergemacht. Als sie wieder zu sich kam, hatte sie einen Moment lang geglaubt, sie sei wieder siebzehn und wäre dort noch zu Hause. Ein brutaler Moment war das gewesen, aber als ihr wieder einfiel, wie es wirklich war, blieb die große Erleichterung aus. Die Wahrheit fühlte sich zwar ganz anders an, aber nicht unbedingt besser.

»Setzen Sie sich hin, Herrgott. Und hören Sie auf, sich ständig umzusehen«, empfing Binz sie, »hier will doch niemand was von Ihnen.«

Die Bedienung kam an den Tisch und sah Zoe fragend an.

»Ich nehm ein Bier.«

»Bringen Sie ihr einen Galao. Und ein Vanilletörtchen«, sagte Binz. Die Bedienung verschwand achselzuckend. »Der Kuchen ist sehr ordentlich hier.«

»Das glaub ich jetzt nicht.«

»Ich möchte, dass Sie einen klaren Kopf behalten. Wir haben einiges zu besprechen.«

»Aber die Regeln haben sich geändert. Ich bin Ihr verdammter Spindoktor, Sie brauchen mich, schon vergessen?«

Binz nickte gutgelaunt.

»Ich gebe zu, das war gute Arbeit, Aschenbrenner. Sie haben mich wirklich überrascht. Und nicht nur mich«, sagte er und machte eine Kunstpause, um seine Genugtuung wie einen Luftballon zur Decke schweben zu lassen.

»Aber wir müssen unsere Mittel präzisieren. Was wir brauchen, ist eine Erklärung. Ein Manifest oder so etwas.« Er nahm einen Zettel aus der Innentasche seines Jacketts und entfaltete ihn. »Ich habe schon mal einen Entwurf formuliert.«

Spekulanten raus aus der Stadt, las Zoe. Darunter folgte eine langwierige Aufzählung von Aktivitäten der Frederking Holding.

»Wir müssen den Feind beim Namen nennen.«

Das Lob des Staatsanwalts hatte Zoe mit einem idiotischen Stolz erfüllt. Aber die Systematik, mit der dieser seinen Feldzug führte, war ihr nicht geheuer. Wenn Binz doch einer dieser durchgeknallten Spießburger war, die eine Familie auslöschen, nur weil ihre Sträucher über den Zaun auf sein Grundstück ragen? Wer garantierte ihr, dass so einer sich dann am Ende an die Abmachung hielt? Aus einem Reflex heraus hatte sie bei ihrem Smartphone die Sprachaufnahme aktiviert, bevor sie das Café betreten hatte. Vielleicht rettete ihr diese Eingebung noch mal den Pelz.

»So ein Zeug liest keine Sau«, sagte sie. »Jedenfalls niemand von denen, die Sie kennen, Doktor. Die hassen nämlich Typen wie uns. Das müssten Sie doch wissen.«

»Ich weiß nur, dass Frederking gestoppt werden muss. Und dass ich die Mittel und Wege dazu habe.«

Kampflustig verschränkte Binz die Arme, ein Kriegsfürst, der mit einer Rebellentruppe aus dem Untergrund operiert und dank seines taktischen Geschicks den übermächtigen Gegner in die Knie zwingt. In seiner manischen Art erinnerte er Zoe an Henk.

Der Kaffee wurde serviert. Binz zog den Teller mit dem

Vanilletörtchen zu sich herüber und bestellte für Zoe ein Bier.

»Also, wie nennen wir das Kind?«, fragte er und stach die Kuchengabel energisch in das Gebäck.

»Was?«

»Die Gruppe braucht einen Namen. Oder wollt ihr euch den von den Medien geben lassen?«

»Masters of Flash. Flashmasters.« Mütze, der an einer Lakritzschlange gekaut hatte, hielt im Kauen inne und sah in die Runde.

Niemand reagierte.

»Ich meine, es stimmt doch, wir sind die Könige des Flashmobs«, sagte Mütze. »Kings of flash, käme auch gut.«

Sie saßen in Mützes Zimmer im Souterrain seines Elternhauses.

»Ich hatte eigentlich eher an so was wie Heimat Zwonull gedacht«, sagte Frenzi, »das klingt wenigstens nach einundzwanzigstem Jahrhundert.«

»Und in Englisch? ›Urban Heroes‹?«, fragte Mütze.

»Mann, lass mich mit dem Heldenscheiß in Ruhe.«

Henk hatte sich offenbar entschieden, seine Verachtung zu vergessen und mischte sich ein.

»Nichts Englisches. Wir können nicht wie eine HipHop-Truppe klingen. Der Name muss eine Vorstellung von unserem Anliegen geben.«

»Und an was dachtest du?«

»Aktionsbündnis gegen Gentrifizierung.«

Und weil Frenzi und Mütze aufstöhnten, setzte er hinzu: »Nur als Beispiel.«

Es ging noch endlos so weiter. Mütze redete von den

›X-Men‹ und der ›Brennenden Legion‹, Henk von den ›Utopisten‹ und dem ›Komitee Eine Stadt Für Alle‹ und Frenzi bevorzugte ›Böse Kinder‹ oder ›Cyberpiraten‹.

Nach der Aktion im Beautydome war sie der Star der Stunde. Mütze und Zoe hatten eine Flasche Sekt gekauft und nahmen sie in einer knappen Zeremonie als vollwertiges Mitglied auf. Nach einer kurzen Verstimmung, die daher rührte, dass Frenzi sich eigentlich immer schon als vollwertiges Mitglied gesehen hatte, nahm sie sich ein Bier, weil sie Sekt hasste, und ließ sich gnädig ausfragen. Den scharfen Bikini hatte sie mit Bedacht gewählt; er war Teil ihres Plans, und der Erfolg gab ihr recht. Weil sie darin wie eine gewöhnliche Kundin des *Beautydome* aussah, konnte sie, während die anderen planschten, in Ruhe die übrigen Räumlichkeiten inspizieren, ohne dass sich jemand darüber wunderte.

»Wie es aussieht, habe ich euch den Arsch gerettet«, sagte Frenzi und nahm einen großen Schluck Bier aus der Flasche.

»Alter Schwede«, bestätigte Mütze. »Das war knapp.«

»Dann denk ich doch, dass ich ein Freispiel habe.«

Keiner verstand, was sie meinte, aber Zoe ahnte nichts Gutes.

»Unser nächster Einsatz – ich will ihn führen.«

»Hier führt niemand, Genossin«, sagte Henk.

»Meine Idee ist wirklich gut, glaubt mir.«

Nachdem sie den anderen erklärt hatte, was ihr vorschwebte, herrschte tiefes Schweigen. Henk war der Erste, der zur Sprache zurückfand.

»Das ist total dekadent.«

Mütze fand es nur peinlich.

»Aber es soll ja gerade peinlich sein.«

Er schüttelte den Kopf und konnte gar nicht wieder damit aufhören.

»No way. Das läuft nicht. Nicht mit mir.«

»Was wir bisher gemacht haben, war alles nur Spaß«, sagte Frenzi. »Aber das hier wäre wirklich mal radikal.«

Henk tippte sich an die Stirn.

»So was kann sich nur eine Frau ausdenken.«

Zoe sagte nichts. Sie dachte nach. Sie hatte von Binz eine interessante Information bekommen: Die Frederking Gastro GmbH lud anlässlich der Eröffnung ihres Restaurants *Schnitzelhütte* in der Innenstadt zu einem Event mit Prominenz und Live-Musik. Und jetzt fügte sich bei Frenzis Worten in ihrem Kopf ganz natürlich eins zum anderen, und ein wunderbarer Plan entstand.

Nur Mütze war ein Problem.

»Ich zieh mich nicht aus. Und die anderen auch nicht. Niemand hat auf so eine perverse Nummer Lust. Vergiss es.«

3.

Achtundvierzig Stunden hatte Binz sich verordnet, bevor er im *Wemuth* anrief. Käthes private Telefonnummer besaß er nicht, so wie er eigentlich auch sonst so gut wie nichts über sie wusste, außer dass sie anscheinend gerne über Brücken fuhr. Das war nicht viel, doch es genügte ihm. Wenn er mit ihr zusammen war, dehnte die Gegenwart sich aus und schob alles winzig klein an ihren Rändern zusammen, was vorher wichtig gewesen war. Mit ihr hatte er zum ersten Mal in seinem Leben von der Köhlbrandbrücke über den Hafen geschaut, hatte zum ersten Mal die Elbe gerochen, ein überwältigendes Gemisch aus Schlick und Metall und Seemannseinsamkeit. Am nächsten Morgen hatte er auf dem Weg zum Gericht noch einmal einen Abstecher zur *Strandperle* gemacht, aber den Geruch konnte er nicht wiederfinden. Es war ein anderer Fluss, eine andere Welt, die Läden des Kiosks geschlossen, der Strand im nüchternen Licht menschenleer und auf den Kaianlagen am anderen Ufer dröhnende Geschäftigkeit.

Binz war erfüllt von einem Verlangen nach diesem neuen Zauber der Dinge, unabweisbar wie Durst, und zugleich stieg die Furcht in ihm auf, alles wäre vielleicht nur ein Trug, ein Luftgespinst gewesen. Diese Furcht heftete sich an seine Fersen, als er den steilen Schulberg zur Elbchaussee hochstieg, und folgte ihm beharrlich wie ein schmutziger Straßenköter.

Am Tag darauf rief er schließlich im *Wemuth* an, aber man sagte ihm, die Chefin sei unabkömmlich. So bestellte er einen Tisch fürs Mittagessen, saß um Viertel nach zwölf als einer der ersten Gäste an seinem reservierten Platz und aß mit taubem Mund die aufgetischten Speisen, während er darauf wartete, dass sie zu ihm kam, um ihn anzulächeln und ihre Hand auf seine Wange zu legen und den hässlichen Hund vor die Tür zu setzen.

Aber sie kam nicht. Um zwei, als die junge Frau, die ihn bediente, zum dritten Mal fragte, ob er noch einen Wunsch habe, fragte er schließlich noch einmal nach ihr. Natürlich war sie da. Aber sie war nicht zu sprechen. Für niemanden.

Also bestellte er noch einen Espresso und entschied sich sitzenzubleiben, bis das Restaurant schloss, ein geduldiger Eroberer, ein römischer Feldherr, der mit Beharrlichkeit und kühlem Sinn die Widerstände niederrang. Schließlich kam sie und hantierte geräuschvoll am Espresso-Automaten. Als er sie ansprach, fuhr sie aufgeschreckt herum.

»Ach du«, sagte sie, und machte dabei ein Gesicht, als ob sie die dazugehörige Erinnerung erst zusammensuchen müsste.

Binz hörte den Köter knurren.

»Ja. Ich.«

Dann schien sie die richtigen Bilder gefunden zu haben, denn ihre Miene entspannte sich.

»Ein grauenhafter Tag«, sagte sie.

»Aber ein schöner Abend.«

»Einer der schönsten, seit ich in Hamburg bin.«

Jetzt sah sie ihn an, mit ihren Olivenaugen, und lächelte. Jaulend wand sich der Köter, rappelte sich auf und suchte das Weite. Binz beugte sich vor und legte Käthe behutsam eine lose Haarsträhne hinters Ohr. Am liebsten hätte er sie mitgenommen, hinaus aus dem eisigen Licht des Restaurants in die wärmende Sonne, und später, vielleicht, ins Halbdunkel eines Zimmers, in dem die Jalousie Schattenstreifen auf die Wände warf.

»Hast du Zeit?«

Käthe lachte auf.

»Ich habe heute Abend eine Gesellschaft mit fünfzig Leuten hier, und nichts läuft, wie es soll. Wir arbeiten seit heute Morgen gegen die Uhr.«

»Aber der Mensch braucht Pausen.«

»Das ist in meinem Beruf nicht vorgesehen.«

»Und wann...«

»Samstag vielleicht. Tagsüber.«

Käthe strich sich mit den Händen über ihre Kochjacke. Binz verstand, bevor sie die Geste zu Ende geführt hatte. Die Liebe machte ihn hellsichtig.

»Es wird langsam Zeit für mich«, sagte er.

Er sah sich mit ihren Augen und begriff, dass er das Kleid des demütig Werbenden ablegen musste, um mit Haltung durch die Tür zu kommen. Denn dieses Gefühl war, zwischen all den neuen unbekannten, eines, das ihm wohlvertraut war: die mit leisem Widerwillen gemischte Ungeduld, mit der man auf die hinterhergetragene Liebe eines anderen reagiert.

Als er vor der Tür des Restaurants in die Helligkeit des Nachmittags blinzelte, hatte er ausgerechnet, dass es neunundsechzig Stunden waren, die ihn von einem Wiedersehen mit Käthe trennten, viertausendeinhundertundvierzig Minuten, und er stellte erstaunt fest, dass nicht nur Gerüche sich neuerdings als höchst veränderlich erwiesen, sondern auch die Konsistenz der Zeit.

Auf dem Rückweg ins Büro hielt er am Jungfernstieg. Die Binnenalster lag unter einem wolkenlosen Himmel, die Menschen saßen auf den Steinstufen zum Anleger und auf der Terrasse des Alsterpavillons. Er stellte seinen Roller ab und reihte sich in die Schlange vor dem Eiskiosk ein. Auf einem Mäuerchen hockend aß er sein Eis, schaute aufs Wasser Richtung Lombardsbrücke und noch viel weiter, in eine blaue, dunstige Ferne, und das Gefieder der Lachmöwen auf dem Ponton verwandelte sich in das staubiggraue der Lavamöwen, er konnte die weißen Flecken um ihre Augen sehen, sah Albatrosse und Fregattvögel dicht über dem Wasser nach Fischen jagen.

Der dreiwöchige Sprachkurs in Lima war ein Abiturgeschenk seiner Mutter gewesen. Als der Kurs zu Ende war, hatte er das Rückflugticket verfallen lassen, ein Telegramm nach Hause geschickt und war durch Peru und Ecuador gereist, in die Anden und zum Amazonas. Schließlich verschlug es ihn auf den Galapagos-Archipel, wo er auf Isabela bei einem Forschungsprojekt der UNESCO als Hilfskraft zur Zählung von Vogelarten anheuerte. Und kein Gedanke an die Zukunft, keiner an die Vergangenheit. Zehntausend Kilometer, mehrere Gebirgszüge und zwei Ozeane zwischen ihm und der Mutter und ihrer verstockten Traurigkeit. Als sie nach fast einem Dreivierteljahr ihren Sohn braungebrannt aus der Ankunftshalle des Flughafens kommen sah, fing sie zu weinen an, und auch er selbst kämpfte mit den Tränen, ohne genau zu wissen, warum.

Plötzlich hatte er es eilig. Doch statt zur Staatsanwaltschaft fuhr Binz zu Irinas Wohnung. Sie saß am Schreibtisch und schrieb einen Text für einen Ausstellungskatalog. Er störte sie, das war offensichtlich, aber was er zu sagen hatte, duldete keinen Aufschub. Irina bot ihm Tee an und setzte sich ihm gegenüber. Binz nahm sein Schlüsselbund, das er die ganze Zeit über in der Hand gehalten hatte, nahm einen Schlüssel ab und legte ihn vor sich auf den Tisch. Bedächtig schob er ihn zu ihr hinüber; es war der Schlüssel zu ihrer Wohnung.

»Was bedeutet das?«

»Das mit uns beiden, Irina, das geht nicht mehr.«

Sie musterte den Schlüssel vor sich, dann sah sie eine

Weile aus dem Fenster. Schließlich wandte sie ihm den Kopf zu, eher verständnislos als verletzt.

»Es tut mir leid.«

»Wieso auf einmal?«

Binz sah auf seine Knie in der dunkelblauen Anzughose, die er angezogen hatte, um für Käthe gut auszusehen. In seinem Ohr hatte sich eine Melodie eingenistet, die ihn unterwegs aus einem offenen Autofenster angeflogen hatte, sie spielte ihm zum Tanz auf, gänzlich unbeeindruckt von der Situation.

»Rede mit mir, Arno. Wieso?«

»In letzter Zeit musste ich öfter an meine Zeit auf Isabela denken.«

»Was hat das mit uns zu tun? Das ist fünfundzwanzig Jahre her.«

Binz schwieg. Das Lied in seinem Ohr wollte, dass er mitklatschte, nur mit Mühe konnte er den Impuls unterdrücken, mit dem Fuß zu wippen.

»Menschen verändern sich«, sagte er, wissend, dass es ein armseliger Satz war.

»Du hast dich verliebt, ist es das?«

Er zögerte, dann nickte er.

Irina ließ ein kleines Lachen hören, ungläubig, freudlos.

»Und ich hab immer geglaubt, wir stünden über diesen Dingen.«

Einem Impuls folgend rutschte er von seinem Stuhl und ging vor ihr in die Knie. Prüfend sah er ihr von unten ins Gesicht. Nein, keine Tränen, aber die Falten um Nase und Mund waren tiefer, als er sie in Erinnerung hatte. Sie sah müde und verschlossen aus. Plötzlich kam er sich sehr jung und unreif vor. Wünsch mir Glück, hätte er gerne gesagt, ein Jüngling, der sich von der Mutter segnen lässt, aber er schwieg und streichelte vorsichtig ihr Bein.

»Mir ist es lieber, wenn du jetzt gehst.«

»Wenn ich etwas für dich tun kann...«

»Geh einfach«, sagte Irina, ohne ihn anzusehen.

Er rappelte sich hoch und stand unentschlossen vor ihr. Als er von der Wohnungstür noch einmal einen Blick zurückwarf, sah er, wie sie zum Schreibtisch zurückging und den Laptop aufklappte.

4.

Auf dem roten Teppich stand ein Schauspieler aus einer Vorabendserie mit Nadelstreifenanzug und einer Brille mit blauen Gläsern, neben ihm ein ehemaliger Nachrichtensprecher, eine Schlagersängerin, ein Boxprofi. Einige von ihnen kamen wegen des Alkohols und der PR, andere wegen der Gage, die man ihnen zahlte, für den Rest war der Großinvestor eine Dienstverpflichtung. Hinter den Absperrungen standen ein paar Schaulustige.

Wie aus dem Nichts tauchte auf einmal ein Pulk nackter Menschen auf und scharte sich vor dem Eingang zur *Schnitzelhütte* zusammen. Sie trugen Schweinemasken aus Pappe, stellten sich Schulter an Schulter auf und versperrten den Gästen den Weg.

Das Defilee geriet ins Stocken, auf dem roten Teppich herrschte auf einmal Gedränge.

Ein Murmeln erhob sich. Ratlosigkeit machte sich breit.

Der Anblick der so unpassend entblößten Menschen schien die Gästeschar zu paralysieren. Diejenigen, die den

Nackten am nächsten standen, wandten sich von ihnen ab, als genierte sie, die so viel auf ihr Äußeres hielten, die Unvollkommenheit der zur Schau gestellten Körper, ihre Behaarung, Leberflecken, Speckpolster, Narben und Sommersprossen, X-Beine und Trichterbrust.

Zwei schwarzgekleidete Ordner sprachen aufgeregt in ihre Walkie-Talkies. Währenddessen begannen die Wartenden sich zu unterhalten, leise, verschwörerisch, gewillt, sich nicht aus der Fassung bringen zu lassen. Einige Männer hatten die Hände in die Hosentaschen gesteckt und grinsten. Nur ein Glatzkopf in T-Shirt und Seidenjackett, der eine Sonnenbrille auf die kahle Stirn geschoben hatte, fing zu rumoren an.

»Weg mit denen. Warum tut denn hier keiner was?«

Wie eine Sturmbö fiel Unruhe in die Schar ein. Eine Frau in pinkfarbenem Cocktailkleid beschwerte sich über die Zumutung, ein beleibter, stark schwitzender Mann wollte von den Ordnern wissen, wie lange man ihn noch hier herumstehen lassen wollte. Der Schlagersänger zündete sich eine Zigarette an und sog gereizt den Rauch ein.

Die jungen Männer in den schwarzen Hemden wirkten überfordert. Armwedelnd stellten sie sich vor Zoe und die anderen und versuchten, sie auseinanderzutreiben wie eine Herde Kühe.

Zoe stand neben Henk, der ohne seine Lederjacke überraschend zart aussah. Das stramme Gummi der albernen Maske schnitt an den Ohren ein. Sie kreuzte ihre Hände vor der Körpermitte und versuchte, nicht daran zu denken, was ihre alten Freunde zu diesem Anblick sagen würden. Die roten, angespannten Gesichter der Ordner waren ihr nicht geheuer. Die Typen standen unter Druck. Mit einem gut gezielten Tritt ihrer Stiefel konnten sie einem die Zehen zu Brei quetschen.

Wieder schaltete sich der Glatzkopf ein.

»Was seid ihr für ne Gurkentruppe? Ihr werdet ja wohl mit den paar Spontis fertigwerden.«

Doch die beiden Ordner traten den Rückzug an, um am Rand der Absperrung leise aufeinander einzureden.

Der Glatzkopf verlor die Geduld. Er schien Lust zu haben, die Sache selbst in die Hand zu nehmen. Mit entschlossenen Schritten kam er auf Zoe zu und stoppte so dicht vor ihr, dass sie seinen Zigarettenatem riechen konnte.

»Los, verzieht euch. Das ist hier ne Party für geladene Gäste«, zischte er. In einem seiner Schneidezähne funkelte ein Brillant. Als Antwort drehten sich einige der Gruppe um und kehrten dem Mann ihre nackte Rückseite zu. Zoe und Henk aber rührten sich nicht vom Fleck, hielten ihm stoisch ihre Schweinemasken hin, mit denen normalerweise eine Burger-Kette zum Mitmachspaß einlud. Der Typ schien unberechenbar, man musste ihn im Auge behalten.

»Was soll die Scheiße? Soll ich mir jetzt eure schlaffen Ärsche ansehen? Das ist ja widerlich.«

Der Glatzkopf machte kehrt und ging zu den anderen zurück, die sich in einigem Abstand zusammenscharten.

»Ist das nicht widerlich?«

Am Straßenrand hielt ein Taxi und lud weitere Gäste ab. Drei der Wartenden nutzten die Gelegenheit, drängten sich zu dem Wagen durch, stiegen ein und fuhren davon. Als hätten verborgene Glutnester Luft bekommen, loderte auf einmal Hass auf. Mehrere Männer rückten bis zu ihnen vor.

Durch die engen Sehschlitze konnte Zoe kaum etwas sehen, deshalb traf der Schlag sie unvorbereitet. Mit Wucht stieß jemand ihr einen Ellbogen in die Seite. Der Schmerz stülpte ihr den Magen um. Sie wusste nicht, wer der Angreifer war. Der Glatzkopf hatte inzwischen die Fäuste erhoben und schob sich in die Gruppe wie ein Rammbock. Gerangel, Geschiebe, Flüche. Einige versuchten, den bulligen Kerl zurückzudrängen. Wieder war es Henk, der die Situation klärte. Blitzschnell fasste er den Eindringling am Handgelenk, zog ihn an sich, umfing ihn in einer zangenartigen Umklammerung und drückte ihm den Kopf nach vorne. So verpackt stieß er ihn durch ein Spalier aus Bäuchen und Pimmeln und Brüsten zum Eingang des Restaurants, dort gab er ihm einen Tritt, der den Mann wie einen Sack gegen die Glastür taumeln ließ.

Zoe zitterten die Beine. Der Schweiß rann ihr aus den Achselhöhlen an den Seiten hinunter, ihr klapperten die Zähne wie in einem ihrer Alpträume. Auch wenn sie es sich nicht anmerken ließ, war sie doch erleichtert, als Henk endlich das Zeichen zum Rückzug gab.

Hinterher konnte niemand nach Hause gehen. Ihnen war zum Feiern zumute, wie nach einer überstandenen Mutprobe. Sie zogen zur Brache hinter der Schraubenfabrik, die Stimmung war aufgekratzt, sie beschrieben einander ausschweifend die hilflosen, zornigen, angewiderten Mienen der Eröffnungsgäste, lachten nachträglich lauthals über ihre eigene Beklommenheit. Ein Mädchen erzählte, dass einer bei ihrem Rückzug »Ihr Scheiß-Vegetarier« gezischt hatte. »Was heißt hier Vegetarier«, hatte sie zurückgerufen, »wir sind Schnitzel natur.«

Alles johlte. Mütze kriegte sich gar nicht mehr ein. Nachdem er zügig ein paar Bier gegen den Durst gekippt hatte, arbeitete er nun mit Bacardi an einem soliden Rausch. Mit der Flasche in der Hand tanzte er zu Musik aus einem Gettoblaster, der in einem Fahrradkorb stand, breitbeinig stand er auf dem sandigen Boden und bewegte ruckend den Kopf wie ein Huhn.

Dämmriges Zwielicht senkte sich über den Platz, die Luft roch nach Metall und blühendem Unkraut, vom alten Stellwerk funkelten die Lichter herüber wie Lampionketten. Jemand versuchte, mit Kartons und Laub ein Feuer anzufachen, erzeugte aber bloß beißenden Qualm.

Zoe saß in Gedanken versunken, als Henk mit zwei Flaschen Bier zu ihr kam, um mit ihr auf den Erfolg zu trinken. Der ewig skeptische Aktivist schien nach dieser ersten Serie richtig auf den Geschmack gekommen zu sein. Er gesellte sich zu Mütze und fing an zu tanzen, zuerst mit sparsamen, nur angedeuteten Bewegungen, dann mit zunehmender Energie und der Körperbeherrschung eines Breakdancers.

Zoe sah ihm eine Weile zu. Ein heiliger Ernst ging von dem schmalen Typen aus, eine stille, chronische Empörung, die alles einzufärben schien und es schwermachte, mit ihm warm zu werden.

Sie legte den Kopf in den Nacken und suchte die ersten Sterne, ein bisschen Pyrotechnik fürs Gefühl. Das Grundsätzliche war nicht ihr Ding, sie war die, die den Tiger ritt, eine waghalsige Grenzgängerin zwischen zwei feindlichen Systemen, und hier wie dort hatte sie die Fäden in der Hand und den Kopf in der Schlinge. Sich am eigenen Schopf aus der Scheiße ziehen – das war das Programm.

Um ein Haar hätte das böse Ende sie erwischt, das ihr Vater ihr seit zehn Jahren prophezeite, aber sie hielt es mit Samy Deluxe, *ganz egal was auch passiert/langsam hab ich es kapiert/das Leben geht weiter.*

5.

Am Samstagmorgen stand Binz lange im Blumenladen und überlegte, was Käthe Wemuth wohl für Blumen mochte. War sie eine Frau für Calla oder für Löwenmäulchen? Fand sie Lilien zu gewöhnlich oder zu operettenhaft? Er dachte an die klinische Strenge ihres Restaurants und war verunsichert. Wenn das Interieur ihren Geschmack beschrieb, dann war er jedenfalls nicht der Richtige, um etwas Passendes für sie auszusuchen. Schließlich entschied er sich für Bauernrosen, kaufte Champagner und Erdbeeren und fuhr in die Eilenau, wo sie wohnte. Sie hatte ihn zu einem späten Frühstück eingeladen, und während er die ausgetretene, mit abgeschabtem Teppich ausgelegte Treppe in der Altbauvilla hochstieg, wünschte er sich, sie hätten sich an einem neutraleren Ort verabredet. So eine Wohnung war doch etwas sehr Persönliches, sie offenbarte mit jedem Detail etwas über ihre Bewohner, und er war sich auf einmal nicht mehr sicher, ob er das alles wissen musste.

Als er Käthe in der Tür zu ihrer Wohnung stehen sah, kam es ihm vor, als hätten die Tage ohne sie schwer wie Wochen gewogen. Um Atem ringend wickelte er die Blumen aus dem Papier und hielt sie ihr hin, aber ihm fiel nichts ein, was er dazu hätte sagen können, so fremd kam sie ihm plötzlich vor. Käthe nahm den Strauß dankend in Empfang, ohne erkennen zu lassen, ob sie Bauernrosen mochte oder nicht. Sie hatte eine Schürze um und winkte ihn mit sich in einen großen Raum, der die ganze Breite des Hauses einnahm. In ihm befanden sich ein gedeckter Tisch und eine Küchenzeile, ein Sofa, und hinter einem gazeähnlichen Vorhang ein Bett.

Zum ersten Mal sahen sie sich alleine, ohne eine schützende Öffentlichkeit um sie herum, und dieser Umstand lud jeden Blick, jede Geste mit einer Spannung auf, die ihn erstarren ließ. Wahrscheinlich würden sie miteinander schlafen, vielleicht in diesem Bett, vielleicht auf dem Sofa, und die Sache war die, dass er sie von dem Tisch weg zu einem dieser Plätze dirigieren musste und sich beim besten Willen nicht vorstellen konnte, wie er das anstellen sollte. Unwillkürlich sah er nach, ob es einen Teppich gab und der Schweiß brach ihm aus vor Verlegenheit.

»Bist du hungrig, Arno?«

Seit sechs war er wach und hatte untätig dem Regen zugesehen, der an den Fenstern herunterlief, hatte nur ein wenig Obst gegessen, als nähme er auf diese Weise bis um elf noch ab. Sein Magen war hohl, aber hungrig war er nicht.

»Ich dachte, ich mache uns etwas Rührei mit Oliven und Kräutern der Provence.«

»Rührei?«

»Keine Sorge. Ich kann auch ganz normale Dinge zubereiten.«

»Das klingt gut«, sagte er und trat zu ihr hinter die Arbeitsfläche, die den Küchenbereich vom übrigen Raum trennte. Sobald er in ihrer Nähe war, löste sich seine Beklemmung auf. Er sah ihr dabei zu, wie sie Eier aufschlug, eine gusseiserne Pfanne vom Haken nahm und auf den großen Gasherd stellte, Butter aus dem Kühlschrank holte. Unter ihrer Schürze trug sie ein Kleid, etwas Anschmiegsames, Frauliches in einer unbestimmten Farbe, die er nicht zu benennen gewusst hätte, die aber mit dem rötlichen Ton ihrer Haare wunderbar zusammenpasste. Hatte sie dieses Kleid für ihn angezogen? Er jedenfalls hatte mehrmals umdisponiert – Baumwoll- oder Tuchhose? Sakko oder Pullover? – und sich vorgenommen, einige Stücke auszumustern, für die er sich noch nicht alt genug fühlte.

Aus einer Schüssel, die neben dem Herd stand, griff er sich eine Olive, hielt dann inne, aber es war schon zu spät. Es kam ihm vor, als hätte er sie beide mit dieser Vertraulichkeit bereits zu einem Paar gemacht, und sah sie verstohlen an, um herauszufinden, ob sie es wohl bemerkt hatte und ob sie es duldete. Aber Käthe hackte auf einem großen Holzblock Schalotten und Knoblauch klein, und sie tat dies mit der gleichen Konzentration, die sie in ihrem Restaurant an den Tag legte, es sah nicht so aus, als ob sie überhaupt etwas bemerkt hätte. Sie schien nichts dabei zu finden, mit ihm in ihrer Wohnung am Herd zu stehen, und er fragte sich in plötzlich aufschießendem Zweifel, ob ihre Unbefangenheit wohl daher rührte, dass sie in ihm nur einen guten Freund sah.

Sie drückte ihm Salz und Pfeffer in die Hand, und nachdem er beides auf dem Tisch abgestellt hatte, erinnerte er sich an den Champagner. Er öffnete die Flasche, füllte zwei Gläser, gab ihr eines davon und küsste sie auf den Mundwinkel, wie ein guter Freund es niemals täte.

»Schön, Sie zu sehen, Frau Wemuth.«

Sie hob das Glas, stellte es aber sogleich wieder ab, nachdem sie einen winzigen Schluck genommen hatte, um sich den Vorgängen in ihrer Pfanne zu widmen.

Binz schlenderte zum Tisch zurück. Er sah aus dem Fenster in den großen Innenhof, in dem zwei mächtige Kastanien standen, und spürte den Alkohol wie einen Wasserfall in seinem leeren Magen gurgeln. Vorsichtig ließ er den Blick durch den Raum schweifen. An der Wand hing ein großformatiges abstraktes Bild, auf einem niedrigen Regal lagen ein paar Bücher zwischen afrikanischen Masken, in einer Ecke stand eine geschnitzte Holzfigur. Das war alles. Kein weiteres Dekor, keine Erinnerungsstücke, keine Abdrücke von Gewohnheiten und Vorlieben, keine Alltagsspuren. Der Raum wirkte blank und verschwiegen wie eine Ferienwohnung. Das einzige persönliche Detail, das er schließlich entdeckte, war ein Paar ausgetretener Pantoffeln, deren Anblick ihn mit einer närrischen Rührung erfüllte wie der eines verschlissenen, abgeliebten Teddybären.

Mit zwei Schlucken leerte Binz sein Glas, stellte es achtlos ab und ging zu Käthe, die gerade die Rühreier auf Teller verteilte und mit einem Zweig Rosmarin und einer geschmorten Kirschtomate garnierte. Mit einer Entschiedenheit, die ihn selbst überraschte, nahm er ihr das Besteck aus der Hand, fasste sie an den Schultern und drehte sie zu sich hin. Flüchtig sah er ihren überraschten Blick, doch bevor sein Gehirn ihn in eine entmutigende Botschaft umsetzen konnte, nahm er ihren Kopf zwischen seine Hände und küsste sie.

Es war fünf, als er Käthe in der Langen Reihe absetzte und ihr hinterhersah, wie sie die Tür zu ihrem Restaurant aufschloss und darin verschwand. Konnte man auf eine Restaurantküche eifersüchtig sein? Obwohl er ihr Gesicht nicht sah, wurde er das Gefühl nicht los, dass er sie dorthin zurückbrachte, wo sie hingehörte. Und wo sie innerlich immer war, auch wenn sie sich Mühe gegeben hatte, ihn das nicht spüren zu lassen.

Er gab Gas und fuhr davon, aber er kam sich nicht wie ein Sieger, sondern wie ein Geschlagener vor: in ein fremdes Königreich mit seinen Truppen eingezogen und doch besiegt. Von einem heimtückischen Fieber.

Käthe hatte sich seiner Umarmung entwunden und gelacht und auf das Rührei gedeutet, vielleicht frühstücken wir erst mal. Und er hatte nicht gewusst, wohin mit seinen leeren Händen und sich gefragt, ob er wirklich verstand, was vorging zwischen ihnen. Doch während sie Croissants in Kaffee tunkten und Parmaschinken zu Röllchen formten und Honig auf Waffeln tropfen ließen, fand er langsam seine Fassung wieder und entspannte sich wie einer, der getan hatte, was er glaubte, der Situation schuldig gewesen zu sein.

Als er sich endlich wohlfühlte in seiner Haut, legte sie ihre Serviette zur Seite und stand auf. Binz sah sie an, und als sie ihren Arm ausstreckte, erhob er sich folgsam, sie ergriff seine Hand und führte ihn ohne ein Wort in den hinteren Teil des Raumes, wo ihr Bett stand. Nun war sie es, die ihn zu küssen begann, dann aber von ihm abließ, um sich das Kleid auszuziehen. Binz wagte kaum zu atmen, wie jemand, der einen Menschen dabei überrascht, wie er auf einem Brückengeländer balanciert. Er suchte in ihrer

Miene zu lesen, wie das hier zu verstehen war, suchte nach einem Zeichen des Wiedererkennens, der Resonanz, aber sie zeigte wieder diesen Ausdruck von Konzentration, mit dem sie Jagd auf eine Idee von etwas machte und von dem er nicht sicher war, auf was genau er in diesem Moment zielte. Als sie begann, sein Hemd aufzuknöpfen, kam er zu sich und nahm ihr das Geschäft ab, und während er Knopf für Knopf löste, zog sie die Unterwäsche aus und stand nackt vor ihm.

Der Regen hatte aufgehört, doch der Himmel blieb grau. Die Luft war dampfig. Von der Langen Reihe fuhr Binz in seine Wohnung. Eigentlich hatte er vorgehabt zu arbeiten, aber statt an seinen Schreibtisch setzte er sich mit einem Glas Rotwein auf die Terrasse unter die Markise.

Kaum, dass sie beieinanderlagen, hatte Käthe sich auf ihn gesetzt und angefangen, sich zu bewegen, und er hatte sich in ihren Rhythmus, so gut es ging, hineingefügt. Sie bewegte sich rasch, mit gerunzelter Stirn, als trüge sie eine drängende Arbeitsschuld ab, sie keuchte und knurrte, und weil sie die Augen geschlossen hielt, schloss er seine schließlich auch, um nicht allein zurückzubleiben, aber es half nichts. Als sie dann kurz darauf mit einem Aufschrei vornübersank, waren nach seinem Gefühl noch nicht einmal drei Minuten vergangen.

Auf dem Dach des Nachbarhauses saß eine Amsel und sang. Im *Wemuth* wurden jetzt vermutlich die ersten Gäste zu ihren Plätzen geführt, und er saß hier, allein, hörte die Nässe von den Bäumen tropfen und hing den Bildern dieses Nachmittags nach.

Käthe, wie sie schlief. Die Kastanien verbreiteten im Zimmer ein schilfiges Unterwasserlicht; er lag mit offenen Augen neben ihr und hörte dem Rauschen des Regens zu.

Käthe, wie sie erzählte, den Kopf aufgestützt, dass ihr herabfallendes Haar ihn kitzelte. Von Hubert Senner, Koch im Hotel *Kurpfalz*, bei dem sie eine Lehre anfing und wieder aufgab, nachdem er sie im Kühlraum zwischen Schweinehälften zu küssen versucht hatte.

Käthe, die am Frühstückstisch stand, nackt unter dem Kleid, und sich mit neu entfachtem Appetit abwechselnd Schinken und Erdbeeren in den Mund schob. Er sah ihr vom Bett aus zu und vermisste sie bereits.

Wenn er jetzt daran zurückdachte, verstand er nicht mehr, warum er nicht zu ihr gegangen war, sie hochgehoben und ins Bett zurückgetragen hatte, um dort ein Machtwort zu sprechen, das sie zum Stillsein verdammte. Stattdessen hatte er nichts getan, ihr nur zugesehen, wie sie aß und redete und redend in ihrer leeren Wohnung hin und her lief und sich dann duschen ging, weil es Zeit wurde. Hatte es zugelassen, dass sie sich anzog, ihr noch geholfen, Wurst und Käse in den Kühlschrank zu räumen und sie nach St. Georg gefahren, damit sie rechtzeitig in ihrer Küche stand und Forellenfilets zu Schaum verarbeiten konnte, mit einem Einsatz, als ginge es um eine Operation am offenen Herzen. Denn konnten nicht jederzeit die Testesser vom Guide Michelin an einem der Tische sitzen, um zu schauen, ob sie reif war für den ersten Stern? »Wegen dieses Sterns«, hatte sie gesagt, »hat man mich schließlich eingekauft.«

Mit einem Schlag, als hätte jemand überraschend die Deckenlampen angeknipst, war das weiche Schummerlicht verflogen. Lars Frederking war es, der sie eingekauft hatte. Nicht einmal im Glück ließ ihn dessen Schatten los. Die Frau, die er begehrte, war mit seinem Feind geschäftlich eng verbunden.

Binz stand auf, starrte unschlüssig in sein leeres Weinglas. Jetzt hätte er gerne einen Freund gehabt, zu dem er hätte gehen können. Doch was hätte er ihm erzählen sollen?

1.

Der Eklat bei der Eröffnung der *Schnitzelhütte* tat seine Wirkung. Die Zeitungen zitierten aus einem Pamphlet, mit dem sich eine Gruppe mit dem Namen »Die Superhelden« zu der Aktion bekannte. Gegen die Ausblutung unserer Stadt! Gegen Gentrifizierung und Profitgier! las Binz und erkannte geschmeichelt seine eigene Formulierung. In einem Interview war Frederking Junior um Imagepflege bemüht und beschwor in leuchtenden Farben seine Vision eines lebendigen neuen Stadtteils im Herzen von Altona, wo Arm und Reich, Kommerz und Kultur zusammengebracht würden.

Binz schickte Zoe eine SMS. *Der Name ist okay. Etwas albern, aber griffig.* Er absolvierte seine Gerichtstermine und eine zähe Dezernatssitzung mit dem prickelnden Gefühl, nicht der zu sein, für den ihn alle hielten. In den Pausen brachte er das Gespräch immer wieder auf die Überfälle, um sich dann an dem ahnungslosen Geschwätz seiner Kollegen zu ergötzen. Urbach erging sich beim Imbiss in Rübners Cafeteria in Spekulationen, die weit, weit jenseits der Wahrheit lagen, und er saß dabei, lächelte mit der Höflichkeit des Königs und dachte an das Video, das einer der *Superhelden* vor der Schnitzelhütte gemacht hatte und das Zoe ihm zugespielt hatte, eine Art Arbeitszeugnis seines weiblichen Masterminds.

Nach der Sitzung kehrte er nicht mehr ins Büro zurück. Der Anblick von Papier machte ihn zur Zeit nur ungeduldig, und auf eine andere Weise tat er seine Arbeit schließlich gründlicher als je zuvor. Er fuhr nach Hause, zog ein Polohemd und eine helle Sommerhose an, knotete sich einen Pullover um den Hals und schob sich eine Sonnenbrille ins Haar, wie es Cabriofahrer tun. Dann fuhr er in die Eilenau, um Käthe abzuholen. Es war Montag, ihr freier Tag, er würde mit ihr ans Meer fahren, in St. Peter-Ording am Strand parken und der Sonne beim Untergehen zusehen, er hatte zwei Flaschen Nebbiolo und Tramezzini mit Thunfisch und Rucola dabei und ein Kofferradio für die Lionel Richie-CD, weil ein fünfzig Jahre alter Porsche keinen CD-Player besaß. Und er hatte einen geheimen Plan, der vorsah, dass sie beide im Juli ein verlängertes Wochenende zum Stiertreiben in die Provence fuhren.

Der Himmel spannte sich tiefblau über ihm aus, der Geruch der Stadt vermischte sich mit dem der Ledersitze. Den leuchtendroten Porsche Targa Baujahr 1969 mit Softtop hatte er gleich für eine ganze Woche gemietet, gegen seine feinen Linien kam ihm der Saab wie ein rollender Sarg vor. An der Ampel ließ er den 6-Zylinder-Boxermotor im Leerlauf aufheulen und freute sich wie ein Halbstarker am lauten Röhren, sonnte sich im Neid armer, freudloser Nutzfahrzeugbesitzer. Zwischen zwei Ampeln ließ er die Muskeln spielen, 170 PS, hasta la vista Freunde, ein solcher Spaß schien bisher ganz anderen Männern vorbehalten, Arno, der unscheinbare Junge, kniff die Augen zusammen und versenkte den Ball im Tor.

Bei Käthe öffnete niemand.

Diese Frau arbeitete noch mehr als er, doch anders als er konnte sie ihre Arbeit offenbar nicht eine Sekunde aus den Augen lassen. Anscheinend war sie auch an ihrem freien Tag wie so oft noch einmal kurz in ihre Küche gefahren, um etwas auszuprobieren, und hatte darüber die Zeit vergessen. Es war nicht der Moment, sich die gute Laune durch Grübeleien darüber verderben zu lassen, wieso eine Frau über dem Kochen ihr Rendezvous vergaß. Sie war der Vogel, und er die Katze. Das hatte er gewusst von Anfang an, und er war vollkommen einverstanden damit.

Er parkte den Wagen in der Nähe des Hotel Atlantic, weil er hoffte, dass sein Anblick dort weniger provozierend wirkte als in der Bahnhofsgegend, und ging das letzte Stück zum Restaurant zu Fuß. Durch die Jalousien des *Wemuth* schimmerte Licht, doch als Käthe ihm die Tür aufschloss, sagte ihm ihr überraschter Blick, dass sie ihn nicht erwartet hatte. Immerhin schien sie sich über seinen Anblick zu freuen. Das war alles, was zählte.

Sein Herz tat einen kleinen Satz, etwas rieselte warm durch seine Adern wie nach dem ersten Schluck Alkohol, wenn sich die tiefe Muskulatur mit einem Seufzer entspannt. Binz trat auf Käthe zu und wollte sie küssen, aber sie drehte sich zur Seite, um ihn einzulassen und wich seinem Kuss dabei aus wie ein Torero. Wie passend.

Da sah er an einem Tisch des Lokals Lars Frederking sitzen. Seine Hochstimmung, seine Vorfreude zerstoben wie Schaum.

»Lars ist vorbeigekommen, um mir die Pläne zu zeigen«,

sagte Käthe, und da erst bemerkte Binz die Papiere, die vor Frederking ausgebreitet lagen.

»Sieh an, der Herr Staatsanwalt. Treibt Sie Ihr Appetit hierher? Tut mir leid, dass ich Ihnen dazwischenkomme, aber das ging alles jetzt doch zügiger, als wir erwartet haben.«

Binz sah Käthe fragend an, die aber gar nicht mehr Käthe war, sondern sich in La Wemuth, die ambitionierte Meisterköchin, verwandelt hatte.

»Der Laden nebenan ist endlich frei geworden«, sagte sie.

»Und was ist mit dem Chinesen?«

»Keine Ahnung. Er hat aufgegeben, nehme ich an.«

»Der Laden lief nie gut«, schaltete sich Frederking ein.

»Es gab ein Todesopfer bei dem Brand.«

»Eine traurige Sache. Aber, sehen Sie, in gewisser Weise ist das Feuer auch ein Glück für den Mann. So kassiert er wenigstens noch Geld von der Versicherung.«

»Endlich können wir mit der Planung für die Küchenwerkstatt beginnen«, sagte La Wemuth. »Ist das nicht schön, Arno? Lars hat so wunderbare Ideen für unser Projekt...«.

Sie winkte ihn zu den Plänen, damit sie ihm diese Ideen erläutern könnte. Aber Binz bewegte sich nicht.

»Gratuliere, Herr Frederking. Sie haben es geschafft. Und so schnell.«

»Ich frage Sie jetzt nicht, wie Sie das meinen. Stattdessen bitte ich Käthe, Ihnen etwas anzubieten. Seien Sie unser Gast.«

Die Attitüde des Hausherrn überging Binz mit einem kalten Lächeln.

»Die Frederkings glauben, dass sie die Dinge nach ihren eigenen Gesetzen regeln können. Aber Sie werden überrascht sein, das Gleiche glaube ich von mir auch. Ja, tatsächlich. Ich denke, dass es am Ende nach *meinen* Regeln gehen wird. Und Sie werden verlieren.«

Käthe sah ihn aus kühlen Augen an. »Aber Arno, was redest du denn da?«

Frederking war aufgestanden. Auch er lächelte.

»Wollen Sie mir drohen?«

»Sie haben diese Leute da drüben auf dem Gewissen.«

»Vorsicht, Binz, Sie reden sich um Kopf und Kragen.«

»Mein Kopf. Mein Kragen. So weit reicht Ihre Macht dann doch nicht.«

»Wir sind tiefer in dieser Stadt verwurzelt, als Sie es sich vielleicht vorstellen können.«

»Entschuldigung. Ich hatte ganz vergessen, dass Drohungen *Ihr* Kerngeschäft sind.«

»Schluss damit. Hört auf.«

Käthe war dem Wortwechsel der beiden Männer mit wachsendem Befremden gefolgt. »Was beißt du dich an diesem Chinesen fest, Arno? Dieser Mann kann uns egal sein. Wir sind nicht Schuld an seinem Unglück.«

Lars Frederking griff nach seinem Smartphone, das auf dem Tisch lag und wegen einer eingehenden Nachricht aufleuchtete. »Es gibt eigentlich keinen Grund, warum ich Ihnen das erzählen müsste«, sagte er, ohne vom Display hochzusehen, »aber ich habe Herrn Wu Tian unsere Hilfe bei der Suche nach einer anderen Gewerbefläche angeboten.«

Binz fand es müßig, auf diese Bemerkung einzugehen. Es war alles gesagt. Er wandte sich an Käthe.

»Lass uns fahren.«

»Wohin?«

»Ein Picknick. Am Meer.«

»Ich kann jetzt nicht ans Meer fahren. Das siehst du doch. Der Umbau ist sehr wichtig für mich. Ich dachte, du wüsstest das.«

Draußen auf dem Bürgersteig blendete ihn die Helligkeit. Sein Gesicht brannte. Er sah die Lange Reihe hinauf und hinunter, dann blinzelnd zur Sonne, diesem brodelnden Stern, und griff nach seinem Handy. Zeit, die nächste Stufe zu zünden.

Am nächsten Morgen parkte Binz den Porsche vor dem Rechtsmedizinischen Institut. Er wollte zu Dr. Wanka Moll, die er als Gutachterin aus vielen Verfahren kannte, eine für seinen Geschmack etwas zu unorganisierte, aber versierte Forensikerin. Die Medizinerin war nicht erfreut gewesen, dass er ihr mit einem Besuch die Zeit stahl.

»Sie bekommen einen Bericht. Wie immer«, hatte sie am Telefon gesagt.

»*Wie immer* ist in diesem Fall zu spät«, hatte er geantwortet und damit für eine deutliche atmosphärische Eintrübung gesorgt.

Sie hatten sich für fünfzehn Uhr verabredet, doch beim Rasieren heute Morgen hatte Binz es sich anders überlegt. Fünfzehn Uhr war zu spät. Er wollte nicht warten. Warten ist nicht die Haltung, mit der man Dinge in Bewegung bringt. Und so stand er um kurz nach neun in Wanka Molls Büro und stellte behutsam eine Schachtel mit Schoko-Donuts auf den obersten Papierstapel ihres Schreibtisches.

»Was wollen Sie eigentlich von mir?«

»Einzelheiten.«

»Wie ich Ihnen sagte, die Frau ist an den Folgen der starken Verbrennungen gestorben. Fünfundfünfzig Prozent der Haut wiesen Verbrennungen zweiten bis vierten Grades auf, und sie war nicht mehr jung. Wie das dann so geht: multiples Organversagen, Lungenödem durch das Einatmen der Brandgase. Die Frau hatte keine Chance.«

Das war nicht das, was Binz interessierte. Das war das Offensichtliche. Er fragte nach Spuren, die bislang vielleicht übersehen worden waren.

»Worauf wollen Sie hinaus?«

»Noch ist nicht klar, ob es ein Unfall oder ein Anschlag war.«

»Not my cup of tea, lieber Herr Staatsanwalt. Die Obduktion liefert keinerlei auffälligen Befund.«

Unwillig schüttelte Binz den Kopf.

»Vielleicht war sie schon bewusstlos, als das Feuer ausbrach? Vielleicht hat man sie gewürgt oder niedergeschlagen, weil sie die Brandstifter überraschte? Ich möchte da ganz sichergehen.«

»Was ist mit Ihnen los? Was ist mit diesem Fall? Seit zwanzig Jahren erstelle ich forensische Gutachten, und plötzlich kommt der Staatsanwalt persönlich, um mir Süßigkeiten zu bringen und mir meine Ergebnisse im Mund herumzudrehen.«

Die Rechtsmedizinerin sah ihn über den Rand ihrer Lesebrille an, ihr herbes Gesicht sah streng aus, doch Binz schien, dass ihr Blick weniger ärgerlich als neugierig war. Es war die professionelle Neugier eines Menschen, der gewohnt ist, dem ersten Anschein nicht zu trauen, der nicht vorschnell urteilt, sondern geduldig beobachtet und ergründet. Plötzlich hatte er große Lust, mit Wanka Moll Kaffee zu trinken und Donuts zu essen.

»Dieser Fall«, sagte er, »es ist ...« Er blies Luft durch die Lippen wie bei einer großen Anstrengung, er dachte an den kleinen, bestürzten Herrn Wu Tian, an das höhnische Grinsen des Kochs Fierek und an den alten Frederking, der gerade bei einem Wohltätigkeitsdinner einen Scheck über 10.000 Euro an die Stiftung Musik überreicht hatte, er dachte an rote Gelee-Eier, die nach Tomate schmeckten, an Käthes Olivenaugen, es verlangte ihn danach, sie ihr zu schließen, den überwachen, prüfenden Blick aus ihnen zu vertreiben, er sah ihre helle Haut, die winzigen Härchen entlang der Wirbelsäule und er sah die teure Schweizer Uhr an Lars Frederkings braunem Arm, Clownsmasken schoben sich ins Bild, nackte Menschen rannten johlend durch den Großen Burstah – wie hätte er Wanka Moll begreiflich machen sollen, was es mit diesem Fall auf sich hatte, der im Begriff war, sein ganzes Leben umzugraben? Durch ihn war er ein Anderer geworden, nein, endlich er selbst, so konsequent und unerschrocken und aufsässig, wie er mit zwanzig hatte sein wollen, niemals hatte er sich so jung gefühlt wie jetzt, so wie der Bursche auf dem Foto im Regal, und weil er nicht wusste, was er anderes hätte sagen können, deutete er nur auf das Bild und fragte die müde Wanka Moll, ob sie Kinder habe.

»Das ist mein Mann, mein gewesener, als er jung war und noch mein Mann war. Das heißt, mein Mann ist er immer noch. Dachte ich zumindest bis vor zwei Wochen.«

Das war für Binz das Signal, die Schachtel mit den Donuts zu öffnen und ihr einen anzubieten. Dies war kein offizieller Termin mehr, war es im Grunde nie gewesen. Eher eine zufällige Begegnung auf offenem Gelände. Wanka Moll stand mit dem Rücken zu ihm und goss heißes Wasser in zwei Tassen mit Nescafé, und vermutlich brachte sie bei dieser Gelegenheit ihre Gesichtszüge wieder in Ordnung.

Binz empfing den Becher und trank von dem lauwarmen Nescafé, ohne eine Miene zu verziehen, dann sah er Wanka Moll eine Weile beim Umrühren zu, ihr Mann habe sich verliebt, sagte sie, in eine Kollegin, ganz plötzlich und entschieden gegen seinen Willen. Ich leide wie ein Hund, Wanka, hatte er zu ihr gesagt und sich von ihr trösten lassen wollen, da warf sie ihn aus der Wohnung.

Kurz flackerte das Bild von Irina in Binz auf, wie er sie an ihrem Schreibtisch zurückgelassen hatte, viel lebhafter war jedoch die Erinnerung an das Gefühl, wie er gestern auf dem Bürgersteig vor dem *Wemuth* stand, wohin Käthe und Frederking ihn geschickt hatten wie einen, den man nicht dabei haben will, ein Schulhofgefühl, *alles besetzt, verpiss dich, Arno,* neu aber war die rasende Eifersucht.

»Ein grässlicher Zustand«, sagte Wanka Moll, »man betrachtet sich mit den Augen des anderen und fühlt sich auf einmal wie Weltraumschrott.«

»Kämpfen Sie«, sagte Binz und nahm einen Donut aus der Schachtel, nicht wissend, wie er ihn halten sollte, ohne sich mit Schokolade zu beschmieren.

Wanka Moll sah ihn fragend an.

»Ich bin ja nicht nur Jurist«, sagte er und biss vorsichtig in das Fettgebäck.

Und er erzählte ihr mit knappen Worten von seiner schwierigen Werbung um eine ehrgeizige Frau, die mit ihrem Beruf verheiratet war und dafür eine enge Verbindung mit einem Mann einging, den er hasste, einem gewissenlosen Geschäftemacher, der ihn abkanzelte wie einen Pennäler.

»Verstehen Sie: Aufgeben ist keine Option. Man muss kämpfen für das, was einem wichtig ist.«

In diesem Moment fuhr ihm wie ein glühendes Schwert ein heftiger Schmerz durch den Leib. Ach ja. Da war dieser Magen, dieses mimosenhafte, launische Tier. Hatte er fast vergessen.

Binz presste seine Hand auf eine Stelle unterhalb der Rippen und ächzte leise.

»Geht es Ihnen nicht gut?« Wanka Moll beugte sich besorgt vor.

»Nur der Magen.«

»Krämpfe?«

»Eher ein heftiges Brennen. Das habe ich manchmal. Zu viel Säure im System.«

»Der Donut vermutlich.«

»Was sagt die Medizinerin? Sollte ich mir Sorgen machen?«

Wanka Moll zuckte mit den Schultern. Sie kniff leicht die Augen zusammen und musterte ihn mit ihrem aufmerksamen, forschenden Blick.

»Hat sie mit diesem Fall zu tun?«

»Wer?«

»Ihre Freundin.«

Augenblicklich zog Binz sich in seine professionelle Form zurück wie ein Einsiedlerkrebs bei Gefahr.

»Ich bitte Sie. Das ist absurd. Ich bin ein Profi, genau wie Sie, Wanka. Ich kenne die Regeln.«

Aber die Medizinerin schüttelte nur leicht den Kopf.

»Passen Sie auf, was Sie da tun. Sie bewegen sich auf sehr dünnem Eis. Und wenn Sie einen Rat von mir annehmen: Essen Sie nicht so süß und so fett.«

2.

Vor einem Mercedes S 600 in irdiumsilber-metallic stand im Abendlicht eine Gestalt in blau und rot glänzendem Trikot und rotem Umhang. Mit den Fingerspitzen fuhr sie andächtig über den Lack der Motorhaube, das blinkende Chrom des Kühlergrills und über die Rundung des Mercedes-Sterns. Dann umfasste sie den Stern und brach ihn mit einem kleinen Ruck ab. Eine andere Gestalt, mit pinkfarbener Sturmhaube und einer großen schwarzen Sonnenbrille, gab ihm im Vorübergehen von hinten einen Stoß, dann lief sie am Mercedes vorbei, zwischen den anderen dicht geparkten Limousinen hindurch auf das Haus zu.

Etwa vierzig solcher Vermummten sammelten sich lautlos vor dem Eingang. Niemand war da, um sie daran zu hindern. Das *Restaurant Mühlenberg* lag hinter Blankenese am Elbhang, dort wo das Ufer steil anstieg und die Villen sich hinter Rhododendronwälle in parkartige Gärten zurückgezogen hatten. Eine ruhige Gegend. Alte Bäume, ungepflasterte Bürgersteige, ein Golfplatz, dessen Rasen das gleiche giftige Grün wie die Streufasern von Modellbau-Faller hatte. In diesem Idyll waren die Pfeffersäcke unter sich, hierhin verirrte sich das gemeine Leben nicht. Die dilettantischen Throw Ups, die hier und da an Verteilerkästen prangten, stammten alle von pubertierenden Söhnen des Viertels, die irgendwann zwischen Abtanzball und Abistreich ihre rebellischen zehn Minuten gehabt hatten.

Mit ungebetenem Besuch rechnete man hier nicht. So war es gedacht. Henk gab das Zeichen. Links hinter dem Eingang ging es zur Champagnerbar, rechts führte eine geflügelte Glastür ins Restaurant, in dem heute eine geschlossene Gesellschaft feierte, der dieser Abend unvergesslich bleiben würde.

Der spitze Schrei einer jungen blonden Servicekraft kündigte die Schar Maskierter an wie ein militärisches Trompetensignal. Starkes Intro. Denn auch wenn Mützes albernes Supermannkostüm das nicht unbedingt nahelegte, waren sie ja wirklich als Kampftruppe hier, als paramilitärische Spezialeinheit, die ein tollkühner Plan tief in Feindesland und direkt in die Höhle des Löwen führte. Und nur wenn es ihnen gelang, das Überraschungsmoment für sich zu nutzen und so einschüchternd zu wirken, dass eine kurze Lähmung eintrat, hatten sie eine Chance. *Fürs Protokoll, Aschenbrenner: Wenn Sie sich erwischen lassen, sind Sie allein.*

Der Lärm, der den Raum bis eben erfüllt hatte, erstarb.

Die Luft war warm und verbraucht, Essensgerüche mischten sich mit Parfum. An einer Wand war das Büfett aufgebaut. Einige der Gäste waren gerade dabei gewesen, sich ohne Hast die Teller zu beladen, einige hatten in Grüppchen zusammengestanden und ihr Netzwerk gepflegt, weil einem die ganze Feinkost ja doch inzwischen zum Hals raushängte. Nun waren sie alle verstummt. Mehrere Damen griffen sich reflexartig an die Kette, ein

Silberrücken in einem Blazer mit Messingknöpfen tastete nach seiner Brusttasche, wo vermutlich sein Handy steckte, aber ein Vermummter mit Guy-Fawkes-Maske schlug ihm den Arm herunter. Einige Frauen schrien auf. Gut so.

Ein Mann schob seinen Stuhl zurück und erhob sich so langsam, als richtete jemand eine Maschinenpistole auf ihn. An der rechten Hand trug er einen mächtigen Siegelring. Das musste der alte Albert Frederking sein. Es war seine Party, und auch die Überraschung war speziell für ihn.

»Was wollen Sie? Ich bitte Sie, lassen Sie meine Gäste in Frieden. Ich gebe Ihnen Geld, aber verzichten Sie auf sinnlose Gewalt.«

Anders als sonst vermutlich kümmerte sich niemand um seine Worte. Stattdessen verteilten sich die Eindringlinge zwischen den Gästen, selbstbewusst und penetrant traten sie dicht an jeden Einzelnen heran, als prüften sie, was ihm abzunehmen sich lohnte. So still war es im Raum, dass man das Zischen der Flammen unter den Warmhaltebecken hören konnte.

Albert Frederking blieb stehen, sehr aufrecht, die Lippen zusammengepresst. Wartete darauf, dass man ihm und seinen Leuten die Rolex wegnahm, die Brillanten und Kreditkarten. Konnte sich einfach nicht vorstellen, dass es einmal in seinem Leben nicht um Geld ging.

Zoe sah sich die traurigen Figuren an. Selbst in diesem Moment der Angst hatten sie die in ihnen eingewachsene Arroganz nicht ganz verloren. Im Geiste telefonierten die Männer vermutlich schon mit ihren Anwälten. Aber was würden sie denen erzählen? Dass da ein absurd verkleidetes Trüppchen über sie hergefallen war und ihnen das Essen gestohlen hatte? Kanapees mit Kaviar, Windschweinschinken und Trüffelpastete, Garnelenspieße, Sushi – alles weg. Henk, dessen Clownsmaske böse grinsend die Zähne bleckte, schob unsanft die Leute beiseite, die in seinem Weg standen, und machte sich mit ein paar Helfern am Büfett zu schaffen. Sie schippten, was sie sahen, in mitgebrachte Plastiktüten, leerten die Brotkörbchen, schaufelten Rotbarbenfilets und Kalbsschnitzelchen in Marsala hinterher. Ein Ober erschien, riss erschrocken die Augen auf und wollte auf dem Absatz kehrtmachen. Das konnte man ihm natürlich nicht gestatten.

»Lassen Sie den Mann in Ruhe«, sagte Frederking.

»Entspann dich, Opa«, antwortete Guy Fawkes, und zwei andere von der Truppe gingen zu dem Alten und drückten ihn mit Nachdruck auf seinen Stuhl hinunter.

Ein Murmeln flammte auf, ein Rumoren. Der Mann mit den Messingknöpfen stürzte sich auf Guy Hawkes, es gab ein kurzes Handgemenge, dann holte der Maskierte aus und schlug dem anderen mit der Faust ins Gesicht. Mit einem dumpfen Geräusch fiel der massige Mann auf den Boden, sie mussten sofort raus hier, bevor die Furcht im Raum in Empörung umschlug.

Signal zum Rückzug. Henk und die anderen ließen vom Büfett ab, packten die mit Essen vollgestopften Tüten, dann stürmten sie alle zusammen aus dem Restaurant. Doch während die anderen über den Parkplatz rannten und sich in die Büsche schlugen, blieb Zoe noch einmal stehen, zückte eine Dose Molotow Teerschwarz und schrieb dem Gastgeber eine Widmung auf Bitumenbasis an die Hauswand: *Behaltet euer Geld. Die Superhelden.*

Zoe fuhr alleine ins *Geier* und hängte sich an den Tresen. Es war ein geiles Gefühl gewesen: endlich mal wieder eine Kanne in der Hand und eine schneeweiße, jungfräuliche Hauswand vor sich, der Geruch des Lösungsmittels berauschender als jedes Dope. Aber hinterher hatte ein junger Typ mit gepiercter Zunge gesagt, Gewalt gegen Leute sei nicht okay und damit eine Grundsatzdebatte losgebrochen wie im chinesischen Zentralkomitee. Keine Message, die nicht die Message der ganzen Gruppe ist, keine persönlichen Eitelkeiten, das gilt auch für die Kostüme, mach dich locker Digga wir sind hier nicht bei der RAF, ›politisches Bewusstsein‹, schon mal gehört das Wort, geht mir am Arsch vorbei ich will Spaß, Spaß ist was für Hirntote, das sind Arschlöcher die man bekämpfen muss, also das ist mir zu paramilitärisch hier ich hau in Sack.

Zoe trank den Schnaps pur, um sich von innen zu desinfizieren, doch der Alkohol machte es nur noch schlimmer. Zu allem Überfluss hatte sie auch noch eine lottaförmige Erscheinung. Die stand im *Geier* auf einmal neben ihr, sah aus wie echt, hatte auch einen Lottamund zum Sprechen, und die Erscheinung sprach.

»Hallo, Zoe. Schon zurück aus dem Ausland?«

Das war das Stichwort, das sie zur Besinnung brachte. Die Frau *war* echt, und neben ihr stand ein Mädel, das sie von den Aktionen im *Gourmet-Kontor* und im *Beautydome* kannte. Was ging hier ab?

Sie bestellte sich einen Wodka mit Red Bull, sagte »wir reden ein anderes Mal, ich wollte gerade rauchen gehen«, stand draußen in einer mordsfeuchten, trüben Nacht und hatte gar keine Zigaretten dabei. Stattdessen zählte sie bis hundert, aber es nützte nichts, als sie zurückging, war Lotta immer noch da.

»Das ist Caro«, sagte Lotta und deutete auf die Grazie neben sich, die an dem Strohhalm in ihrer Caipirinha sog. »Sie ist Aktivistin.«

Zoe hatte große Lust, die Aktivistin Caro zu Pulver zu zermalmen, weil sie die Gruppe dazu benutzte, sich wichtig zu machen. Noch größere Lust hatte sie jedoch, Lotta, queen of hearts, mal kurz die wahren Verhältnisse zu erläutern, denn wenn es eine Hauptfigur, eine tragische Heldin in dieser Oper gab, dann war ja wohl *sie* das.

3.

Käthe meldete sich nicht bei ihm. Nach vier Tagen musste Binz einsehen, dass seine Strategie nicht aufgegangen war. Sie konnte leben ohne ihn. Also rief er sie auf dem Handy an. Aber es meldete sich nur der Anrufbeantworter. Ungebetene Bilder stiegen in ihm auf, in denen waren Käthe und der sonnengebräunte Firmenerbe zwischen Bauplänen und Materialproben zum privaten Teil übergegangen. War diesem Sonnyboy nicht immer schon einfach zugefallen, worum er kämpfen musste?

Binz saß vor der Bar Centrale und versuchte es alle halbe Stunde wieder, trank Campari, später Rosé, dann Grappa, während er Käthes schöner, etwas heiserer Stimme zuhörte, mit der sie ihren Namen sagte und dass man eine Nachricht hinterlassen solle. Als die Bar zumachte, setzte er sich in den Porsche und fuhr zu ihrer Wohnung in die Eilenau.

Er war betrunken, vor allem aber war er verwirrt. Warum hatte sie ihr Handy ausgeschaltet? Warum wollte sie nicht mit ihm reden?

Unterwegs hielt er an einer Tankstelle und kaufte sich eine Dose WhiskyCola und eine Packung Erdnüsse. Er klingelte bei Käthe, doch niemand öffnete, obwohl es inzwischen weit nach Mitternacht sein musste. Hier hatte er vor kurzem schon mal gestanden, da war er noch ein glücklicher Mann gewesen.

Er setzte sich auf die Treppenstufe, die zum Hauseingang führte, und starrte in die Ligusterhecke, die den kleinen Vorgarten säumte. Es duftete nach irgendwelchen Blüten. Wieso rochen Blumen nachts so intensiv? Auf einmal hörte er Schritte. Jemand kam den Bürgersteig entlang und bog in den Weg zum Haus ein. Doch es war nicht Käthe. Es war ein älterer Mann. Binz stand auf, um ihn vorbeizulassen. Er hatte Glück, der Mann ließ ihn ins Treppenhaus ein.

Binz stieg in den obersten Stock, lauschte an Käthes Wohnungstür. Dahinter war es absolut still. Er klingelte. Er klopfte. Nichts. Doch der Zeitpunkt, an dem er hätte nach Hause gehen können, war unbemerkt verstrichen. Jetzt hatte er keine Wahl mehr, er musste sie sehen, denn wenn eine Frau so offensichtlich das Gespräch verweigert, dann war das eine Botschaft, die man ernst nehmen musste.

Sie zürnte ihm, so viel verstand er. Bloß warum? Was hatte er sich zuschulden kommen lassen? Sie war es doch schließlich gewesen, die ihre Verabredung platzen ließ. Und die Auseinandersetzung mit Frederking war ein Streit unter Männern gewesen, in dem er sich als ein beweglicher, kühler Kämpfer gezeigt hatte. Sie hatte keinen Grund gehabt, sich für ihn zu schämen, denn er hatte als Sieger das Feld verlassen. Und wenn es ihr vielleicht nicht ganz so vorgekommen war, dann lag es nur daran, dass sie nicht wissen konnte, was er wusste.

Binz hörte seinen Magen knurren. Wann hatte er die letzte vernünftige Mahlzeit zu sich genommen? In diesem Augenblick fiel ihm das Picknick wieder ein, die Tramezzini mit Thunfisch, der Wein im Kofferraum. Er stand auf, legte noch einmal sein Ohr an die Wohnungstür, dann stieg er die Treppen hinab, verließ das Haus und ging zu seinem Auto zurück. Die Sandwiches waren grau und trocken und rochen streng. Dann eben nicht. Binz entkorkte den Rotwein, trank noch im Stehen einen Schluck aus der Flasche. Wein muss atmen. Dann machte er es sich auf dem Fahrersitz bequem, wickelte sich gegen die feuchte Nachtluft in die Decke ein, die er für Käthe am Strand von St. Peter-Ording hatte ausbreiten wollen, nahm einen weiteren Schluck Nebbiolo und riss die Tüte mit den Erdnüssen auf.

Als er erwachte, war es bereits hell. Die Vögel zwitscherten, und seine rechte Seite war vollständig taub. Seine Armbanduhr zeigte zwanzig vor sechs. Als er versuchte, seine Lage zu verändern, sprengte in seinem Schädel mit donnerndem Hufschlag eine Kosakenarmee vorbei. Alles war feucht. Auf dem Armaturenbrett lagen, umgeben von einer Kruste aus Salzkristallen, ein paar Erdnüsse, im Fußraum vor dem Beifahrersitz die Rotweinflasche. Leer. Der Geschmack im Mund war streng und befremdlich, als hätte er etwas zu sich genommen, was nicht für den menschlichen Verzehr bestimmt war.

Mühsam schälte er sich aus dem Wagen. Seine Halsmuskeln waren steif und schmerzten wie nach einer Zerrung. Er konnte nur hoffen, dass ihn niemand gesehen hatte, wie er schlafend im Auto hing, vielleicht sogar mit offenem Mund, und seinen Rausch ausschlief. Im Picknickkorb fand sich eine Flasche Wasser. Einen Schluck davon trank er, dann schüttete er sich etwas in die hohle Hand und fuhr sich über das Gesicht. Hinter einem Baum am Kanalufer erleichterte er sich. Als er zurückkam, sah er Käthe aus ihrer Haustür treten.

»Was machst du hier?«

»Ich bin gerade zufällig hier vorbeigekommen«, sagte Binz und versuchte ein Lächeln.

»Ich bin spät dran. Ich muss zum Großmarkt.«

»Ich habe versucht, dich zu erreichen.«

»Ist das hier eine Art Überfall?«

»Ich fahr dich hin«, sagte Binz und deutete auf den Porsche. Er ging um den Wagen herum und öffnete die Beifahrertür. Doch Käthe sah ihn nur an, schweigend, und strich sich die Haare aus dem Gesicht. Binz schwieg auch. Hätte er den Mund aufgemacht, wäre ihm ein Sturzbach von Fragen hinausgerauscht. Aber unrasiert und verquollen wie er war, mit pelziger Zunge und schweren Rotweinlidern, war dies der falsche Moment für fast alles.

Er schlug die Beifahrertür wieder zu, ging um den Wagen herum zu Käthe, die einen Kälteschirm um sich herum aufgebaut hatte, sodass er nicht wagte, sie zu küssen, wie er es eigentlich vorgehabt hatte.

»Wann bist du fertig heute?«, fragte er.

»Wie immer. Spät.«

Binz setzte sich hinters Steuer.

»Ich rufe dich an«, sagte er und ärgerte sich, dass der Satz am Ende wie eine Frage klang.

»Arno?«

Käthe machte einen Schritt auf den Porsche zu.

»Ich weiß nicht, was da läuft zwischen Lars und dir. Aber das hier ist meine Chance. Die werde ich mir nicht kaputt-machen lassen.«

Binz nickte. Er startete den Motor und gab im Leerlauf mehrmals Gas, um Käthe wenigstens einmal diesen satten Klang hören zu lassen. Dann fuhr er los.

Nachdem er sich geduscht und rasiert hatte, fuhr er in sein Büro. Er trank einen doppelten Espresso, Magen hin oder her, und setzte sich an seinen Schreibtisch. Im Eingangskorb entdeckte er einen Umschlag aus dem Büro einer Richterin, die ihm eine Anklage zurückschickte, die er eingereicht hatte. *Vielleicht ist dem Herrn Staatsanwalt entgangen, dass.* Binz erinnerte sich nicht. Ohne Ambition blätterte er in der Fallakte, dann warf er sie auf einen Stapel zu den anderen.

Früher hätte ihm ein richterlicher Rüffel den Tag verdorben. Er hätte sich eingeschlossen und sich selbst den Prozess gemacht und keine strafmildernden Umstände gelten lassen. Aber das war in einem anderen Leben.

Um neun hatte er Termin beim Landgericht. Eine sechs-undvierzigjährige Frührentnerin hatte mit ihrem Lebens-gefährten einen Nachmittag lang Schnaps getrunken, dann hatte die Frau einen Hammer geholt und ihn dem Mann mehrmals auf den Kopf geschlagen. Die Beweisauf-nahme zog sich hin. Die Angeklagte hatte zur Tatzeit fast zwei Promille Alkohol im Blut gehabt.

Es war unerträglich heiß. Durch die großen Fenster des Gerichtssaals stach Binz die Junisonne in den Rücken, das schwarze Tuch seiner Robe schien jeden einzelnen ihrer Strahlen zu speichern. Klackend schob sich der große Zeiger der Saaluhr vorwärts. Die Luft im Saal war dick wie Sirup. Unter dem Hemd rann ihm ein Schweißtropfen den Rücken hinunter.

Meine Chance. Die werde ich mir nicht kaputt machen lassen. Käthe, wie sie ohne ein Lächeln vor ihm stand. Zum zweiten Mal innerhalb von ein paar Tagen hatte es wegen Lars Frederking eine Missstimmung zwischen ihnen gegeben. Zum zweiten Mal hatte sie ihm den Geschäftspartner vorgezogen. Doch er hatte beschlossen, die Wunden, die seine Dame ihm zufügte, wie Liebesmale zu tragen. Dieses Glück wollte erkämpft sein; nun gut, er war gerüstet. Er würde Käthe die Augen dafür öffnen, mit wem sie sich eingelassen hatte. Erste Hintergrundberichte nahmen bereits die Politik des Hauses Frederking unter die Lupe. Dabei stellte sich heraus, dass die Frederking Bau GmbH mit dem Bezirk Altona wegen einer Änderung des Bebauungsplans verhandelte, um die Geschosszahl der geplanten Häuser erhöhen zu können. Die Anwohnerinitiative empörte sich, das Baudezernat beschwichtigte. Und die *Superhelden* sprayten FINGER WEG VON UNSERER STADT auf die eilig hochgezogene Mauer aus Betonziegeln, mit der sie den Eingang der Firmenzentrale über Nacht zuzementiert hatten.

Nach dem letzten Gerichtstermin nahm Binz ein Taxi zum Neuen Wall. Beim Juwelier Wempe probierte er Armbanduhren an. Eigentlich hatte er an etwas Elegantes gedacht: Krokoarmband, Goldfassung, römische Ziffern, doch dann entschied er sich anders und kaufte einen Schweizer Chronographen mit zwei Hilfsziffernblättern und drei Stellrädern. Von dieser Uhr ging eine maskuline Note aus, die ihm gefiel. Groß und wuchtig saß sie über dem Handgelenk, und es verschaffte ihm eine stille Befriedigung, dass man der Stahluhr mit dem schwarzen Kautschukarmband nicht unbedingt ansah, dass sie fast so viel kostete wie ein Kleinwagen.

4.

»Harmlos? Buzzer harmlos? Das hättest du wohl gerne. Klar, wer will schon wahrhaben, dass das eigene Meerschwein eine Killermaschine ist.«

»Ach, hör auf.«

»Schon mal was von Kleptochemikern gehört? Die fressen giftige Viecher, um das Gift der anderen dann selber als Waffe zu benutzen. Wenn Buzzer sich beobachtet fühlt, kaut er natürlich an einem harmlosen Salatblatt rum, damit man ihn für ein harmloses Meerschweinchen hält. MÜMMELMÜMMEL. Aber sobald du ihn aus den Augen lässt, gräbt er zwischen den Grashalmen nach roten Ameisen und Kreuzspinnen und lutscht sie wie Bonbons. Und dann schmiert er sich die vergiftete Spucke ins Fell. Glaub mir, der ist ein tickende chemische Bombe. Der bliebe jedem Köter im Hals stecken.«

Zoe saß neben ihrer Schwester in der alten Hollywoodschaukel auf der Terrasse ihrer Eltern und sah Buzzer in seinem Freigehege auf dem Rasen zu. Sie stellte fest, dass Hollywoodschaukeln nach wie vor wahnsinnig deprimierend auf sie wirkten. Sie sah das Ding im Geiste auf dem Brachfeld hinter der Schraubenfabrik, von Quecke überwuchert, und sich selber ausgestreckt auf der leise schuckernden Bank, während psychoaktive Substanzen ihre Wirkung taten. Die Vorstellung war eigentlich nicht übel; es musste irgendwie an der Umgebung liegen.

Oder an der Tatsache, dass sie heute Morgen Post von der Rechtsabteilung der S-Bahn Hamburg GmbH bekommen hatte, die eine Schadensersatzforderung über 17.300 Euro enthielt. *Im Rahmen einer anzuwendenden Gesamthaftung.* Da sie als einzige Teilnehmerin der nächtlichen Aktion im Yard identifiziert worden war, schickte man die Rechnung für Reinigung und Neulackierung der Waggons eben an sie.

Ihre Mutter, die gute Bibermutter, trat auf die Terrasse ihres Biberbaus und stellte einen Teller mit Erdbeerkuchen auf den Tisch.

»Da, meine Große«, sagte sie, ein Ausdruck, den Zoe eigentlich hasste, weil sie fand, dass man das nur zu Gäulen sagte. Aber hatte ihre Mutter nicht recht damit, ihre Volljährigkeit zu preisen? Eltern haften für ihre Kinder. Die 17.000, dann der Rest aus dem letzten Urteil, 120 Tagessätze á 30 Euro, und die Schadensersatzforderung der Bahn, die sich damals auf 9.500 Euro belief – das wurde doch ziemlich eng jetzt. Bei ihr war nichts zu holen, aber wenn ihre Eltern dafür aufkommen müssten, da würde der Gerichtsvollzieher doch einiges finden, was sich aus dem Haus schleppen ließe. Ihr Vater müsste eine Hypothek aufnehmen – und würde sie ans Kreuz nageln dafür. Die Szene stand plastisch vor ihr: Der Alte brüllt, ihre Mutter heult, Nellie heult auch, weil sie jetzt doch keine Reitstunden bekommt und ihre große Schwester an allem schuld ist. Da muss man sich fast drüber freuen, dass man alleine in der Scheiße sitzt.

»Wir haben Lotta gesehen«, trompete Nellie und riss Zoe aus ihren finsteren Gedanken. »Sie hatte eine Freundin dabei, die ist Umweltschützerin oder so.«

Die Mutter nickte. »Anscheinend eine sehr engagierte junge Frau. Protestiert gegen gesellschaftliche Ungerechtigkeit. Hat mir imponiert.«

Warum tat sie das? Während ihre Mutter sich Schlagsahne auf ihren Kuchen löffelte, explodierte tief in den Eingeweiden ihrer Tochter das Dum-Dum-Geschoss.

»Ich engagiere mich auch«, hörte sie sich sagen und presste beide Hände auf die Schusswunde, um die Blutung zu stoppen.

Ihre Mutter sah nicht mal von ihrem Kuchen auf.

»Ich arbeite an einer Art Stadt-Projekt mit.«

»Tu lieber etwas Vernünftiges.«

»Vernünftiger geht gar nicht. Ich kann dir keine konkreten Einzelheiten erzählen, aber glaub mir, Mama, du wärst stolz auf mich.«

Die Bibermutter sah nicht besonders überzeugt aus.

»Ich mache einen ziemlich wichtigen Job in der Organisation. Es läuft praktisch nichts ohne mich.«

»Du solltest lieber an deine Zukunft denken.«

»Ich denke an meine Zukunft.«

In diesem Moment trat Zoes Vater auf die Terrasse. Früh fertig heute. Das war so nicht vorgesehen. Zoe legte keinen Wert darauf, ihrem Vater vor die Füße zu laufen.

»Papa«, schrie Nellie.

»Ach, unsere Tagediebin.«

»Papa, Zoe engagiert sich. Sie ist eine wichtige Frau in einer Organisation.«

Aha. Ob man fragen dürfe, was das für eine Organisation sei. Und was genau für einen Job machte sie da?

»Es geht uns nicht um Geld, sondern um eine gute Sache.«

Ihr Vater winkte ab.

»Ich will von dir hören, dass du eine Ausbildung machst, alles andere interessiert mich nicht.«

Zoe wünschte sich nun doch, sie könnte die Nachricht mit der Haftung für 28.000 Miese auf den alten Knochen abfeuern, nur um den Ausdruck auf seinem Gesicht zu sehen, wenn die schöne Ordnung seines Lebens, mit der er sich so brüstete, in Schutt und Asche versank.

Ihr Vater nickte, lass es dir ruhig schmecken, und ging wieder ins Haus. Ihre Mutter und Nellie folgten ihm.

Zoe zündete sich eine Zigarette an. Sie stand einen Augenblick vor Buzzers Freigehege, sah auf das träge Meerschweinchen hinunter und überlegte, ob Meerschweine für ein Leben in Freiheit geschaffen waren. Dann stieg sie über den Jägerzaun, der das Grundstück begrenzte, und machte sich davon.

Zuhause traf sie Mungo, der gerade dabei war, einen blauen Müllsack mit leeren Pfandflaschen zu füllen, weil der Geldautomat seine Scheckkarte gefressen hatte. Er sah kaum hoch, als Zoe in die Küche kam.

In den letzten Wochen hatten sie sich selten gesehen, kaum miteinander gesprochen, wie ein Ehepaar, dass sich auseinandergelebt hat. Zoe hatte das Gefühl, dass Mungo ihr aus dem Weg ging. Aber vielleicht war es ja auch anders herum. Sie beide gehörten eben nicht mehr zur selben Unit, teilten nicht mehr dieselbe Welt - zum ersten Mal seit ihrer Kindergartenzeit, aber vielleicht hatten ja auch Freundschaften so was wie ein Haltbarkeitsdatum.

»Da ist ja unsere Superheldin«, sagte Mungo in einem Ton, als gäbe es jemanden, dem er was beweisen wollte.

Zoe sah sich suchend um.

»Gibt es hier irgendwo noch eine Flasche mit was drin?«

»Pack lieber mal mit an. Sieht aus wie Sau hier.«

»Halt die Klappe, Mungoboy. Du redest wie meine Mutter. Von der komm ich gerade, das Antiserum wirkt noch.«

Zoe suchte nach Zigaretten, aber alle Schachteln waren leer.

»Gib mal Tabak, Mungoboy.«

Aber der hatte offenbar keine Lust, nett zu sein.

»Hör auf, dich durchzuschnorren, pussycat. Werd endlich erwachsen und sorg dafür, dass du dir deine Kippen selber kaufen kannst.«

Die kalte Wut in der Stimme ihres Freundes irritierte Zoe nun doch. Was ging hier ab? Sie hatte geglaubt, sie hätte sich gerade glücklich in Sicherheit gebracht. Sie beide gegen den Rest, so war das doch immer gewesen. Und wenn es dafür gerade nicht reichte, so war es jedenfalls ein absolutes No-Go, jemandem mit den Kampfparolen der eigenen Eltern in den Rücken zu fallen. Zoe hatte Mungo erzählen wollen von dem wahnsinnigen Messerwerfer auf der Reihenhausterrasse, der ihr nach dem Leben trachtete, doch nun blies ihr Freund auf einmal in das gleiche Horn.

»Was ist los? Was soll das? Haben wir Stress? Ich hab da, glaub ich, was nicht richtig mitgekriegt.«

»Du nervst einfach. Kapierst du das nicht? Diese ganze mediengeile Superhelden-Kacke. Das ist doch bloß wieder ne neue Luftnummer von Zoe Superstar.«

Mungo ließ den halbvollen Müllsack fallen und riss Zoe den Beutel mit dem Tabak aus der Hand, aus dem die sich gerade bedienen wollte.

»Und Frenzi glaubt den ganzen Scheiß, von wegen die Stadt soll uns gehören, die ist voll drauf abgefahren, die sehe ich kaum noch, und wenn, dann textet sie mich zu mit Stories von euren kranken Aktionen in diesen kranken Karnevalsklamotten.«

»Ist das mein Problem, oder was? Und überhaupt, hör dir doch mal selber zu. Du redest wie ein arrogantes Arschloch.«

»Typen wie Mütze. Dieses hirnlose Partytier. Mann, wie tief bist du gesunken.«

»Typen wie Henk. Die machen Politik. Die wollen was verändern. Während ihr den hundertsten Waggon zumalt.«

»Bis vor kurzem warst du da ganz heiß drauf.« Mungos Stimme wurde ganz leise vor Zorn und Verachtung. »Du quatschst dir das bloß schön, dass du bei uns raus bist seit deinem Solo.« Er machte eine Faust und reckte den Daumen nach unten, als wolle er ihn in etwas hineintreiben.

Vielleicht war es diese Geste, mit der Mungo sie abwählte wie eine durchgefallene Bewerberin in einer Castingshow, die bei Zoe das Fass zum Überlaufen brachte. Oder der Umstand, dass *uns* neuerdings Mungo und den Sergeant meinte, aber nicht mehr sie. Vielleicht war es aber auch der Einschreibebrief von der S-Bahn Hamburg GmbH, der zwischen Erdnussschalen auf dem Küchentisch lag und ihr eine Rechnung für ihr Solo präsentierte, bei der sie für genau die Leute den Kopf hinhalten sollte, denen sie nicht mehr gut genug war. Alles zusammen ergab jedenfalls eine toxische Mischung, deren Bestandteile heftig miteinander reagierten, Zoe von ihrem Stuhl hochhoben und sie Mungo entgegenschleuderten. Zusammen krachten sie rückwärts gegen das Spülbecken und dann auf den Boden, wo Zoe nach einem kurzen Gemenge rittlings auf ihrem Mitbewohner und besten Freund sitzend wieder zur Besinnung kam. Sie sprang auf die Füße, stand keuchend im Raum, während Mungo auf dem Küchenboden saß und sich die Schulter rieb.

»Du bist total gestört, Zoe Aschenbrenner.«

»Und du hast keine Ahnung, was hier läuft«, sagte Zoe und versuchte ihrem Atem und ihre Stimme unter Kontrolle zu bringen. »Du hast Schiss, dass deine Süße ihr eigenes Ding macht, wie jeder kleine Spießer, vor allem aber hast du keine Ahnung. Denn das Spiel, das hier gespielt wird, ist ein paar Nummern zu groß für einen kleinen Styler, das übersteigt deinen Horizont, das ist größer, als du es dir überhaupt vorstellen kannst.«

Und sie nahm ihr Handy aus der Tasche, suchte eine bestimmte Audiodatei, drückte auf Wiedergabe und hielt Mungo das Gerät hin.

Ich gebe zu, das war gute Arbeit bisher, Aschenbrenner, sagte eine Männerstimme. *Sie haben mich wirklich überrascht. Und nicht nur mich.*

Im Hintergrund hörte man Geklapper. Die Stimme sagte:

Aber wir müssen unsere Mittel präzisieren. Was wir brauchen, ist eine Erklärung. Ein Manifest oder so etwas.

Dann war es still in der Küche. Keiner von ihnen sagte etwas. Mungo sah befremdet aus, misstrauisch. Aber Zoe würde es ihm erklären. Wenn er alles wusste, würde er endlich verstehen.

In diesem Moment klingelte ein Handy. Es war nicht das in ihrer Hand. Das Klingeln klang altmodisch und kam aus ihrer Jackentasche. Zoe holte das Klapphandy heraus und nahm das Gespräch an, ohne auf das Display zu sehen. Sie wusste, wer dran war.

Binz sprach laut und abgehackt. Er schien zu kochen vor Wut.

»Zu mir, Aschenbrenner, sofort. In einer halben Stunde am Bahnhof Dammtor, Ausgang Kongresszentrum. Das ist ein Befehl.«

Während sie das Handy wieder verstaute, ließ sie Mungo nicht aus den Augen.

»Ich muss los. Ich erklär's dir später. Bleib sauber, Mungoboy.«

5.

Der Himmel war fahl und dunstig, die Stadt lag gefangen unter einer Glocke aus schwüler Wärme und Abgasen. Zoe stand auf dem Vorplatz vor dem Bahnhof und schaute sich die Leute an, die in einem Strom an ihr vorüberzogen. Der Staatsanwalt war nicht dabei. Viele waren jung, Studenten vermutlich, die Richtung Uni gingen. Sie schleppten schwere Taschen mit sich, randvoll mit unnützem Zeug, emsig wie die Ameisen strebten sie einer Zukunft entgegen, die ebenso formlos war wie die ihre. Wozu dann die schöne Zeit vergeuden. Sie überlegte, ob sie zu McDonald's gehen und sich einen Kaffee holen sollte, als ihr Handy klingelte.

»Drehen Sie sich um. Schauen Sie Richtung Kongresszentrum. Auf dem Parkplatz. Vor dem weißen Lieferwagen der schwarze Saab.«

Als sie sich der Limousine näherte, sah sie Binz am Steuer des parkenden Wagens sitzen. Zoe öffnete die Beifahrertür, die massiv war wie bei einem Panzerwagen, roch die Ledersitze, sah das Armaturenbrett aus Mahagoni und dachte flüchtig, wie abgedreht es war, sich in so einer Karre in die Polster zu hängen, statt ihr Autogramm in den Lack zu kratzen. Aber auch ziemlich geil. Neue Zeit, neue Möglichkeiten.

»Geht's auch ein bisschen schneller?«

Mit einem satten Schmatzen fiel die Tür zu, alle Geräusche der Stadt verstummten augenblicklich.

Binz hielt sich nicht mit Vorreden auf. Er warf Zoe eine Zeitung auf den Schoß, auf deren Titelseite ein brennendes Auto zu sehen war. Unter dem Foto stand:

Ihr Ziel ist Zerstörung – die Superhelden erklären Hamburgs Bürgern den Krieg.

»Dafür gehst du in den Knast«, sagte Binz mit tonloser Stimme zur Windschutzscheibe, auf eine trügerische Weise beherrscht wie ein lauerndes Krokodil.

Zoe starrte auf die Zeitung und versuchte zu begreifen. Anscheinend waren in der Nacht in den Elbvororten einige SUVs in Flammen aufgegangen. An mehreren der Tatorte hatten die Brandstifter eine Clownsmaske zurückgelassen.

Henk, die Ratte. Der Typ hatte also wirklich sein eigenes Ding durchgezogen. Weniger symbolische Spielerei, mehr Kampf. Er hatte seine Leute um sich geschart und die Spaßfraktion einfach außen vor gelassen. Und sie. Vor allem sie. Jede Wette, dass auch Lottas gegen Ungerechtigkeit kämpfende Aktivistin mit von der Partie war. Die tolle Caro nahm bei Henk sicher schon ihren Platz ein.

Etwas in Zoe geriet gefährlich aus dem Gleichgewicht. Die prekäre Konstruktion ihres Lebens kippte mit Schwung aus ihrer Achse, und sie fand sich plötzlich irgendwo tief unten wieder, kopfüber hängend wie eine Verunglückte.

»Na und?«, sagte sie achselzuckend. »Was ist damit?«

Binz maß sie mit einem vernichtenden Blick. Dieses Mädchen, das er gerade als einigermaßen zivilisiertes Gegenüber wahrzunehmen begonnen hatte, war also doch bloß eine verwahrloste kriminelle Streunerin. Und wurde ihm gerade gefährlich.

»Was glaubst du eigentlich, mit wem du es zu tun hast? Meinst du wirklich, ich lasse zu, dass du mit deinen Krawallbrüdern hier brandschatzend durch die Stadt ziehst? Ich mach mich doch nicht mit einem Haufen dumpfer Vandalen gemein«, sagte Binz, und weil Zoe beharrlich schwieg, sagte er noch viel mehr in seiner Wut, hässliche Dinge über Tagediebe, Parasiten, rotes Gesocks, Terror, Sozialneid, Destruktivität, doch nichts davon vermochte Zoe aus der Apathie zu locken, in die sie verfallen war. Nur einmal schien es Binz in seinem Redeschwall, er hätte so etwas wie ein gemurmeltes »Fick dich« gehört, aber das war ihm egal, es war typisch für die Sprachlosigkeit dieser verrohten jungen Leute.

»Und was ist das mit den Waffen? Wie blöd seid ihr eigentlich?«, fragte er schließlich.

Nun sah ihn Zoe doch an. »Was für Waffen?«

»Einige von Frederkings Gästen haben ausgesagt, ihr wärt bei eurer Aktion im Restaurant bewaffnet gewesen.«

»Bullshit.«

»Reiß dich zusammen.«

»Hören Sie auf, mich zu duzen.«

»Der Staatsschutz ermittelt. Weißt du, was das heißt? Ich will eine Erklärung, Aschenbrenner.«

Doch Zoe hatte nichts zu sagen. Sie versuchte, die Neuigkeiten zu verarbeiten. Die ganze Sache lief aus dem Ruder. Henk war nicht ihr Partner, sondern ein Rivale, der sich nicht scheute, sie kaltzustellen. Und Binz ließ die Staatsmacht heraushängen, für den Fall, dass die Sache nicht mehr zu kontrollieren war. In ihrer Tasche tastete Zoe nach ihrem Smartphone und aktivierte die Sprachaufnahme; sie hatte das gleich am Anfang tun wollen und dann vergessen.

Binz trommelte gereizt mit den Fingern auf das Lenkrad. Zoe sehnte sich wie verrückt nach einer Zigarette und schob sich, weil das hier mit dem Rauchen auf absehbare Zeit nichts zu werden schien, ein Kaugummi in den Mund. Eine Weile lang sahen sie beide starr geradeaus. Zoe drückte auf den Knopf für den elektrischen Fensterheber und ließ ihr Fenster hinunter. Sofort ließ Binz es wieder hochfahren. Zoe langte nach dem Türgriff und wollte aussteigen, doch der Staatsanwalt legte ihr reflexartig seine Hand aufs Bein.

»Nein«, sagte er. Und nach einer Pause, in der er sich ausgiebig die Stirn rieb, fuhr er mit ruhigerer Stimme fort:

»Diese Sache hier wirft uns zurück. Brennende Autos, das ist nicht der Stil der *Superhelden*. Es war alles umsonst, wenn das Profil der Gruppe derart aufweicht. Man darf sie nicht hassen, man soll sie mögen, man soll mit ihrer Sache sympathisieren.«

Zoe schwieg.

»Kriegst du das unter Kontrolle, Aschenbrenner?«

Schweigen.

»Frederking, das ist unser Ziel.«

Da war er wieder. Immer, immer nur dieser eine Name: Frederking. Zoe konnte ihn nicht mehr hören. Dieser Name verursachte ihr einen derart übermächtigen physischen Widerwillen, dass ihr fast übel wurde über der Anstrengung, nicht auszurasten. Nicht wie eine Irre auf den Mann neben ihr auf dem Fahrersitz einzuschlagen und dann abzuhauen, ohne sich jemals wieder umzudrehen.

»Macht euren Scheiß alleine«, presste sie hervor.

»Bist du der Boss oder nicht?«

»Was heißt hier Boss? Ich bin komplett schizo inzwischen, ich muss jeden Tag die irrsten Verrenkungen machen, um nicht in den Abgrund zwischen dir und meinen Leuten zu fallen. Ich denk mir die idiotischsten Stories aus, um den anderen zu verkaufen, was du dir ausdenkst. Meinst du, das macht Spaß?«

»Ich hör immer Spaß, Aschenbrenner«, antworte Binz und ignorierte, dass Zoe ihn gerade geduzt hatte. »Das hier ist kein Spaß. Das ist ein Kampf, in dem uns der Zufall als Verbündete auf dieselbe Seite verschlagen hat.«

»Ich bin nicht Ihre Verbündete. Wir sind nicht gleich.«

»Wir müssen uns was einfallen lassen.«

»Die Sache ist gelaufen. Game over. Ich bin raus.«

»Streng lieber dein Hirn an, Aschenbrenner. Es gibt kein Zurück. Für keinen von uns.«

6.

Die SMS von Käthe kam, als er in seinem Büro an der Formulierung eines Einstellungsbescheids saß. Durch die offenen Fenster quoll das Dröhnen der Großstadt, einzelne Echos fingen sich in dem engen Innenhof, gegenüber rauschte der Abzug einer Hotelküche und blies Wolken von Bratfett und Knoblauch in den Abendhimmel. Auf seiner Terrasse hätte es sich vermutlich angenehmer arbeiten lassen, doch Binz hatte keine Lust gehabt, nach Hause zu fahren.

Halb elf. Holst du mich ab?

Als er die SMS las, wusste er, dass er in der Stadt geblieben war, um schneller bei ihr zu sein, falls sie sich meldete. Trotzdem war er überrascht, dass sie ihn sehen wollte. Nach seinem unrühmlichen Auftritt vor ihrem Haus hatte er sich auf ein paar Tage Funkstille gefasst gemacht.

Es war erst neun. Binz hatte Lust auf einen Whisky, aber er entschied sich für einen Espresso. Dieser Tag hatte ihn ausgelaugt. Er war mit Zoe Aschenbrenner durch Planten un Blomen gelaufen, das Mädchen wie ein gereiztes Tier vorneweg, er mit Mühe hinterher. Die Luft tropisch feucht, so waren sie durch den japanischen Garten gerannt und weiter bis zum Spielplatz, wo nur die Aussicht auf ein Bier vom Kiosk das Mädel dazu brachte, sich auf eine Bank zu setzen. Binz begriff, dass Zoe Aschenbrenner erst von ihm von den brennenden Autos erfahren hatte. Vielleicht hatte er sie überschätzt.

Statt den Mund aufzumachen, war das Mädchen in eine Art Starrkrampf verfallen. Wie sie da hockte und an ihrem

Dosenbier nippte, konfus, düster, nervös, war sie auf einmal nicht mehr die verantwortungslose, dreiste Spielerin, sondern eine Zauderin voller Lebensangst, der gerade die Felle davonschwammen. Es war unangenehm. Binz hatte das Gefühl, etwas zu sehen, das nicht für seine Augen bestimmt war. Keinesfalls wollte er dieser Person in irgendeiner Weise nahekommen. Empathie war etwas, das man im Umgang mit seinen Kunden tunlichst vermied.

Er kaufte ein zweites Bier für sie beide, obwohl es nur halbkalt war und jeder Schluck aus der Dose widerlich metallisch schmeckte. Es erforderte dann einiges an Geduld und Fingerspitzengefühl, Zoe wieder so weit aufzubauen, dass man mit ihr vernünftig reden konnte. Doch schließlich konnte er ihr klarmachen, wie es weitergehen musste. Wenn du den Feind nicht besiegen kannst, dann umarme ihn.

Nun fühlte Binz sich matt, aber wohlgemut. Er ergriff eine Wasserflasche und goss einen kräftigen Schluck in den Topf der Zimmerpalme. Und jetzt die Nachricht von Käthe. Dem Furchtlosen flechten die Götter Kränze.

Sie kam eine halbe Stunde zu spät. Ihr schönes Haar roch nach Küche, als er seine Nase darin vergrub, und das Herz schwoll ihm vor Zärtlichkeit. Er wollte sie heimbringen, ihr ein Bad einlaufen lassen, er wollte Miles Davis auflegen und mit ihr in den Nachthimmel schauen, ohne jede Forderung. Sie sollte sich erholen, seine Nähe sollte ihr guttun wie eine lindernde Arznei.

Doch Käthe stand nicht der Sinn nach Ruhe. Was wollte sie dann?

»Schwimmen.«

Den ganzen Abend war es in ihrer engen Küche höllenheiß gewesen, sie hatte von grünen Bergseen phantasiert, und nun war sie endlich frei.

»Schwimmen? Es ist nach elf.«

Käthe lachte und sah auf einmal gar nicht mehr so erschöpft aus.

»Ja, ist das nicht toll? Sonst bin ich nie vor Mitternacht aus dem Laden raus.«

Binz kam sich vor wie ein Bauernsohn, der eine fast unlösbare Aufgabe bewältigen muss: Und findest du es heraus, so geb ich dir mein Königreich und meine Tochter zur Frau. Und tatsächlich hatte er eine Idee.

Im Saab fuhren sie um die Alster, die Sierichstraße entlang nach Uhlenhorst. Sehr schade nur, dass der Porsche nun nicht mehr da war. Warum hatte er ihn überhaupt zurückgegeben? Warum hatte er sich nicht gleich einen gekauft? Er bog in die Maria-Luisen-Straße ab. An deren Ende lag der Stadtpark. Das Naturbad dort, durch ein Mauer vom Stadtparksee abgetrennt, kannte er noch aus Schülerzeiten. Es war zwar kein quellklarer Bergsee, eher so ein entig-modriges Gewässer, aber es war immerhin gefiltertes Alsterwasser und keine nach chemischer Reinigung stinkende Chlorbrühe. Und drum herum ein riesiger Park, um diese späte Zeit hoffentlich unbelebt, in jedem Fall weit unbelebter als die Straßen um andere Freibäder mitten in der Stadt.

Am Südring vor dem Eingang zur Badeanstalt parkte er. Genüsslich sog Käthe die laue Abendluft ein. Sie war durchsetzt mit allerhand Gerüchen: Blüten, Erde, gegrilltes Fleisch.

Binz war nervös wegen des Zauns. Auch wenn er sich

vielleicht als überwindbares Hindernis herausstellte, hatte er doch die Befürchtung, sich zu blamieren. Auf Zäunen machte er keine gute Figur. Und auch andere ungelöste Fragen gingen ihm auf dem Weg zum Freibad durch den Kopf: Er war nicht vorbereitet, er hatte nichts dabei, keine Badehose, kein Handtuch, keine Decke. Doch je näher sie dem Eingang kamen, desto klarer wurde Binz, dass es mit der ungestörten Heimlichkeit sowieso nichts werden würde. Das Bad hatte geschlossen, doch innerhalb seiner Mauern hatte sich ein großer Biergarten angesiedelt, hell erleuchtet und für die späte Stunde noch gut besucht. Binz sah den hohen, zackenbewehrten Metallzaun rechts und links und war erleichtert.

»Dann baden wir eben im anderen Teil des Sees«, sagte Käthe.

Er klärte sie auf, dass man dort nicht baden konnte. Dass dies bloß ein Ententeich war, auf dem sie tagsüber Tretboot fuhren. Doch schon während er es sagte, wurde ihm klar, dass jeder Einwand vergebens war.

Auch auf dem Uferweg am See entlang war es keineswegs so einsam, wie er geglaubt hatte. Auf der großen Wiese vor dem Planetarium saßen kleine Grüppchen um Grillfeuer herum. An einer Stelle etwas abseits des Weges, durch Büsche und Ufergras vor Blicken geschützt, warf Käthe ihre Tasche hin und öffnete den Reißverschluss ihres Kleid. Sie zog es über den Kopf und ließ es fallen. Im Dämmerlicht sah Binz ihre weiße Unterwäsche leuchten, doch die hatte sie ebenso schnell abgestreift. Nackt stand sie vor ihm.

»Was ist?«, fragte sie.

Sie machte einen Schritt auf ihn zu und begann, sein

Hemd aufzuknöpfen. Sie tat dies flink und sachlich, wie eine Krankenschwester. Unterwegs verlor sie die Geduld.

»Komm schon, Arno. Hilf ein bisschen mit.«

Gehorsam öffnete Binz den Gürtel seiner Hose. Ihre taghelle Nüchternheit machte ihn verlegen. Sie kannten den Körper des anderen ja kaum.

»Geh ruhig schon vor.«

Käthe verschwand zwischen den Gräsern. Nur noch ein Rascheln war zu hören wie von einem Tier, kurz darauf ein Platschen, er hörte sie juchzen und mit den Füßen Wasser hochstrampeln. Sicher war der Grund schlammig weich und undefinierbar. Und wenn Algen auf dem Tümpel blühten oder Entenkot darauf herumschwamm, so war das in diesem Licht nicht zu sehen. Denk an die Königstochter, Arno. Er zog sich aus, fühlte sich nackter als nackt und tastete sich ergeben ins Wasser vor.

Wider Erwarten war es ganz wunderbar, dieses Wasser. Es umschloss ihn kühl und mild und wusch die klebrige Stadtluft, die Komplikationen seines Daseins einfach von ihm ab. Käthe schwamm irgendwo in der Dunkelheit. Er legte sich auf den Rücken und ließ sich treiben, versuchte, die stille Oberfläche des Sees nicht zu zerkräuseln.

Als Junge war er manchmal zum Baden in den Stadtpark gefahren. Dort kannte ihn keiner. Dort lief man nicht Gefahr, dass einen plötzlich jemand an den Beinen in die Tiefe zog. Dort konnte man stundenlang auf seiner Decke hocken und lesen, und niemand machte einem Vorhaltungen, dass man sich den Tod holen würde, weil man seine nasse Badehose anbehalten hatte.

Käthe schwamm zu ihm heran und umarmte ihn. Mit einem kleinen Schaudern stellte er seine Füße auf den

weichen Grund, sie umschlang seine Hüften mit den Beinen und biss ihn sachte ins Ohrläppchen. So hätte er sie
gerne ans Land getragen, aber er war klug genug, es nicht
zu versuchen.

»Komm«, sagte sie, ergriff seine Hand und zog ihn ans
Ufer.

Dort lehnte sie sich an den Stamm einer Weide. Binz
sah sich um, versuchte einzuschätzen, wie geschützt sie
hier vor fremden Blicken waren. Der Weg war nicht weit
entfernt.

»Komm«, sagte sie wieder. Und als ahne sie seine Gedanken: »Kein Mensch sieht uns hier.«

Und so küsste er sie vorsichtig, spürte ihren feuchten, kühlen Mund, ihren Körper, der sich gegen seinen
presste, und schloss die Augen, um sich ganz auf diesen
Sinneseindruck zu konzentrieren. Er spürte, wie es ihn
erregte, und empfand Erleichterung darüber, denn im
Grunde war diese Situation grauenvoll ungemütlich und
ein bisschen grotesk, er sah sich selber, sehr dicht vor dem
Weidenstamm stehen, seinen nackten Hintern, der sich
weiß in der Dunkelheit abzeichnete. Waren sie nicht ein
bisschen zu alt für solche Dinge? Käthe gurrte, er spürte
ihre kalte Hand zwischen den Beinen und zuckte zusammen, weil sie seine Hoden zu kneten begann, er nahm
ihre Hände und legte sie sich um die Hüften, strich ihr
zärtlich über den Rücken und die nassen Haare, reckte seinen Kopf nach hinten, um ihr in die Augen sehen zu können, doch sie hatte ihre geschlossen. Und wieder war da
diese kleine steile Falte zwischen den Augenbrauen, die er
schon an ihr kannte, ein Ausdruck wie von Schmerz oder
großer Anstrengung, und er sehnte sich mit großer Dring-

lichkeit nach einem Blick von ihr, nach einem Erkennen. Doch stattdessen stieß sie ihr Becken rhythmisch gegen seines, er war sich nicht sicher, ob das bloß ein autistisches stimulierendes Ritual war oder eine an ihn gerichtete Aufforderung.

Wenn, dann kam sie bei weitem zu früh. Er küsste ihre Augen, ihr Kinn, ihren Hals, dann ihren Mund, versenkte sich in diesen Kuss, in der Hoffnung, dass er ihn endlich in die Trance führte, die er so dringend nötig hatte, wenn das hier gelingen sollte.

Um Zeit zu gewinnen, schob er seine Hand zwischen ihre Beine, doch es kam kein Zeichen von ihr, ob ihr angenehm war, was er dort tat. Herrgott. Immerhin spürte er, wie bei ihm das Blut dahin strömte, wo es hin sollte. Käthe registrierte es auch. Sie zog ihn dicht zu sich heran und öffnete die Beine. Als er in sie eindrang, hielt sie kurz den Atem an, ansonsten blieb sie still und abwartend.

Auf dem unebenen Grund war es nicht leicht, das Gleichgewicht zu wahren. Binz suchte nach einem Platz für seine Hände. Erst legte er sie ihr auf die Hüften, kam sich dabei aber so herrisch vor, dass er sie sofort wieder wegnahm. Dann griff er an den Baumstamm hinter ihr, auch nicht gut, dann stemmte er sie in sein Kreuz wie ein Ischiaspatient. Egal, was er tat, immer sah er sich in dieser Szene von außen, unvorteilhaft ausgeleuchtet, er registrierte die aufkommende Brise, den späten Jogger oben auf dem Weg, er konnte sogar nachdenken, während er sich gehorsam bewegte. Und er dachte nach. Diese peinigende Klarsicht war ihm nicht unbekannt. Nur selten konnte er sich beim Sex wirklich vergessen, nur selten schützte ihn, wie bei dem Erlebnis mit Nuria, ein Rausch vor der Scham.

Als er Käthe kennenlernte, hatte er zu verstehen geglaubt, dass bislang ein Mangel an Liebesbegeisterung daran schuld gewesen war. Diese Frau jedoch liebte er, und er begehrte sie mehr als alle anderen. Also wieso?

Von Käthe kam jetzt ein Geräusch, ein unwilliges Knurren, sie öffnete die Augen, schüttelte den Kopf und stieß ihn von sich. Sie kehrte ihm den Rücken zu, beugte den Oberkörper vor und hielt ihm auffordernd ihr Gesäß entgegen, während sie sich mit beiden Händen am Stamm der Weide abstützte. Da stand er nun, entsetzlich wach, angespannt, ein rammelnder Pan im Unterholz. Er legte die Hände auf ihren Rücken, doch dann packte er sie an den Hüften.

Käthe stöhnte. Sie blieb für sich, gab sich im Stillen ihrer Lust hin und ließ ihn alleine hier zurück. Nicht einmal in einem solchen Moment gewährte sie ihm ihre Nähe. Die Enttäuschung darüber wurde zu Groll, und der Groll sammelte sich in seinem Unterleib und verbrannte dort zu etwas anderem. Er bewegte sich schneller. Er hörte Käthe keuchen, sie warf den Kopf zurück, und Binz vergaß, was er gerade gedacht hatte.

Wind kam auf. Die dünnen Zweige der Weide schwankten. Schweigend zogen sie sich ihre zerknitterten, feucht gewordenen Sachen an. Als sie im Auto saßen, fielen die ersten Tropfen. Die Fenster im Saab beschlugen sofort. Binz ließ den Wagen an.

»Ich bring dich nach Hause.«

Die Melancholie, die ihn erfüllte, verwirrte ihn. Er hatte das Gefühl, eine Niederlage erlitten zu haben, ohne dass er hätte sagen können, worin genau die bestand.

Zu Hause duschte Binz lange. Alles musste fortgeschwemmt werden: das brackige Seewasser, das Bild von Käthes gebücktem Rücken vor ihm, die Erinnerung an ihren flüchtigen Abschiedskuss. Doch der Nachhall dieses Abends ließ sich nicht einfach wegspülen, ebenso wenig wie die Furcht, dass er kein Talent besitzen könnte für die Liebe, wie Käthe Wemuth sie sich vorstellte.

1.

Zoe hockte auf dem Terrazzoboden des Waschsalons und starrte mit glasigen Augen auf die sich drehende Trommel der Waschmaschine. Hinter dem Glas des Bullauges wurde ein nasser grauer Klumpen im Kreis herumgewälzt. Nur wenige Geräte waren belegt, außer ihr saß nur noch eine ältere Türkin in einem der Plastikstühle und strickte. Es roch nach Seifenlauge und feuchtem Muff, durchsetzt mit dem Benzingestank, der durch die offene Tür von der Straße hereinzog. Aber hier hatte man wenigstens seine Ruhe. Sie musste nachdenken.

Nachdem der Staatsanwalt wieder in seinen Saab gestiegen war, hatte sie augenblicklich zu ihrem Handy gegriffen und sich mit Mütze in seinem Kellerzimmer verabredet, wo sie ihn vor der Glotze hockend antraf, eine XXL-Pizza auf dem Schoß. Zoe berichtete ihm von den brennenden Autos, von Henks Alleingang, doch Mütze reagierte kaum, bot ihr stattdessen überschwänglich ein Stück von seiner Pizza an. Also hatte er schon von den Zündeleien gewusst, oder was? Und als Zoe diesen Hundeblick sah, begriff sie: Mütze war sogar mit von der Partie gewesen.

Die Waschmaschine pumpte die trübe Lauge ab, aber

eine kleine Wolke aus Schaum blieb auf der Gummidichtung liegen. Der Waschgang war anscheinend beendet, obwohl die Wäsche immer noch grau und trostlos aussah. Bis vor kurzem hatte sie ihre Sachen noch zu ihrer Mutter gebracht, aber irgendwie war die Zeit vorbei.

Sie hatte Mütze den Pizzakarton vom Schoß gerissen und ihn wutentbrannt in eine Zimmerecke gefegt, die Pizza landete auf dem ungemachten Bett. *Keine Extrawürste, keine Message, die nicht die Message der ganzen Gruppe ist, keine persönlichen Eitelkeiten.* Die Parolen von Henk und seinen Leuten klangen Zoe noch im Ohr. Da hatten sie das Benzin für die Mollys vermutlich schon gebunkert.

Zu Hause schob sie sich die zwei Tiefkühlbaguettes in den Backofen, die sie an der Tankstelle gekauft hatte, und holte ihr Handy aus der Tasche. Sie ließ sich auf einen Stuhl fallen, schob mit dem Arm ein Stück vom Küchentisch frei und legte die Füße drauf. Binz' Stimme war klar und deutlich zu erkennen. Das Gespräch im Auto, dumpf wie in einer schalltoten Kabine, dann das Rascheln der Klamotten beim Gerenne durch den Park, das Grundrauschen der Stadt.

Als sie sich gerade eine Zigarette drehen wollte, kam Mungo in die Küche. Hastig stoppte Zoe die Wiedergabe. Als Erstes nahm ihr Mitbewohner ihr den Tabak weg. Immer noch dieselbe Scheißlaune. Wieso war der überhaupt hier? Achselzuckend zog Zoe das neue Päckchen Luckies aus der Tasche, das sie eben gekauft hatte, und steckte sich eine an.

»Ey, Superheldin, hab gehört, du bist nicht mehr dabei«, sagte Mungo. »Deine Truppe tingelt jetzt ohne dich.«

Zoe war zu müde, um sich zu ärgern. Ihr Bedarf an Sozialstress war gedeckt. Sie bot Mungo eine von ihren schönen neuen Ziesen an. Eine Weile rauchten sie nur. Schließlich sagte sie:

»Also ich bin nicht mehr dabei, ja?«

Sie griff ihr Smartphone und drückte auf Play. Blätterrascheln, Vögel, entfernt Kinderstimmen. Dann ganz nah die Stimme eines Mannes:

Die Frage ist doch: Wer ist der Boss? Du. Du bist der Boss, Zoe. Aber das bedeutet auch: du musst das Rudel führen. Sie erwarten von dir, dass du ihnen zeigst, dass du ihr Boss bist. Also zeig es ihnen.

»Hey. Wow. Wenn du mir das jetzt noch erklärst. Wer ist das?«

»Wenn ich's dir sage, wirst du mir nicht glauben, Mungoboy.«

»Okay. Also wer?«

»Es ist ein Jurist. Genauer gesagt, er ist Staatsanwalt.«

Und weil eine Pause entstand, in der das Wort *Staatsanwalt* schrill nachhallte: »Er und ich, wir sind Partner. Wir sind die *Superhelden*. Alles klar?«

»Staatsanwalt«, echote Mungo.

Seine Fassungslosigkeit entzückte Zoe. Endlich fiel der gute Mungoboy von dem hohen Ross, auf dem er seit einiger Zeit saß.

»Hab ich dir nicht gesagt, die Sache ist ganz groß? Wir kämpfen gegen einen Immobilienhai. Gegen die Ausblutung unserer Stadt! Gegen Gentrifizierung und Profitgier!«

Auf einmal fühlte sich Zoe munter und leicht. Sie wurde von ihren eigenen Worten mitgerissen; beinahe hätte sie ihre Faust gereckt.

»Und wir werden diesen Kampf gewinnen. Du wirst es erleben.«

Doch der Ausdruck in Mungos Gesicht ließ sie stutzen. Auf einmal war es so still im Raum, dass man die Klospülung in der Nachbarwohnung hörte.

»Nur damit ich es auch wirklich kapiere«, sagte ihr Freund schließlich und betonte jedes Wort übertrieben deutlich, »Zoe Aschenbrenner arbeitet mit einem Vertreter der Staatsmacht zusammen?«

»Er muss sich natürlich im Hintergrund halten, von seiner Existenz weiß nur ich. Steht zu viel auf dem Spiel für ihn.«

»Was bist du? So einen Art Undercover-Agentin? Spitzel? Spionierst du jetzt deine Freunde aus?«

»Lass das, Mann.«

»Sie haben dich umgedreht, als sie dich hochgenommen haben. Deshalb wolltest du nie darüber sprechen.« Mungos Stimme klang so fremd, monoton und hart, dass Zoe ihn alarmiert ansah.

»Was redest du denn da?«

»Hast du über den Sergeant und mich auch schon Berichte abgeliefert?«

»Hör auf damit. Das ist nicht witzig.«

»Nein, ist es nicht. Was kriegst du dafür?«

»Du bist auf dem völlig falschen Trip. Wir führen einen politischen Kampf. Subversiv. Anarchisch. Gerecht.«

»Du und Politik?« Mungo lachte böse. »Du hast dich doch noch nie für was anderes als dich selber interessiert.« Stand auf und ließ Zoe allein in der Küche zurück.

Sie griff nach der Schachtel mit den Zigaretten. Im rechten Ohr saß deutlich vernehmbar ein nadelspitzer hoher

Ton. Warning: System alert. Sie hatte gerade den ersten Zug genommen, da kam Mungo wieder zurück. Offenbar war ihm noch etwas eingefallen.

»Ey, Zoe. Such dir woanders ein Zimmer. Das mit uns hier ist für dich vorbei.«

2.

Als er Wanka Moll im Treppenhaus des Strafjustizgebäudes erblickte, verspürte Binz augenblicklich den Impuls, hinter einer der Säulen in Deckung zu gehen.

Er kam von einem langen Sitzungstag und hatte andere Dinge im Kopf. Am frühen Morgen hatte man Wu Tian erhängt aufgefunden. Offenbar war das Feuer in seinem Imbiss nicht das Ende der Schikanen gewesen. Auf dem Weg zum Gericht hatte er versucht, Zoe anzurufen, doch die ging nicht an ihr Handy. Binz war unruhig. Das Mädchen hatte beim letzten Treffen keinen guten Eindruck auf ihn gemacht.

Er machte auf dem Absatz kehrt, um die Stufen schleunigst wieder hinaufzulaufen, die er gerade hinuntergegangen war. Aber zu spät.

»Wenn ich alles, was ich über Sie weiß, einmal beiseite lasse, würde ich sagen, Sie wollten gerade türmen«, sagte Wanka Moll, als sie etwas atemlos zu ihm aufschloss.

Binz beeilte sich, dies abzustreiten und lud sie zu einem Kaffee ein. Die Augenringe der Rechtsmedizinerin schienen seit ihrer letzten Begegnung noch ein bisschen tiefer geworden zu sein. Sie sah angespannt aus, aber auf seine Frage, wie es ihr ginge, antwortete sie nur mit einer unwirschen

Handbewegung. Binz war es mit der Frage ernst gewesen, denn nun, da er ihr gegenübersaß, stellte sich wieder diese eigentümliche Freundschaftlichkeit ein, die er schon bei ihrer letzten Begegnung empfunden hatte. Doch Wanka Moll war anscheinend nicht nach Vertraulichkeiten zumute. Sie musterte ihn mit ihren kühlen, klugen Augen.

»Was machen die Geschäfte?«, fragte sie.

Während er eine Wolke von Floskeln absonderte und über die Mühen der Ebene improvisierte, bedauerte er insgeheim, dass er nicht offen mit ihr sprechen konnte. Das konnte er mit niemandem mehr. Inzwischen vermied er jeden näheren Kontakt, der ihn doch bloß zur Verstellung zwang oder zum Austausch von Belanglosigkeiten. Wann hatte er mit seinem Zimmernachbarn Jens Raabe den letzten Whisky getrunken? Wann hatte er das letzte Mal im Jenischpark Fußball gespielt?

Auf dem Weg zum Brötchenholen war er am letzten Samstag Ernesto über den Weg gelaufen, Handchirurg und Mittelfeldspieler bei den Parkkickern, der trotz seines Übergewichts erstaunlich schnell und wendig war. Ernesto war erfreut, ihn zu sehen. Man vermisste ihn in der Mannschaft, und wenn es nicht überhaupt gelogen war, konnte es sich nur auf den geselligen Teil beziehen, nicht auf sein Ballgefühl. Doch so oder so: Diese Zeiten waren vorbei. Das stümperhafte Gekicke, die Herrenwitze, die fidele Biederkeit gehörten zu seinem alten Leben, in dem er mit der redlichen Irina in teuren Restaurants saß, weil ihn außer gutem Essen kaum etwas zu reizen vermochte. Und während er Ernesto gegenüber etwas von Arbeit, zu viel Arbeit murmelte, spürte er, wie weit er sich von diesem Leben bereits entfernt hatte. Nur als Spurenelement mischte sich ein Quäntchen Wehmut in seine Genugtuung, so etwas wie Heimweh – nicht nach der alten Welt, aber nach dem Gefühl, sich blind darin zurechtzufinden.

»Ich unterhalte mich wirklich gerne mit Ihnen, liebe Frau Moll«, sagte Binz, weil ihn das Ausmaß des Unsagbaren sentimental stimmte, und er fragte sich, was diese nicht mehr junge, burschikose Frau an sich hatte, dass er sich selbst in ihrer Gegenwart so überdeutlich wahrnahm.

»Was ist aus dem Fall der toten Chinesin geworden?«, fragte Wanka Moll. »Ich hatte den Eindruck, dass Ihnen die Angelegenheit persönlich wichtig ist.«

Ihre Miene verriet keinerlei Hintergedanken.

»Leider gibt es ein weiteres Opfer zu beklagen«, sagte Binz und erzählte ihr, was er erfahren hatte. Wus Sohn hatte ausgesagt, dass sein Vater den Druck nicht mehr ausgehalten habe, den der Hauseigentümer auf ihn ausübte, damit er seinen auf zehn Jahre festgeschriebenen Mietvertrag für das *Lotus* auflöste.

»Manchmal ist es schwer, bei so etwas untätig zuzusehen«, sagte Wanka mitfühlend. Doch Binz wollte dringend das Thema wechseln.

»Gerade heute Morgen habe ich allerdings von einem schönen Erfolg in einer anderen, etwas heiklen Angelegenheit erfahren«, fuhr er fort, auch weil er der Versuchung nicht widerstehen konnte, jemandem davon zu erzählen. Auf einer öffentlichen Anhörung zum zweiten Bauabschnitt in Altona war Lars Frederking von wütenden Anwohnern niedergebuht worden.

»Ein Sandkorn, weiter nichts. Aber man freut sich in unserem Geschäft über jede Kleinigkeit.«

»Freut mich, dass Sie erfolgreich waren«, sagte Wanka

Moll. Ihr Mund lächelte, doch der Rest ihres Gesichts sah eher nicht nach Freude aus. »Man muss kämpfen für das, was einem wichtig ist – ich habe Ihre Worte nicht vergessen. Auch wenn es in meinem Fall dafür zu spät ist.«

Sie wich seinem fragenden Blick nicht aus.

»Mein Mann und ich werden uns scheiden lassen. Besser ein Ende mit Schrecken.«

Für Kummer in Liebesdingen war Binz zur Zeit sehr empfänglich.

»Das wäre jetzt eigentlich wieder der Moment für ein süßes Teilchen«, sagte er, doch die Rechtsmedizinerin schüttelte den Kopf.

»Ich muss. Die Arbeit ruft.«

Gemeinsam gingen sie zum Ausgang. Während sie darauf warteten, dass der Beamte die Sicherheitsschleuse öffnete, sagte sie: »Ich hoffe, Fortuna ist Ihnen nicht nur in beruflichen Angelegenheiten gewogen?«

»Die Sache ist noch nicht entschieden.«

»Es geht um die Frau, von der Sie neulich sprachen? Ich hoffe doch, Sie kämpfen?«

Binz dachte einen Augenblick nach.

»Ich tue praktisch nichts anderes. Aber vielleicht ist das nicht genug.«

Zwei Stunden später stand er in der Küche des *Wemuth* und fragte Käthe, ob sie mit ihm leben wolle. In der Küche herrschte Hochbetrieb. Es war eng, voll, laut, heiß. Käthe und ihre Beiköche hantierten hochkonzentriert an den Stationen, im Minutentakt schob sich jemand vom Service herein, gab Bestellungen auf, lud sich Teller auf die Arme. Mit seinem Helm unter dem Arm stand Binz mitten in der Hektik, ein Felsbrocken, von aufgewühltem Wasser umschäumt, und ließ Käthe nicht aus den Augen.

»Ich will, dass du mit mir lebst«, wiederholte er, um sicherzugehen, dass die Botschaft wirklich ankam. Käthe, die gerade dabei war, ein Stück Rinderfilet in hauchdünne Streifen zu schneiden, gab ihm einen flüchtigen Kuss auf die Wange, ohne das Messer aus der Hand zu legen.

»Wann denkst du dir so was bloß aus? Ich hab gar keine Zeit dafür.«

Dann wandte sie sich wieder ihrer Arbeit zu.

»Was sagst du denn dazu?«

Sie lachte auf.

»Dass es eine Schnapsidee ist, das sage ich dazu.«

»Was ist mit dem Wagyu-Beef für die vierzehn?«, fragte ein junger Mann in der Tür.

»Eine Minute.«

»Mir ist es ernst, Käthe. Ich liebe dich. Das ist mir heute klargeworden, und deshalb musste ich sofort herkommen. Ich wollte, dass nicht noch mehr Zeit vergeht, ohne dass du es weißt. Käthe, ich...«

Sie langte um ihn herum, schob ihn sanft, aber nachdrücklich zur Seite, ließ ihn stehen, um etwas aus der Kühlkammer zu holen, verständigte sich mit ihren Kollegen. Binz konnte nicht länger ignorieren, dass er gerade gewaltig störte.

»Ich setze mich jetzt ins Restaurant und warte dort, bis du Zeit für mich hast«, sagte er und sah beim Umdrehen, wie sie sich kopfschüttelnd über die Arbeitsfläche beugte.

Das *Wemuth* war ausgebucht. Eine junge Frau mit hektischen roten Flecken auf den Wangen stand ratlos vor ihm und wusste nicht, wohin mit dem überzähligen Gast.

Schließlich verstaute man ihn auf einem Stuhl hinter der Bar und servierte ihm dort den Cappuccino, den er bestellte. Binz ließ alles mit sich geschehen wie ein Hypnotisierter. Es war ihm gleichgültig, wo er saß, während er auf ihre Antwort wartete. Eisbehälter, ein Glas mit Zitronenschnitzen, Zuckerstreuer, Tabletts. Trauzeugen, Blumenmädchen, Gäste. Obwohl, heiraten muss man nicht gleich. Aber wenn sie es wollte, würde er es tun. Darf ich vorstellen: meine Frau.

Als Käthe endlich zu ihm kam, war ihm ganz zittrig von dem vielen Cappuccino, den er inzwischen getrunken hatte, um wirklich wach zu sein. Das Restaurant hatte sich geleert, die letzten Gäste saßen beim Digestif. Sie führte ihn durch die Küche in den Hinterhof und setzte sich auf eine der leeren Bierkisten, die dort standen. Hier hatte er sie zum ersten Mal gesehen.

Käthe zündete sich eine Zigarette an und rauchte gierig. Eine Lampe über der Tür spendete trübgelbes Licht.

»Komm her«, sagte sie und deutete auf eine zweite Kiste.

Nur widerstrebend ließ Binz sich dort nieder, direkt neben ihm ein stinkender Müllcontainer. Es war nicht die Kulisse, die er sich gewünscht hätte.

»Arno. Schau mich an. Was siehst du?«

»Dich. Dich sehe ich, und du bist sogar in dieser Montur schön.«

Wenn sie das Kompliment freute, dann zeigte sie es nicht.

»Du siehst eine zerzauste, erschöpfte, kreuzmüde Frau. Ich arbeite hart, Arno, aber ich liebe diese Arbeit, es ist genau das, was ich tun möchte. Wenn man ganz oben mitspielen will, dann muss man vom Kochen besessen sein. Da bleibt nicht mehr viel Platz für anderes.«

»Du sollst doch nichts aufgeben für mich«, sagte Binz und fand, dass es kein gutes Zeichen war, wenn man erst anfangen musste, zu argumentieren.

Käthe stand auf, lief hinein und kam mit zwei Flaschen Bier zurück. Binz wünschte sich, er hätte gelernt, wie man die Dinger ohne einen Flaschenöffner aufkriegt. Es wäre die männliche Geste, die es nach seinem Geschmack jetzt brauchte.

»Ich stehe gerade erst am Anfang, Arno«, sagte Käthe und hebelte dabei die Kronkorken mit dem Feuerzeug vom Flaschenhals. »Erst das Restaurant, jetzt das Kochlabor. Und demnächst mache ich einen kleinen Laden auf und wer weiß, wenn's gut läuft, ein Bistro, kleine leichte Mittagsküche. Die Nachfrage ist da, man interessiert sich für meine Philosophie, und in Lars habe ich den Partner gefunden, der mir das alles ermöglicht.«

Obwohl er überhaupt nicht über das Thema reden wollte, fielen Binz die Zeitungsberichte über die Buchhandlung Walter ein, die sich gezwungen sah, nach fünfundsiebzig Jahren in St. Georg ihr Geschäft aufzugeben, weil sie die drastisch erhöhte Ladenmiete nicht mehr zahlen konnte.

»Das wird unser Laden«, bestätigte Käthe. »Es passt alles wunderbar.«

Binz starrte auf seine Schuhe, auf den fleckigen Beton. Überdeutlich registrierte er die Geräusche aus den Wohnungen über ihnen: arabische Musik, Fernsehstimmen, ein weinendes Kind. Er hätte nicht sagen können, wo genau er sich befand, er fühlte sich verloren wie jemand, der ohne Geld in einer Megacity am anderen Ende der Welt gestrandet war.

»Das ist ein Nein, nehme ich an. Auch wenn du dir große Mühe gibst, es anders auszudrücken.«

»Ach, Arno. Du kannst das doch nicht wirklich ernst gemeint haben. Wir kennen uns doch im Grunde kaum.«

»Damit hast du wohl recht.«

Und als wäre sie froh, das Thema zu wechseln, beschrieb sie ihm mit lebhaften Gesten ihre neuesten Ideen. Die Marke *Wemuth* würde expandieren, sich in alle Richtungen ausdehnen wie ein Pilz, und der Platz, den es dafür brauchte, organisierte Lars Frederking.

Mit dem Kinn deutete Binz auf die rußgeschwärzte Tür des ehemaligen Asia-Imbisses.

»Klappt ja, wie man sieht.«

»Was meinst du?«

»Erst die Messerattacke, dann das Feuer. Und jetzt ist der Chinese tot. Aber natürlich kann man Frederking nichts nachweisen.«

»Du glaubst im Ernst, dass Lars da drüben Feuer gelegt hat?«

Binz machte eine vage Handbewegung. »Naja, vermutlich nicht persönlich.«

Käthe schüttelte den Kopf und zeigte ihm einen Vogel. »Also wirklich, Arno. Ich bitte dich.«

Binz seufzte.

»Ich werde jetzt nach Hause fahren. War ein langer Tag.«

Er rappelte sich von seiner Bierkiste hoch, strich Käthe übers Haar und ging. Sie machte keine Anstalten, ihn aufzuhalten.

Als er zu Hause war, klingelte sein Handy. Auf dem Display leuchtete Käthes Name auf. Sein Herz schlug schneller, er räusperte sich, bevor er sich meldete, und hoffte, dass seine Stimme unbeschwert und selbstgewiss klang.

»Du bist so schnell gegangen eben.«

In seinem Inneren brüllte ein Jubelchor los, jauchzet, frohlocket, wieder mal zu schnell die Flinte ins Korn geworfen, Arno Binz.

»Ich möchte dich um etwas bitten«, sagte Käthe. »Ich möchte, dass du dich mit Lars aussprichst.«

Jäh verstummte die Musik in ihm. Binz lief zu seiner kleinen Hausbar und schenkte sich mit einer Hand einen doppelten Grappa ein.

»Dein Hass auf ihn macht es sehr schwierig für mich.«

Für einen Moment hielt er die Luft an.

»Arno? Bist du noch da?«

Überdeutlich nahm er die kleine Lücke wahr, die sich in diesem Augenblick für ihn auftat. Wenn er jetzt stumm blieb, wenn er hinunterschluckte, was aus seinem Mund hinausdrängte, dann konnte doch noch alles gut werden. Er atmete aus.

»Ich führe Krieg gegen diesen Mann«, hörte er sich sagen. »Ich dachte, das wäre dir klar.«

»Aber ich verstehe das nicht.«

»Siehst du denn nicht, mit welchen Mitteln er seine Geschäfte betreibt? Auf so jemanden darfst du doch nicht deine Karriere aufbauen. Käthe. Ich bitte dich.«

»Ich will davon nichts hören. Keine Ahnung, was du für ein Problem hast, aber ich werde nicht dulden, dass du über ihn solche Gerüchte in Umlauf bringst. Wenn du ihm schadest, dann schadest du auch mir.«

»Sieht so aus, als müsstest du dich entscheiden«, sagte Binz und lachte ein kleines, trockenes, bitteres Lachen, weil dieser Satz so melodramatisch klang. Und weil er wusste, dass er sich gerade selbst aus dem Feld schlug. »Frederking oder ich, Käthe. Beides ist nicht zu haben.«

»Tut mir leid, dass du so denkst. Du bist ein Narr, Arno.« Dann war es vorbei.

Einen Moment lang hielt Binz das Telefon noch am Ohr, dann schleuderte er es mit Wucht gegen die Wand.

3.

Vorsichtig rollte sie zur Seite, um eine Stelle auf ihrem Laken zu finden, die nicht feucht war. Sie fror. Das durchgeschwitzte T-Shirt klebte an ihrem Körper, Zoe zog es aus und warf es aus dem Bett. Ihr Herz ging rasend schnell, Panik rumorte in ihrem Gedärm. Schon während sie im Traum um ihr Leben kämpfte, hatte sie Angst gehabt, sich in die Hose zu machen. Alleine hockte sie auf einem schmalen Felsen, den sie eben erklommen hatte. Es war einfach gewesen hinaufzuklettern, doch als sie sich oben umwandte, entfernte sich der Erdboden mit rasender Geschwindigkeit, als ob ein Irrer an einem Zoom fingerte. Unmöglich, wieder hinunterzukommen. Der Felsen war spitz und fiel steil ab, die Fläche oben gerade groß genug, um darauf zu sitzen und das Ausmaß ihrer Verlorenheit zu ermessen. Und zugleich so schmal, dass sie sich nicht entspannen konnte, weil der Abgrund an ihr zu saugen begann. Schwindel fuhr ihr durch die Eingeweide, als fiele sie schon. Ihre Kehle schwoll zu, sodass sie zu ersticken glaubte, dann wachte sie auf.

Eine perverse Zockerin hatte Mungo sie genannt. Seither hatten sie kein Wort mehr miteinander gewechselt. Zoe setzte sich auf, streckte die Hand nach dem Lichtschalter aus, zog sie wieder zurück. Nichts sehen von dem Chaos um sie herum, von ihrem zugemüllten Zimmer, nichts sehen von sich selber. Das klamme Bettzeug mufftte, sie roch ihren Angstschweiß.

Sie stand auf, rieb sich mit einem alten T-Shirt trocken, das sie vom Boden klaubte, dann zog sie sich an und verließ die Wohnung.

Halb drei. Die Straße war still und dunkel. Zoe sog die kühle Nachtluft so tief in die Lungen ein wie sonst nur den Rauch eines Joints. Ohne Ziel lief sie durch das schlafende Viertel. Die Bewegung beruhigte sie. Mungo hatte nichts wissen wollen von ihren Erklärungen. Sie behauptete ja nicht, dass es einfach zu verstehen war, aber ihr Freund hatte gar kein Interesse an der Wahrheit.

Zoe lief am Hotel *Stadt Altona* vorbei, überquerte die Louise-Schroeder-Straße, die ausgestorben dalag, die Seitenstreifen vollgestellt mit LKW-Aufliegern, Wohnwagen, Marktständen. Auf der anderen Seite schlug sie den Weg in den Park ein, der zum Jüdischen Friedhof führte. Bei der Aral-Tankstelle an der Königstraße kaufte sie sich Zigaretten und zwei Snickers, die sie sich hastig in den Mund schob wie eine Kranke ein schmerzstillendes Medikament. Dann tauchte sie wieder in stille Seitenstraßen ein, vorbei an rot geklinkerten Genossenschaftsbauten, in denen hier und da ein Lebenszeichen glomm: blau flackerndes Fernsehlicht, eine trübe Küchenlampe, eine beleuchtete Schrankwand mit einem Koffer obendrauf.

Was wäre, wenn sie all das hier einfach hinter sich ließe? Wäre es nicht das Beste: abhauen, die Stadt verlassen, irgendwo anders eine andere sein? Ihr Blick glitt über die Fassaden – wie fühlte es sich an, das alles zum letzten Mal zu sehen?

Zoe schlug den Weg zur Köhlbrandtreppe ein. Es gab nichts, was sie hielt. Ihr Leben hatte sie einfach losgelassen. Für ihre Freunde war sie ein Polizeispitzel, für ihre Eltern eine Versagerin, für die S-Bahn Hamburg GmbH eine, die ihnen 17.300 Euro schuldete, für die Justiz eine Delinquentin. Dabei hatte sie nur Spaß und ein bisschen Action gesucht, ein harmloses Bedürfnis, sollte man meinen, und nichts, womit man gleich sein Leben in die Luft jagt.

»Wir waren mal eine Crew«, hatte sie zu Mungo gesagt. »Hast du das vergessen?«

»Du bist mit niemandem eine Crew gewesen«, hatte Mungo kühl geantwortet. »Zoe Superstar – du warst immer eine selbstverliebte Autistin. Solche Leute werden irgendwann zum Problem.« Er sagte noch einiges mehr, doch Zoe war es, als würde ihr Kopf plötzlich unter Wasser gedrückt. Mungos Stimme kam von sehr weit her und war nicht mehr zu verstehen. In der tauben Stille hörte sie ihren Atem, ihren Herzschlag, hörte das Blut rauschen wie früher, wenn sie ihr Ohr an eine Muschel hielt. Jemand hatte ihr erzählt, es sei das Meer, das man in der Muschel rauschen hörte. Aber das Meer war weit.

Es dämmerte, als sie auf den silbernen Klingelknopf drückte. Sie musste mehrmals läuten, bevor sich knackend die Gegensprechanlage meldete.

»Ich bin's.«

Sie war einfach am Fluss immer weiter geradeaus gelaufen, am Museumshafen und den Kapitänshäusern in

Oevelgönne vorbei, den Uferweg entlang, immer weiter, als befände sie sich bereits auf Wanderschaft, einen Fuß vor den anderen setzend, ohne nachzudenken. Irgendwann wechselte sie auf die Elbchaussee, doch erst, als sie in die Parkstraße einbog, wusste sie, dass ihre Wanderung ein sehr konkretes Ziel hatte.

Aus dem Lautsprecher schepperte eine Stimme. »Bist du verrückt geworden?«

»Ich muss mit Ihnen reden.«

»Nicht hier. Und nicht jetzt.«

»Es ist dringend.«

»Geh nach Hause.«

»Soll ich erst das ganze Haus aufwecken? Dann können sich alle zusammen überlegen, wieso Sie um diese Zeit Besuch von einer jungen Frau bekommen.«

Binz empfing sie in Jogginghose und T-Shirt, die Haare verlegen, das Gesicht gerötet.

»Was soll das?«

Zoe sah sich um. Die Diele, in der sie standen, war so groß wie ihr Zimmer, der Fußboden aus poliertem Stein. Durch eine Glastür sah man das Wohnzimmer: eine riesige Couch, ein alter Ledersessel, ein gerahmtes Schwarzweißfoto an der Wand. Geschmackvoll und steril. In einem Regal entdeckte sie eine große Sammlung von CDs. Ohne auf eine Einladung zu warten, ging Zoe an Binz vorbei und betrat den großen Raum. Die Anlage, die auf einem niedrigen Regal stand, war eines dieser Designerteile: tiefstapelnd klein und schwarz und voller Raumfahrt-Elektronik. Daneben ein Plattenspieler. Der Mann war sentimental, wahrscheinlich hortete er irgendwo die Plattensammlung seiner wilden Jugend. Was hörten Jurastudenten wohl so?

Zoe trat an das CD-Regal und studierte mit schräg gelegtem Kopf die Titel. Ihr fiel auf, dass sie nichts über den Staatsanwalt wusste. Schliefen hinter irgendwelchen Türen eine schöne Rechtsanwältin und zwei weizenblonde, verwöhnte Kinder? Doch als Familienmensch, der kleine Kinder herumschwenkt, konnte sie sich Binz nicht denken. Nein, der war fest eingenäht in seine Rolle als Hüter höherer Gerechtigkeit, da war kein innerer Spielraum erkennbar, kein zweites Leben, das seinen Fanatismus relativiert hätte.

Binz war hinter Zoe ins Zimmer gekommen.

»Was willst du hier?«

Ja, was wollte sie? Jetzt, wo sie hier auf diesem weichen Teppich vor dem ausladenden Sofa stand, war sie vor allem müde, elend müde. Es kam ihr vor, als sei sie tage- und nächtelang unterwegs gewesen.

»Kann ich was zu trinken bekommen?«

Binz sah nicht so aus, als ob er Lust hätte, ihr etwas anzubieten. Vermutlich wollte er sie mit den CDs nicht alleine lassen. Doch Zoe hatte ganz anderes im Sinn. Kaum, dass Binz aus dem Raum war, gab sie ihrem übermächtigen Bedürfnis nach und ließ sich aufs Sofa fallen. Als sie die Augen wieder öffnete, stand der Staatsanwalt mit einem Glas Wasser vor ihr.

»Du hast zehn Minuten. Und dann bist du hier wieder raus.«

Binz trat an einen kleinen Schrank, auf dem eine Anzahl von Schnapsflaschen stand, und goss sich einen großen Schluck von irgendwas Hochprozentigem ein. Als er sich neben sie auf die Sofakante setzte, roch Zoe seine Fahne. Jetzt bemerkte sie auch die roten Augen. Der Mann sah ganz schön scheiße aus. Als hätte sie ihn aus einem schwer alkoholisierten Schlaf aufgeschreckt.

Binz leerte sein Glas in einem Zug. Das Zeug schien ihn zu entspannen.

»Auch einen?«, fragte er Zoe. »Grappa. Alt. Ziemlich … wirkungsvoll.«

Zoe nickte.

Binz holte ein zweites Glas und die Flasche, schenkte ihnen beiden ein.

»Auf das Leben.« Schnaufend trank er.

Erst jetzt begriff Zoe, dass der Staatsanwalt tatsächlich ziemlich betrunken war.

Und wirklich hatte Binz sich nicht geschont. Während er wie betäubt in die Nacht starrte und sich fragte, ob dies wohl das Ende war, hatte er Glas um Glas geleert, um die aufsteigende Panik in Schach zu halten. Doch der Grappa half wenig. Stattdessen schien es Binz, als wäre er in einer ewigen Wiederholung der demütigenden Szene gefangen, immerzu sah er Käthe, wie sie den Kopf schüttelte über ihn, wie sie ihm einen Vogel zeigte, weil er so töricht war, zu glauben, dass das zwischen ihnen etwas zu bedeuten habe. Um diesen Bildern den Garaus zu machen, blieb nur die vollständige Betäubung, und so trank er planvoll und zielstrebig, bis sich der Himmel um ihn herum immer schneller zu drehen begann.

»War kein guter Tag«, sagte er und quittierte seine schwere Zunge mit einem Achselzucken. »Du trinkst ja gar nicht. Ist guter Stoff, Aschenbrenner, so was kriegst du sonst nicht. Kannst du dir gar nicht leisten.«

Schwerfällig kämpfte er sich vom Sofa hoch, ging aus dem Zimmer und kam mit einer Dose Salznüssen wieder.

»Also. Ich höre.« Er schob sich ein paar der Nüsse in den Mund.

Zoe nagte an ihrer Unterlippe. Es kam ihr vor, als hätte man sie aufgefordert, rituellen Selbstmord zu begehen. Sie war hergekommen, um es hinter sich zu bringen. Doch es war schwerer als gedacht. Wie brachte sie Binz bei, dass sie den Mund nicht hatte halten können? Dass sie Namen genannt hatte wie eine schwachsinnige kleine Angeberin auf dem Schulhof?

»Ich sitze mächtig in der Scheiße«, sagte sie.

Binz nickte.

»Dann sind wir schon zu zweit. Trink aus. Los.«

Gehorsam kippte Zoe den Schnaps hinunter, der brutal nach Rasierwasser schmeckte. Sie setzte noch einmal an:

»Könnte sein, dass es eng wird. Dass uns jemand die Pistole auf die Brust setzt.«

»Stell dir vor, bei mir hat man sogar schon abgedrückt. Bumm.« Binz sah in sein Glas und seufzte. »Man strampelt und kämpft, um sich aus dem ganzen alten Rotz zu befreien, aber irgendwann kommt unweigerlich der Moment, wo man auf die Schnauze fällt.«

Er wollte Zoe nachschenken, doch die schüttelte den Kopf.

»Hast du Whisky?«

Gehorsam stand Binz auf und holte zwei Flaschen von seinem Schränkchen.

»Bourbon. Scotch.«

Während sie auf den Bourbon zeigte, überlegte Zoe, ob sie nicht einfach wieder gehen sollte. Was war das hier für ein peinliches Trauerspiel? Der große Binz besoffen und weinerlich, fest entschlossen, ein Opfer zu sein.

»Du bist jung«, sagte Binz zu ihr. »In deinem Alter glaubt man noch, man hätte ein Anrecht auf ein gelungenes Leben. Muss man auch. Sonst bliebe man gleich im Bett liegen.«

Zoe nippte an ihrem Whisky. Der Bourbon war phantastisch.

»Warst du schon mal verliebt, Zoe Aschenbrenner? Du bist zu jung, nehme ich an, für diese Art von Katastrophe.«

»Aber wir sind doch gut dabei. Bald haben wir den Typen, wo wir ihn haben wollten.«

»Hat dir schon mal jemand in die Brust geschossen? Nein, schon gut. Vergiss es«, sagte Binz und drückte Zoe die Flasche Bourbon in die Hand.

Zoe schenkte sich ein. Die Situation machte sie nervös. So kamen sie hier nicht voran. Paradoxerweise war sie enttäuscht, dass dieser mächtige Jurist, der mit seinen Launen und Ideen ihr Leben beherrscht hatte, sich als Scheinriese erwies. Mit dieser Einsicht erlosch der letzte Funken Hoffnung, dass Binz Rat für sie beide wusste. Dabei war er der einzige Mensch, an den sie sich wenden konnte. Der ihre Situation begriff.

Sie stand auf und trat an das CD-Regal, zog ein paar Titel heraus, um sie sich anzusehen. Dann deutete sie auf den Plattenspieler.

»Wozu brauchst du den?«

»Das wird jemand in deinem Alter nicht verstehen. Digital ist nicht immer gut. Um zu leben, muss Musik manchmal schmutzig klingen.«

»Lass mal hören.«

Binz schüttelte den Kopf.

»Doch, leg mal was auf.«

Wieder rappelte Binz sich hoch und zog eine Tür eines Sideboards auf, in der seine Langspielplatten standen. Längst war ihm egal, warum diese seltsame Besucherin mitten in der Nacht bei ihm aufgetaucht war. Seine Gewissheiten waren ihm im Laufe der Nacht ohnehin abhanden gekommen, davongespült von einem Sturzbach Tresterschnaps. Und es war nicht unangenehm, mit dem Mädchen zu reden. Binz zog eine Platte aus der Hülle, legte sie auf den Plattenteller und setzte behutsam den Tonarm auf.

Alabama you got the weight on your shoulders that's breaking your back. Mächtig füllte Neil Youngs E-Gitarre den Raum. Binz hatte die Augen geschlossen und nickte nur ab und zu leicht im Rhythmus mit dem Kopf. Zoe stand am Fenster und füllte ihr Glas. Ihr Elan, sich ins Schwert zu stürzen, war verflogen.

Der Whisky hatte ein schönes kleines Lagerfeuer in ihr entzündet, an dem sich gut hocken und in die Flammen starren ließ, während dieser traurige Vogel hier seinen Dinosaurier-Rock spielte und sich am Knistern einer alten abgenudelten Vinyl-Scheibe berauschte. Es gab keinen Ausweg für sie beide, also warum nicht noch einen Scheit Holz nachlegen und Musik hören, bis der neue Tag anbrach.

Plötzlich hörte sie Binz' Stimme: »Bist im Grunde kein schlechter Mensch, Zoe Aschenbrenner.« Wankend kam er auf Zoe zu und starrte ihr in die Augen. »Ich brauche deine Hilfe.«

Und er erzählte eine wirre Geschichte von einer schönen Königstochter, von einem Mann, der sich nahm, was ihm gefiel, und der ihm jetzt diese Frau genommen hatte, und von sich, dem Ritter von der traurigen Gestalt, dessen Waffen kümmerlich und dessen Schläge kraftlos waren. Bis jetzt.

4.

Die Menschen hatten ihre Schreibtische verlassen und waren an die Fenster getreten, um die Vorgänge auf der Straße zu beobachten. Es war schwer zu sagen, was genau dort vor sich ging. Den ermittelnden Polizeibeamten würden sie später lediglich berichten können, dass sich der Strom der Passanten auf den Trottoirs irgendwann am Nachmittag plötzlich verdichtet hatte. Und dass dieser Strom genau vor dem Gebäude gegenüber ins Stocken geriet; dass immer mehr Volk auf den mit einer Stahlskulptur geschmückten Vorplatz schlenderte, dort stehen blieb und das Bürohaus betrachtete, als führte ein Kongress von Stadtplanern eine Exkursion durch. Blitzschnell schwoll die Menge an, vermehrte sich wie durch Zellteilung, quoll auf die Fahrbahn und breitete sich dort in alle Richtungen aus. Das Ganze geschah in großer Stille, scheinbar ohne Ziel und Absicht, die Menschen blieben stumm wie bei einer Andacht, alles, was man hörte, war das Hupen, das irgendwo weiter entfernt wütend im Kreis sprang, die ersten Martinshörner.

Die herzliche Einladung zur Ortsbesichtigung hatte sich übers Netz verbreitet wie ein hochinfektiöser Virus. Den ganzen Tag über hatte Zoe gegen den höllischen Druck in ihrem Schädel angearbeitet und binnen weniger Stunden einen Menschenauflauf in Bewegung gesetzt, der wie ein Blizzard über diesen Teil der Innenstadt hereinbrach und ihn in den Ausnahmezustand versetzte. Die bunte Menge, die vor dem Firmengebäude der Frederking Holding aufmarschiert war, verkörperte eine stumme Anklage und ein Versprechen: Wir sehen dich, Frederking, wir haben dich auf dem Schirm und wir sind sehr, sehr viele.

Irgendwann zu herrgottsfrüher Zeit hatte sie eine Hand aus traumlosem Schlaf gerüttelt. Binz wollte, dass sie aus dem Haus war, bevor die anderen Bewohner wach wurden. Zoe hatte keine Erinnerung daran, wie der merkwürdige Abend endete. Offenbar war sie mit einer gewaltigen Menge Bourbon im Blut auf dem Sofa im Wohnzimmer weggedämmert, und Binz war vermutlich zu betrunken gewesen, um sie vor die Tür zu setzen.

Stattet ihm einen Besuch ab, nur diese Worte waren es, die in ihr nachhallten, und genau das würden die *Superhelden* im Schutz der Menge tun und in Frederkings Haus ihre Visitenkarte abgeben.

Auch die Angestellten der Firma Frederking klebten nun an den Fenstern und starrten auf den schweigenden Mob herunter. Zoe stand neben Mütze und Henk, der kein Wort über seinen Alleingang verloren hatte. Sie ließen sich von der Menge immer näher zum Eingang des Gebäudes schieben und warteten auf den richtigen Moment zum Losschlagen.

Dann setzte Zoe ihre Maske auf, die anderen taten es ihr nach, und auf einmal drängte sich ein vervielfachter Guy Fawkes zur Eingangstür vor, stieß sie auf und stürzte in die Empfangshalle. Ein Pförtner kam aus seinem Glaskasten gerannt, fuchtelte abwehrend mit den Armen, aber niemand scherte sich um ihn. Während sie hinter Henk eine Treppe hinaufstürmte, sah Zoe draußen andere vergeblich an der Glastür rütteln. Der Mann hatte es geschafft, hinter ihnen abzuschließen, und war nun auf dem Weg zum Telefon, um die Polizei zu rufen.

Im ersten Stock rannten sie in einen langen Flur, Henk und eine Handvoll anderer rissen die Türen zu den einzelnen Büros auf, Zoe hörte erregte Stimmen, wütende Rufe. Einer von ihnen hatte eine Spraydose in der Hand und sprühte *Haie zu Katzenfutter* quer über einen weißen Aktenschrank.

Zoe deutete mit dem Finger Richtung Decke, schließlich hatten sie bei dem Chef persönlich einen Termin. Henk nickte und riss im Vorbeigehen einen Korb mit Papieren von einem Schreibtisch, doch als ein Angestellter protestierte, stoppte er und ging mit energischen Schritten auf den Protestierer zu, der vor einem Regal stand und sich voller Angst wegzudrehen versuchte. Henk ergriff ihn an der Krawatte und zog seinen Kopf ganz nah an das weiße Guy-Fawkes-Gesicht heran, dann ließ er ihn los, der Mann taumelte, seine Kollegin schluchzte laut. Mit einem schnellen Griff schnappte Henk sich zwei Ordner, öffnete das Fenster des Büros und warf sie hinaus.

Zoe packte Henk am Arm, um ihn aus dem Zimmer zu ziehen. Henks Zorn war eine unberechenbare Größe, er machte aus ihren *Superhelden* eine militante Kampftruppe.

Im obersten Stock war der Teppich weicher, die Luft klimatisiert. Nur wenige Türen gingen vom Flur ab. Laut lasen sie die Namen auf den Türschildern ab und richtig, da war das Büro von Lars Frederking. Sie drückten auf die

Klinke, die Tür war verschlossen, also nahmen sie die daneben und kamen ins Sekretariat. An einer zornblassen älteren Dame vorbei polterte die Meute ins Allerheiligste, das Büro des Chefs. Das Zimmer war leer. Der Chef war gar nicht im Haus.

Wie sollte sie Binz das beibringen. So ein grandioser Aufmarsch, und der Adressat der Botschaft verweigerte die Annahme.

Trotzdem taten sie, was sie sich vorgenommen hatten: Sie rissen die Schränke auf, türmten Ordner und Prospekte und Mappen mit Plänen zu einem Scheiterhaufen auf. Ihre Widmung schrieb Zoe in großen roten Buchstaben quer über die Wand: *Aus Freude am Bauen.*

»Lass uns abhauen«, rief sie, aber Henk schüttelte den Kopf.

»Komm jetzt, wir müssen raus hier.«

»Du Bambi.«

»Idiot.«

Zoe ließ die anderen stehen und lief an der Sekretärin vorbei hinaus, und während sie die Treppen aus dem sechsten Stock hinunterrannte, überlegte sie, was die anderen dort oben noch im Schilde führten. Statt durch die Halle zu rennen, nahm sie eine Feuerschutztür auf der Rückseite des Gebäudes. Irgendwo ging Alarm los, als sie den Hebel herunterdrückte, dann stand sie im Freien. Sie suchte den Hinterhof nach einem Ausgang ab, sah eine schmale Durchfahrt, die aus einer unterirdischen Parkgarage in eine Seitenstraße führte.

Auch dort ein Pulk von Menschen; Zoe hatte sie gerufen, und sie alle waren ihrem Ruf gefolgt. Aus den Augenwinkeln registrierte sie einen dunklen BMW, der aus der

Garageneinfahrt in Richtung Straße rollte. Am Steuer des Autos saß ein älterer Mann. Zoe sah ihn im Profil, sah auch die Hände, die das Lenkrad umklammerten, den Siegelring und erkannte den Alten, der im *Restaurant Mühlenberg* als Gastgeber aufgetreten war. Es war Albert Frederking, der hier am Steuer des BMW saß und versuchte, sich still und leise durch die Hintertür aus dem Staub zu machen, während eine Bande von Maskierten die Büros seiner Firma stürmte.

Da vernahm sie schon den Kriegsruf. Eine kleine Rotte näherte sich dem Wagen und stellte sich ihr in den Weg. Frederking wedelte ungeduldig mit den Händen, weg da, aus dem Weg. Als das nichts fruchtete, fing er ungeduldig zu hupen an. Einige Gestalten umkreisten das Auto wie Raubtiere, pressten ihre Gesichter an die Scheibe der Fahrerseite, spielten mit der Antenne, mit den Scheibenwischern. Der Alte blickte stur geradeaus. Er zuckte zusammen, als jemand plötzlich mit der flachen Hand aufs Autodach schlug. Pock. Ein Zweiter machte es nach, pock, ein Dritter schlug auf die Motorhaube, pock, anscheinend fanden sie Gefallen an dem Geräusch, denn nun schlugen sie auf das Autoblech wie auf eine Trommel, pock po-pock pock, ein ansteckendes Spiel, denn jeder, der nah genug am Wagen stand, trommelte mit. Die Schläge donnerten auf den BMW nieder wie eine Lawine aus Geröll, Frederking bewegte den Kopf hektisch hin und her, als suchte er nach einem Fluchtweg. Zoe konnte nicht einschätzen, ob er Angst hatte. Wieder ertönte gellend laut die Hupe und wurde von einem noch lauteren Trommeln beantwortet, die vielen Hände fanden allmählich zu einem gemeinsamen Rhythmus, ein mächtiges, dröhnendes, stampfendes

POCK POCK POCK POCK, der alte Mann hatte den Mund geöffnet, als fiele ihm das Atmen schwer, dann setzte sich der Wagen langsam in Bewegung und schob sich durch die Gruppe vorwärts, die nur widerstrebend auseinanderwich. Mit einem Satz warf sich ein junger Typ in rotem Kapuzenshirt auf die Kühlerhaube und presste sein Gesicht vor dem Fahrer an die Windschutzscheibe. Der Motor heulte auf, als der Alte das Gaspedal durchtrat und in die Menge raste.

5.

Am Abend lag Binz matt auf dem Sofa und drückte lustlos auf der Fernbedienung herum, als er plötzlich eine Szene im Fernsehen sah, die ihn elektrisierte. Einsatzfahrzeuge der Hamburger Polizei, Polizisten mit Helm und Schild, Notarztwagen, kreisendes Blaulicht, Menschen mit Rettungsdecken, die auf der Erde saßen und von Sanitätern versorgt wurden, Augenzeugen, die in Mikrofone sprachen. Bilder zeigten verwüstete Büros, der Name Frederking fiel, ein Sprecher der Polizei sagte, man gehe von einem politisch motivierten Anschlag aus. Es gab einen Schwerverletzten. Albert Frederking hatte jemanden angefahren.

Zoe ging nicht ans Handy. Binz sprach ihr auf die Mailbox. *Melden. Umgehend. Egal zu welcher Zeit.* Kurz darauf ging eine SMS bei ihm ein: *Morgen 14.03 Anleger Fischmarkt, Fähre nach Finkenwerder.* Obwohl Binz sofort auf die Wiederwahltaste drückte, sprang wieder nur die Mailbox an. Offenbar hatte Zoe das Handy sofort wieder ausgeschaltet. Er starrte auf die kryptische SMS. Was war das auf einmal für ein Geheimagentengeraune? War das Mädel auf der Flucht? Oder war es nur wieder ein neues Spiel?

Binz war seinen Fragen ausgeliefert. Leichte Beute für düstere Bilder und wilde Wachträume von einem Mummenschanz mit Totenkopfmasken, von Hetzjagden durch lange Flure, schreienden, vor einem brandschatzenden Mob fliehenden Menschen. Eine Prozession trug einen Sarg zu Grabe, breit wie ein französisches Bett, zwischen den Trauernden gaukelten grellbunte Fratzen. Die Hoffnung auf Schlaf war absurd. Vor ihm dehnte sich endlos die Nacht, unwirtlich und öde wie eine Salzsteppe. Am Morgen rief er im Geschäftszimmer seiner Abteilung an und meldete sich krank.

Die Hadag-Fähre, die von den Landungsbrücken nach Finkenwerden und wieder zurück fuhr, war wie immer voll mit Touristen. Es war ein milder, aber verhangener Tag, die Menschen drängten sich mit ihren Kameras auf dem Promenadendeck und fotografierten die Docks, die großen Frachter, die Villen am Ufer. Binz suchte Zoe zuerst auf dem unteren Deck. Dort saßen nur ein paar Rentner an den Tischen und Menschen, die das Schiff als Verkehrsmittel benutzten und sich nicht mehr für den Ausblick interessierten. Er stieg die schmale eiserne Außentreppe zum Oberdeck hinauf und zwängte sich zwischen den gaffenden Urlaubern hindurch.

Er fand Zoe an der seitlichen Reling, gegen den Wind hatte sie die Kapuze ihrer Jacke übergezogen, sie starrte auf das an der Bordwand entlangschäumende Wasser, als hätte sie vergessen, dass sie hier war, weil sie eine Verabredung hatten.

»Wieso so theatralisch, Aschenbrenner?«

»Es gibt was zu besprechen.«

»Allerdings.«

Und er ließ sich von Zoe erzählen, was geschehen war. Der schwere Wagen Frederkings war in eine Gruppe der Aktivisten gefahren, hatte mehrere von ihnen zu Boden gerissen, war dann an eine Hauswand geprallt, wo er einen Mann zwischen Kühler und Mauer einquetschte und schwer verletzte. Chaos brach aus. Menschen, die der vorwärts schießenden Limousine nur knapp entronnen waren, weinten, andere rüttelten an den verriegelten Wagentüren, um den alten Mann aus dem Auto zu zerren. Rettungswagen bahnten sich mit eingeschaltetem Martinshorn einen Weg durch die Menge, aufgescheucht von der ins Dramatische umgekippten Stimmung stoben die Mob-Teilnehmer in alle Richtungen auseinander. Albert Frederking harrte reglos im Auto aus, bis ein Polizist und ein Rettungssanitäter die Fahrertür öffneten und ihn herauszogen. Er war unverletzt, das war das Letzte, was Zoe mitbekam, bevor auch sie sich davonmachte.

Die Hände in den Taschen ihrer Kapuzenjacke vergraben, sah Zoe einem der gedrungenen Schlepper nach, der eilig an ihnen vorbeizog. Das aufgewühlte Wasser brachte die Fähre zum Schaukeln.

»Ich mach Schluss«, sagte sie, ohne den Blick von dem davonziehenden Schiff zu nehmen.

Verständnislos sah Binz sie an.

»Ich steig aus. Das war's mit den *Superhelden*.«

»Was ist los? Gibt es etwas, das ich wissen sollte? Hast du Mist gebaut? Fahnden sie nach dir?«

Zoe zog eine genervte Grimasse.

In einer Mischung aus Unglauben und Abwehr schüttelte Binz den Kopf.

»Aber wenn es ein Unfall war, habt ihr nichts damit zu tun.«

Binz fing einen schnellen Blick von Zoe auf, den er nicht deuten konnte.

»Warum, Zoe? Nenn mir einen Grund.«

»Zeit für was Neues, denk ich.«

»Aber es läuft doch perfekt, und das war erst der Anfang. Das kann man ganz groß machen. Mit den *Superhelden* für die gute Sache – wir zwei können die Welt verändern.«

»Lass stecken, Mann. Es geht dir doch gar nicht um die Welt, sondern nur um dein angeknackstes Ego. Keine Ahnung, was der Typ dir getan hat.«

Binz zuckte zurück, sein Gesicht, das eben noch bestürzt und werbend aussah, verschloss sich, als würde ein eisernes Gitter heruntergelassen. Er verspürte den Impuls, Zoe zu ohrfeigen. Unter seiner Kapuze sah das Mädchen aus wie ein verwahrlostes Straßenkind. Und dieses Geschöpf hatte bei ihm zu Hause auf dem Sofa gehockt und seinen Bourbon gesoffen; ihr hatte er in einer schwachen Viertelstunde seine privatesten Dinge erzählt. Du bist ein Idiot, Arno Binz.

»Dann kann ich nichts mehr für dich tun, Aschenbrenner.«

Zoe quittierte die Drohung mit einem müden Achselzucken.

»Was hättest du schon für mich tun können?« Sie hatte Mungos Stimme im Ohr, Mungo, wie er im Türrahmen der Küche lehnte und auf sie herabbrüllte, wie blöd bist du eigentlich, der verarscht dich ganz gewaltig, dein neuer

Freund, und sie hatte dagesessen und bloß immerzu den Kopf geschüttelt. Schalt dein Hirn ein, hatte Mungo gebrüllt, die werden dich drankriegen, so oder so, das läuft doch ganz automatisch in so einem Apparat, du bist ein Aktenzeichen, das verschwindet doch nicht einfach wieder. Ganz klein zusammengeschnurrt war sie unter dieser Ansprache und hatte die ganze Zeit auf dem Boden auf einen abgenagten Olivenkern gestarrt, um nicht loszuheulen.

»War doch klar, dass du bluffst«, sagte Zoe zu Binz. »Für wie blöd hältst du mich?«

»Wieso hast du dann mitgemacht, frag ich mich.«

»Vielleicht hab ich mich gelangweilt?«

Ein Stoß fuhr durchs Schiff. Erst als er das Warnsignal hörte, registrierte Binz, dass sie gerade auf Finkenwerder angelegt hatten und die Gangway zum Ponton ausfuhren. Er packte Zoe am Arm. Einen Moment lang sahen sie sich in die Augen.

»Dich mach ich klein. Du gehst in den Bau, dafür sorge ich.«

Zoe schlug seinen Arm weg, drehte sich um die eigene Achse und tauchte zwischen den anderen Passagieren unter. Binz arbeite sich zur anderen Seite des Schiffes durch und sah sie gerade noch die Brücke hochspurten, dann war sie im Gewühl verschwunden.

Am nächsten Morgen meldete Binz sich zur Arbeit zurück. Er riss in seinem Büro das Fenster auf, setzte sich an den Schreibtisch und stellte seine Tasse mit dem doppelten Espresso vorsichtig auf den einzig freien Platz zwischen den sich auftürmenden Aktenstapeln. Angewidert betrachtete er die herrschende Unordnung; dieser Schreibtisch war nicht der eines Mannes, der seinen Laden im Griff hatte. Der Eingangskorb quoll über, Briefe, amtliche Schriftstücke und Notizen schoben sich übereinander, dazwischen eine Tasse mit eingetrockneten Kaffeerändern, ein altes, halb aufgegessenes Croissant auf einer fettigen Papiertüte. Es war vieles liegengeblieben in der letzten Zeit.

Nach längerem Suchen zog er aus einem der Stapel die Ermittlungsakte von Zoe Aschenbrenner heraus. Noch einmal las er das Vernehmungsprotokoll, den Bericht der Bundespolizisten, die Zoe in der Nacht auf dem Bahngelände festgenommen hatten, das rechtsmedizinische Gutachten über die Verletzungen des Security-Wachmannes. Er suchte in der juristischen Literatur nach Präzedenzfällen, fand aber nicht, wonach er suchte. Zoe Aschenbrenner war eine Wiederholungstäterin, eine Überzeugungstäterin, aber sie hatte Familie in Hamburg und einen festen Wohnsitz. Doch dann stieß er im Protokoll der Hausdurchsuchung, die bei ihr durchgeführt worden war, auf eine Liste der beschlagnahmten Gegenstände. Auf der Suche nach Farben, Skizzenbüchern und ähnlichem belastenden Material war man auf nicht unerhebliche Mengen von Cannabis und Amphetaminen gestoßen.

In der Asservatenkammer händigte man Binz einen Karton und eine durchsichtige Plastiktüte mit einer Zigarettenschachtel darin aus. In dem Karton war eine Keksdose, zu zwei Dritteln gefüllt mit kleingeschnittenen Blättern, die wie Tee aussahen. Binz schnüffelte daran, es roch kräuterig-würzig. Die Zigarettenschachtel enthielt lose Pillen, einzelne von ihnen in Zigarettenpapier eingeschlagen. Das war es, was er brauchte. Mit einer ungeduldigen

Handbewegung schob er die Papiere auf seinem Schreibtisch zur Seite, zog die Tastatur seines PCs zu sich heran und machte sich daran, den Antrag für den Erlass eines Untersuchungshaftbefehls zu formulieren.

Danach arbeitete er hochkonzentriert und zielstrebig bis in die späten Abendstunden. Es war ihm, als kehre er nach längerer Krankheit in seinen Beruf zurück. Gegen halb neun steckte sein Zimmernachbar Jens Raabe den Kopf durch die Tür und hielt fragend die Flasche mit dem achtzehn Jahre alten Jameson Limited Reserve hoch, den Binz ihm eines Morgens schuldbewusst überreicht hatte. Doch Binz lehnte ab. Obwohl sein Magen schmerzte und seine Augen brannten, wollte er sich keine Pause gönnen; es tat ihm gut, sich zu schinden. Es war das einzig Richtige, die Antwort auf alle Fragen.

6.

Zoe stand zwischen einem Haufen zwitschernder Rentnerinnen auf dem Ponton und wartete auf die nächste Fähre, die sie von Finkenwerder wieder auf die andere Elbseite zurückbringen würde. Sie hatte nicht vorgehabt, hier auszusteigen, aber Binz hatte ihr keine andere Wahl gelassen. Am liebsten hätte sie jetzt einen Sprint eingelegt, wäre den langen Weg nach Hause gerannt oder durch den Fluss geschwommen, die Wut prickelte in ihrem Körper wie Brausepulver. Genervt sah sie auf eine dicke Frau, die ein großes Eis aß, und hatte Lust, es ihr aus der Hand zu schlagen. Sie rannte die Dampferbrücke hoch und versuchte sich zu orientieren, fand eine Haltestelle ein Stück die Straße hinunter, aber dort kam nur alle halbe Stunde ein Bus vorbei und kurvte dann stundenlang in der Prärie südlich der Elbe herum. Hier war die Welt zu Ende. Zornig trat sie gegen das Haltestellenzeichen, zwei Schulkinder, die auf Fahrrädern vorbeifuhren, riefen: Das tut man nicht. Zoe spannte Daumen und Zeigefinger, zielte mit ausgestrecktem Arm auf sie und hoffte, dass sie Angst bekamen.

Sie lief zum Anleger zurück, hockte sich auf eine Mauer und zündete sich eine Kippe an. Drüben am anderen Ufer sah man die Autos auf der Elbchaussee, die wartenden Shuttle-Busse, die die Leute vom Airbus-Werk nach Altona fuhren. Altona. Mungo. Sie konnte nicht zurück, das war das Problem.

Eine Ameise lief über die roten Ziegel des Mäuerchens, Zoe verfolgte ihren Weg bis zu einem Loch in einer Mauerfuge, an dem es von Tieren wimmelte. Mit einem weggeworfenen Eisstiel kratzte sie an dem Spalt herum und sah zu, wie das Ameisenvolk dem Eindringling auszuweichen versuchte.

Dann zog sie ihr Handy aus der Tasche und suchte nach der Telefonnummer von Pepe, dem blonden Pepe, den sie im *Geier* kennengelernt hatte. In seinem WG-Zimmer im Schanzenviertel stand ein riesiges Hochbett.

Pepe hatte Lust, sie zu sehen. Von ihrem letzten Geld lud sie ihn zu einer Caipirinha ein, dann gingen sie zu ihm. In den nächsten Tagen verließen sie die Wohnung nur, um beim Thai-Imbiss etwas zu essen zu holen. In der übrigen Zeit fuhr Zoe mit einer Fingerspitze das Tattoo an Pepes Schulter nach, saß mit ihm in der Badewanne, sah eine Staffel *Games of Thrones*, kochte Spaghetti Carbonara für ihn. Niemand wusste, wo sie war. Ihre Spur verlor sich einfach. Sollten sie doch machen. Henk konnte in Ruhe die Revolution vorbereiten, Lotta sich an ihrer neuen Heldin festsaugen, Mütze konnte Chips fressen, bis er erstickte, ihr Vater jeden zweiten Tag den Rasen mähen und Mungo konnte sich vor den Spiegel stellen und sich geil finden, weil er immer auf der richtigen Seite stand. Zoe hatte sich aus ihrem alten Leben herausgezoomt, bis alles klein und undeutlich geworden war, verblichene Miniaturen wie die auf einer Modelleisenbahn. Während sie sich mit Pepes Zahnbürste die Zähne putzte, hatte sie das klare Gefühl, dass dies ein neuer Anfang war.

Eines Abends stellte Pepe den Wecker und erklärte, dass er am nächsten Morgen zu seinem Job im Copy-Shop müsse. Als sie allein war, sah Zoe sich zum ersten Mal in dem fremden Zimmer um, sah in Schubladen und Kästen, roch an einem Fläschchen mit Aromaöl, blätterte in den Büchern auf dem Schreibtisch, eines davon ein Tagebuch, dicht beschriebene Seiten, fast unleserlich vollgekritzelt. Ein paar Zeilen versuchte sie zu entziffern, aber dann verlor sie das Interesse. Halb angezogen streifte sie durch die ganze Wohnung, öffnete die Tür zu dem Zimmer der Mitbewohnerin, die für zwei Monate in Süddeutschland ein Praktikum machte, besah sich die ordentlich aufgeschichteten Pullover in der Kleiderkammer, probierte eine alte Männerlederjacke an, ließ sich dann am Küchentisch nieder, doch auch dort war es still und langweilig. Ab und zu fauchte die Gastherme, das war die einzige Abwechslung.

Zoe schaltete ihr Handy ein, fotografierte sich selbst, nachdem sie sich zwei Aprikosen wie Bonbons in die Backentaschen geklemmt hatte, und schickte das Foto an ihre kleine Schwester. *Außerirdische experimentieren mit menschlichen Formen.*

Sie hörte sich noch einmal die Aufnahmen an, hörte Binz »Gute Arbeit, Aschenbrenner« sagen und »Es gibt kein Zurück. Für keinen von uns« und versenkte sich in die Vorstellung, wie sie aus Zeitungsbuchstaben einen Erpresserbrief an den Staatsanwalt zusammenleimte, nur um ihn zu schocken. Aber das war eine idiotische Idee. Hatte sie nicht genug Probleme? *Zeit für was Neues*, hatte sie auf der Fähre gesagt, hatte es einfach nur so dahingesagt, aber es stimmte: Auch wenn die letzten Wochen großes Kino gewesen waren, der Film war abgespielt, die Spule drehte leer. Zeit, das Saallicht anzumachen und den Müll wegzuräumen.

Nach einer ausgiebigen Dusche zog sie sich an und verließ die Wohnung. Den Schlüssel ließ sie dort liegen, wo Pepe ihn hingelegt hatte. Gab keinen richtigen Grund, wiederzukommen. Im Coffeeshop bestellte sie einen großen Latte Macchiato und stellte dann fest, dass sie nur noch zwei Euro besaß. Sie lief zum Geldautomaten am Schulterblatt und wollte hundert Euro abheben, doch die Maschine verweigerte die Auszahlung und zog stattdessen mit einem malmenden Geräusch ihre EC-Karte ein. Also rannte sie in den Coffeeshop zurück, um ihre Bestellung rückgängig zu machen, doch der Kaffee stand bereits im Becher auf dem Tresen und wartete auf sie. Zoe bestellte einen Schokomuffin dazu, setzte sich auf einen Hocker in der Nähe der Tür und frühstückte. Als sie fertig war, stand sie auf und war mit einem Satz aus dem Laden. Jemand rief »He, hallo« hinter ihr her, sie rannte die Straße hinunter, um mehrere Ecken und schlüpfte in den Durchgang zu einem Hinterhof. Während sie langsam wieder zu Atem kam, fiel ihr auf, dass sie ihre Zukunft nicht weiter als bis zu diesem Latte macchiato geplant hatte.

Sie steckte sich eine Zigarette an, die letzte. Im Innenhof, zu dem der Durchgang führte, stand ein niedriges Gebäude, das aussah, als ob früher einmal ein Handwerksbetrieb drin gewesen wäre. Man hatte es renoviert, große neue Sprossenfenster eingesetzt und eine Art Wintergarten angebaut. Davor standen Gartenstühle um einen Tisch, unter dem ein dösender Hund lag. Schilder im Durchgang zeigten an, dass in diesem Gebäude eine Psychotherapeutin, eine Anwaltskanzlei und ein Büro für digitales Wachstum saßen. Vielleicht war ja auch dieses Hinterhofidyll auf Frederkings Mist gewachsen. Zoe rauchte sehr konzentriert. Erst als die Kippe bis zum Filter abgebrannt war, warf sie den Stummel weg.

Vorsichtig streckte sie den Kopf vor und prüfte, ob auf der Straße jemand nach ihr suchte. Die größte, coolste, tougheste Writerin zwischen den schmelzenden Polkappen, die Erfinderin der *Superhelden* war zu einer mickrigen Kleinkriminellen heruntergekommen, die für einen Becher Kaffee die Zeche prellt und Angst hat, dass man ihr deshalb auf den Fersen ist. Zoe steckte die Fäuste in ihre Jacke und mischte sich unter die Passanten, ließ sich mitspülen bis zum S-Bahnhof Sternschanze. Dort stand sie und hätte nicht sagen können, wohin sie fahren wollte.

Sie stellte sich vor die Fahrkartenautomaten und schnorrte die Leute um Kleingeld an, bis sie genug für eine Packung Gauloises zusammen hatte. Obwohl es zu nieseln anfing, setzte sie sich auf eine Bank im Schanzenpark und rauchte, bis ihr schwindelig wurde, während sie den Vorbeigehenden beim Vorbeigehen zusah. Drei Girlies, die einander kichernd fotografierten, erinnerten sie an Nellie, die an einem Tag in naher Zukunft ihre monströse Zahnspange und ihre Poster von Justin Bieber wegwerfen, sich die Augen schwarz umranden und ihrer Mutter genervt über den Mund fahren würde.

Irgendwann stand sie auf und nahm den Weg zurück, den sie gekommen war, zurück zu dem Hinterhof mit dem dösenden Köter, der nur schläfrig den Kopf hob, als Zoe an ihm vorbei zur Tür ging und sich nach dem Eingang des Anwaltsbüros umsah.

SIEBEN

1.

Binz stand in seinem begehbaren Kleiderschrank und suchte ein Oberhemd aus. Hellblau mit weißem Winchester-Kragen, dazu eine gestreifte Krawatte. Er war früh dran, denn er hatte einen vollen Tag vor sich. In den letzten Tagen hatte er mit sturer Wut gearbeitet. Bis spät am Abend Fälle in sich hineingefressen und akribisch Recht von Unrecht geschieden, wie es ihm vor Zeiten beigebracht worden war. Vor Gericht war er gereizt und unnachgiebig. Seine Kollegen mied er; auch Wanka Moll, die in einem Prozess als Gutachterin auftrat, hielt er nur sein entschlossenes Gesicht entgegen und speiste sie mit ein paar groben Floskeln ab. Zuhause verhalf er sich dann mit einigen großen Whiskys zu der nötigen Bettschwere und fiel in einen bleiernen, unerholsamen Schlaf.

Er knöpfte die Manschetten zu, band die neue Uhr um und bleckte vor dem Spiegel prüfend die Zähne. Im Stehen trank er eine Tasse Darjeeling, schlüpfte in sein Jackett, griff nach dem Schlüssel und zog die Wohnungstür hinter sich zu.

Als er gestern Abend nach Hause gekommen war, hatte ihn der Anblick von Nurias Schuhen begrüßt. Nach ihrer heftigen Umarmung hatte er sie nicht wiedergesehen, denn sie waren sofort zur Verständigung über Zettel auf dem Küchentresen zurückgekehrt. Es war spät, er hatte nicht damit gerechnet, sie noch anzutreffen. Verdrossen setzte er die Akten ab, die er unter dem Arm trug, und fuhr sich flüchtig durchs Haar.

Nuria stand in der Küche auf einem Tritt und wusch ein Regal aus. Binz trat hinter sie und räusperte sich. Als Nuria ihn erblickte, stieg sie lächelnd von ihrem Tritt herab. Unwillkürlich wich er einen Schritt zurück und fuhr sich mit der Hand an den obersten Hemdknopf.

»Wie geht es Ihnen?«, fragte er förmlich.

»Es ist schön, Sie zu sehen.«

»Sie sind heute spät dran.«

»Ich wollte Sie treffen.«

Ohne es zu wollen, musste Binz an den dunklen Flaum in ihrem Nacken denken, und dabei fiel ihm der Nacken einer ganz anderen Frau ein, an die zu denken er sich seit Tagen mit aller Kraft weigerte.

»Es ist kein besonders günstiger Moment«, sagte er und wünschte, sie möge augenblicklich zur Tür hinausmarschieren und aus seinem Leben verschwinden. Besser, sie suchte sich einen anderen Job. Nach so einem Vorfall war die Distanz zerstört, die zwischen einem Mann und seiner Zugehfrau notwendig war.

»Ich wollte mit Ihnen etwas besprechen«, sagte Nuria und deutete auf das Sofa. »Können wir uns einen Moment setzen?« Und als sie Binz' Blick sah, fügte sie hinzu: »Es dauert nicht lange.«

Widerwillig bot Binz seiner Zugehfrau einen Platz an, und während er sich in maximaler Entfernung zu ihr hielt, erklärte sie ihm, dass er sich eine neue Hilfe suchen müsse, weil sie nach Portugal zurückkehre, um zu heiraten.

So sicher war er gewesen, dass sie über ihn und sich reden wollte, dass Binz zuerst gar nicht begriff. Als er ihr strahlendes Gesicht sah, überkam ihn ein großer Jammer, der sich schwarz und flügelschlagend an ihm festkrallte.

»Dann gratuliere ich.«

Nuria stand auf und setzte sich dicht neben ihn.

»Das klingt nicht besonders froh.«

In einer Aufwallung ergriff Binz ihre Hand, küsste sie und presste sie an seine Wange.

»Ich will nicht, dass du gehst. Ich bin eifersüchtig. Nein, das stimmt nicht. Ich bin nur neidisch auf dein Glück. Ist das nicht blöd?«

Bestürzt hörte er seinen eigenen Worten nach. Es klang wie der Auftakt zu einer Beichte. Abwartend sah Nuria ihn an. Binz zuckte mit den Schultern, er wusste nicht weiter. Nach einer Weile stand er auf, ging hinaus und kam mit einer Flasche Cremant und zwei Gläsern zurück.

»Dann sollten wir jetzt auf die freudige Nachricht anstoßen.«

Nuria nickte. Sie nahm das Tuch ab, das sie sich um die Haare gebunden hatte, und folgte Binz auf die Terrasse. Dort hielt er sein Glas hoch, in dem feine Schnüre aus Gasbläschen standen, und ließ es sacht gegen ihres klirren.

»Erzähl mir von ihm.«

Nuria schüttelte den Kopf. »Erzähl mir von dir«, sagte sie.

Als die Flasche Cremant geleert war, holte er einen Weißwein und machte ihnen einen Teller mit spanischer Wurst und Oliven zurecht. Im grünen Abendhimmel gingen die ersten Sterne auf. Und sie begannen schon wieder zu verblassen, als Nuria schließlich aufstand und sich zu Binz hinunterbeugte, um ihn zum Abschied zu küssen.

Im Büro brühte er sich einen starken Espresso auf, und während der dünne schaumige Strahl in die Tasse floss, griff er zum Telefonhörer und wählte die Nummer eines Ermittlungsrichters. Er leerte die Tasse in einem Zug, packte die Dinge zusammen, die er für die Termine dieses Tages brauchen würde. Dazu gehörte auch die Akte Zoe Aschenbrenner.

2.

Auch wenn es eine ziemliche Weile her war, dass sie ohne Vorankündigung bei ihnen aufgetaucht war, als wäre sie noch dort zu Hause, fand sie den Empfang doch ziemlich daneben.

»Ist was passiert?«

Zoe stand vor dem Tisch, um den ihre Familie beim Abendbrot zusammensaß, und bereute schon, dass sie gekommen war. Wie sie da hockten, ihre Eltern und Nellie, und sie aufgestört anblinzelten, kam sie sich wie die dreizehnte Fee vor. Es war ziemlich deutlich, dass niemand sie hier brauchte.

Ihre kleine Schwester fing sich als Erste.

»Hallo, Zoe«, sagte sie, aber es kam ihr vor, als klänge es weniger begeistert als sonst. Ihre Mutter war aufgestanden und sah ihr prüfend ins Gesicht; ihr Vater säbelte an dem Schinkenbrot auf seinem Teller herum und zog zur Begrüßung lediglich missbilligend die Augenbrauen hoch. Das geschah inzwischen automatisch, wenn er Zoe sah.

»Willst du etwas mit uns essen?«, fragte ihre Mutter.

»Hast du ein Bier für mich?«

Ihr Vater sah kurz auf, sagte aber nichts.

Zoe verschmähte das Glas, das ihre Mutter ihr hinstellte, setzte die Flasche an und trank einen großen Schluck.

»Wieso muss es immer Alkohol sein?«, hörte sie ihren Vater. Na also, da war er ja wieder, der vertraute Belehrungszwang. Zoe wischte sich mit dem Handrücken über den Mund. Die Kohlensäure stieg ihr gurgelnd die Kehle hoch, sie konnte den Rülpser nicht unterdrücken. Und wenn schon, sollte der Alte sie ruhig für eine Barbarin halten. Nach menschlichem Ermessen war es sowieso unmöglich, es ihm recht zu machen.

»Ich war heute bei einem Anwalt. Es wird einen neuen Prozess geben. Ich bin in einem Bahndepot erwischt worden und habe einen Wachmann angegriffen. Ich wollte, dass ihr das wisst.«

Ihre Mutter schlug die Hände vor den Mund, während ihr Vater sorgfältig das Besteck auf dem Teller zusammenlegte. »Geh Fernsehen, Schätzchen«, sagte er zu Nellie.

»Ich weiß, ich hab Scheiße gebaut. Ich will keine Hilfe von euch, aber ich möchte, dass ihr wisst, dass so was nicht mehr passieren wird.«

Zoe sah in das müde, abweisende Gesicht ihres Erzeugers und fragte sich, wann es das letzte Mal gut zwischen ihnen gewesen war. Musste lange her sein, sehr lange, war kaum noch wahr. Ein Angelausflug kam ihr in den Sinn, morgens um sechs waren sie in einem alten schweren Holzkahn mit knarzenden Riemen auf den Barumer See hinausgerudert, stumm und einträchtig hatten sie neben ihren Ruten gehockt, bis etwas an Zoes Angel zupfte und ihr Vater ihr half, die Brasse aus dem Wasser zu holen. Doch als es ans Töten ging, bettelte Zoe um das Leben des Fischs und ihr Vater warf ihn in den See zurück, ohne ein Wort darüber zu verlieren, ohne sie auszulachen.

Doch jetzt hatte er sich vorgelehnt, die Hände neben dem Teller zu Fäusten geballt, und drosch mit Worten auf seine Tochter ein, als wollte er sie zum Weinen bringen. In seinem Hass kam er Zoe furchtbar hilflos vor.

Es nützt nichts, wollte sie ihrem Vater sagen, es ist zu spät, dass du mich beschimpfst, hilft dir vielleicht, ändert aber nichts.

»Du hast recht, wenn du sauer bist«, überwand sie sich zu sagen, weil sie einsah, dass es sein musste, wenn das Gespräch hier irgendwann noch mal in ruhigeres Wasser kommen sollte, »aber glaub mir, ich hab was kapiert.«

Sie erschrak, als ihr Vater auf einmal in seinen Beschimpfungen innehielt, um sie mit ruhiger Stimme zu fragen: »Was denn? Was hast du kapiert?«

Sie hätte es gar nicht so genau sagen können, weil es eher ein Gefühl, ein Zustand war als ein Merksatz, der sich an dieser Stelle hätte zitieren lassen, um den väterlichen Furor zu beschwichtigen. Hilfesuchend sah Zoe zu ihrer Mutter, doch die ließ sie zum ersten Mal im Stich. Also stammelte sie etwas von Erwachsenwerden, Einsatz, Verantwortung und spürte verzagt, was für ein sinnloses Opfer es war, sich nach jahrelangen erbitterten Kämpfen zu guter Letzt doch noch vor ihrem Alten im Staub zu wälzen. Etwas wurde ihr nämlich plötzlich sonnenklar: dass sie ihr neues Leben nicht damit beginnen wollte, einen unzugänglichen alten Mann um Absolution anzuwinseln, der seine ältere Tochter innerlich schon längst aus dem Familienfoto herausgeschnitten hatte.

Zoe trank ihr Bier aus und stand auf.

»Danke für alles.«

Sie nickte ihrem Vater zu, gab ihrer Mutter einen Kuss aufs Haar und zog hinter sich die Haustür ins Schloss.

Von ihren Eltern aus fuhr sie schnurstracks in die Wohnung nach Altona. Denn wenn es jemanden gab, dessen Absolution ihr etwas bedeutete, dann war es Mungo.

Die Wohnung empfing sie mit dem vertrauten Muff, und auch ihr Zimmer sah aus wie immer. Die Unordnung darin beschwor ein Leben, das es so nicht mehr gab; die Szene wirkte künstlich und konserviert wie in einem Heimatmuseum.

Als sie einen Schlüssel in der Wohnungstür hörte, war sie auf einmal nicht mehr sicher, ob sie hier noch geduldet war. Zoe spannte die Muskeln an, als rechnete sie damit, dass sie gleich ein großes Tier ansprang. Doch es war nicht Mungo, sondern Frenzi. Seit wann hatte die einen Schlüssel? Es war eine Weile her, dass sie sich gesehen hatten; inzwischen war viel passiert. Wusste sie von Binz?

»Ich bin's«, sagte Zoe, weil sie empfand, dass Frenzi inzwischen mehr Recht hatte, hier zu sein, als sie.

»Zoe. Du.«

Ihr ernstes Gesicht verhieß nichts Gutes.

»Ich. Ja.«

Während Frenzi Brot und Käse aus ihrer Umhängetasche

holte und auf den Küchentisch legte, beobachtete Zoe sie und fragte sich, ob sie es wirklich verdient hatte, dass man sie behandelte wie eine Verbrecherin. Aber sie merkte auch, dass sie sich in der Rolle schon etwas besser eingerichtet hatte.

»Ich bin wegen Mungo hier.«

»Der kommt später.«

»Ich möchte ihm was erklären. Du weißt Bescheid, nehme ich mal an.«

»Mir kannst du's auch gleich erklären. Du hast uns an-geschissen.«

»Hab ich nicht.«

»Verräterin.«

»Nicht wirklich.«

»Lügnerin.«

»Okay. Ja. Hab ich. Ich hab euch angeschissen.«

Es ging leichter als gedacht. Es fühlte sich anders an als bei ihrem Vater – nicht hündisch und demütigend, sondern befreiend, als spränge ein Stein in großen Sätzen einen Hügel hinunter. »Ja, ich hab euch angeschissen«, sagte sie gleich noch einmal, um das Gefühl der Erlösung auszukosten, das diese Offenbarung in ihr erzeugte. Das erste Mal seit langer Zeit war sie alle Geheimnisse los, kam mit sich selbst wieder zur Deckung.

»Ich würde es euch wirklich gerne erklären.«

3.

Die Übernahme vollzog sich rasch und geräuschlos. Als Binz im sechsten Stock Lars Frederking den Durchsuchungsbeschluss für seine Firmenräume vor die Nase hielt, warteten in allen Abteilungen bereits Beamte auf das Kommando zum Loslegen.

Frederking las das Schriftstück sehr genau.

»Wer hat sich das ausgedacht? Ist das auf Ihrem Mist gewachsen? Das ist Amtsmissbrauch.«

Binz lächelte fein. Es war nicht schwierig gewesen, einen Richter von der Notwendigkeit einer solchen Maßnahme zu überzeugen, nachdem er glaubhaft versichern konnte, dass es einen anonymen Hinweis aus Frederkings nächstem Umfeld gegeben hatte, der ihn schwer belastete. Danach sollte er höchstpersönlich die Aufträge zum Umbau des Asia-Imbisses erteilt haben und zwar bereits *vor* der Messerattacke auf seinen Inhaber, *vor* dem Brand. Traf das zu, so hatte Binz argumentiert, muss sich Frederking also von Anfang an sicher gewesen sein, dass er den Chinesen loswerden würde.

»Wer behauptet so etwas?«

»Die Staatsanwaltschaft hat einen Hinweis bekommen.«

»Zeigen Sie mir diesen Menschen. Den will ich mit eigenen Augen sehen.«

Binz bedauerte höflich und wies seine Leute an, mit der Suche nach den entsprechenden Unterlagen zu beginnen. Frederking verschwand ins Vorzimmer, um sich von seiner Sekretärin mit seinem Anwalt verbinden zu lassen.

Während zwei Beamte in Frederkings Büro Schränke öffneten, Schubladen aufzogen und Aktenordner in Kartons räumten, sah Binz sich in Ruhe um. Er betrachtete die Bilder an der Wand, zog ein Buch aus dem Regal, »Hamburg – Der Große Brand«, nahm ein Paperweight in die Hand und versuchte sich vorzustellen, wie dieser kühle, sachlich und teuer möblierte Raum nach dem Besuch der *Superhelden* ausgesehen haben mochte.

Frederking erschien in der Türöffnung.

»Ich lasse mir diese Behandlung nicht gefallen. Sie werden nichts finden, das wissen Sie so gut wie ich.«

Im Sekretariat läutete das Telefon Sturm. Ja, Herr Frederking weiß Bescheid. Er lässt ausrichten, es ist in Ordnung.

Ein Beamter kam zu Binz und bat ihn, zu kommen. Vor dem Regal in Frederkings Büro stand seine Kollegin und deutete auf zwei kleine Päckchen. Binz sah sie fragend an.

»Höchstwahrscheinlich Cannabis. Und die Pillen, das könnte Speed sein.«

Binz nahm den Fund in Augenschein: kleine weiße Pillen, teilweise einzeln in Zigarettenpapier verpackt. Frederking stürzte auf ihn zu und wurde von dem Polizisten vorsorglich festgehalten.

»Was ist das? Was soll das?«

»Genau das fragen wir uns auch gerade«, sagte Binz mit sanfter Stimme. »Konsumieren Sie dieses Zeug regelmäßig? Es ist eine ziemlich große Menge für den Eigenbedarf.«

»Dieses Mal gehst du zu weit, Arno.«

»Am besten, Sie rufen Ihren Anwalt noch mal an, Herr Frederking, denn ich muss Sie bitten, die Beamten zu begleiten.«

»Das Zeug gehört mir nicht. Ich habe das noch nie gesehen. Ich bin ein gesunder Mann, ich treibe Sport, ich trinke Rotwein. Ich bin ganz bestimmt keiner von euren Junkies.«

Die Sekretärin kam herein. Sie sah blass aus und leidend, als sei sie einem strengen Geruch ausgesetzt.

»Herr Frederking, ein Herr von der Presse ist am Empfang, und möchte Ihnen ein paar Fragen stellen.«

»Das ist grotesk. Du weißt nicht, was du tust. Du verlierst die Kontrolle, Arno. Du bist doch Arno, hab ich recht?«

Binz setzte sich auf die Kante des Schreibtischs und schlug die Arme übereinander.

»Vielleicht ist das nicht ganz der richtige Zeitpunkt für Persönliches«, sagte er in verbindlichem Ton.

»Ich kenne ihn von früher, Ihren Chef«, wendete sich Frederking an die Beamten und sein Lachen geriet dabei zum Zähnefletschen.

»Ich erinnere mich an ihn, obwohl man ihn wirklich leicht übersehen konnte. Unscheinbar, picklig, grauenhaft unsportlich, man kennt diese Typen ja«, wandte er sich an den Polizisten, doch der nickte nur mechanisch, als ob er einen Hysteriker beruhigen wolle. Frederking fuhr sich durchs Haar, die Geste des Sunnyboys, die Binz so oft an ihm gesehen hatte.

»Wir sind so weit«, sagte die Polizistin.

Binz nickte und wandte sich zum Gehen.

»Arno Binz. Du warst der, dem immer das Obst in den Schokoladenbrunnen gefallen ist. Du hast geflennt wie ein Mädchen«, sagte Frederking, doch Binz war schon aus dem Raum.

»Später ist dir schlecht geworden«, rief Frederking ihm nach. »Du hast in unserem Bad neben das Klo gekotzt.«

In der Halle stand ein Filmteam vom *Abendjournal*. Niemand konnte sich später erklären, wie sie von der Durchsuchung erfahren hatten. Binz ging an ihnen vorbei und verweigerte jedes Gespräch. Die Mühlen der Gerechtigkeit mahlten langsam, und sie mahlten weit besser im Verborgenen.

4.

Binz bog auf den Parkplatz des Supermarkts ein und sah sich um. Er parkte und stand unschlüssig neben seinem Auto, ging dann zu dem Imbisswagen, der vor dem Eingang des Marktes stand, und bestellte eine Currywurst. Da entdeckte er sie. Sie trug einen blauen Kittel und bugsierte einen schlingernden Tross von Einkaufswagen vor sich her in Richtung Eingang.

»He, Zoe.«

Als das Mädchen seine Stimme hörte, wurde es schneller.

»Augenblick. Warte.«

Von Frederkings Büro aus war er nach Altona gefahren und wie schon einmal die Treppen in dem Sozialwohnungsbau hochgestiegen. Der junge Mann, der ihm öffnete, musste erst mühsam überredet werden, ihm zu sagen, wo er Zoe finden konnte. Er wollte nicht mit ihm reden, doch Binz ließ sich nicht abweisen. Er hatte einen ausgesprochen guten Vormittag gehabt und war frei von Zaudern und Schwäche. Er blieb Zoe hartnäckig auf den Fersen, lief ihr und ihrem scheppernden Wagenwurm kreuz und quer über das Gelände hinterher, während am Imbissstand langsam seine Currywurst kalt wurde.

Schließlich standen sie einander gegenüber.

»Was verdienst du hier in der Stunde?«

»Was wollen Sie?«

»Ich dachte, das hier würde dich vielleicht interessieren«, sagte Binz und hielt ihr einen dicken braunen Umschlag hin.

Zoe würdigte das Kuvert keines Blickes.

»Sind Sie gekommen, um mich persönlich in den Knast zu bringen?«

»Los, mach es auf.«

»Sie wollen mich fertigmachen, also tun Sie es. Machen Sie Ihren Job, und lassen Sie mich in Ruhe.«

»Es hat sich in deinem Fall überraschend eine neue Perspektive ergeben.«

Zoe fingerte eine Zigarette aus der Brusttasche ihres Kittels und rauchte.

Binz wurde ungeduldig.

»Wenn du dich noch länger zierst, schaut bald der ganze Parkplatz hier rüber.«

Doch als Zoe mit einem genervten Seufzer endlich die Hand nach dem Umschlag ausstreckte, zog Binz ihn wieder weg.

»Dort drüben steht mein Wagen. Ist besser.«

Im Auto zog Zoe eine dicke, abgegriffene Akte aus dem Kuvert. Ganz oben prangte ein Aktenzeichen.

»Es löst nicht alle Probleme«, sagte Binz, »aber es sichert dir einen Vorsprung. Mehr kann ich nicht tun.«

Zoe blätterte durch die Seiten. Binz beobachtete die junge Frau, die er gerade auf die andere Seite des Spiegels sehen ließ, und wartete auf eine Reaktion.

»Wie soll das gehen?«

»Ich war spät abends zu Fuß unterwegs, da kam plötzlich ein Moped mit zwei Kerlen angebraust, und der Beifahrer hat mir die Tasche mit der Akte aus der Hand gerissen.«

Doch Zoe schlug die Akte wieder zu und gab sie Binz zurück.

»Nette Idee. Aber Weglaufen bringt's nicht. Mein Anwalt sagt, ich komme wahrscheinlich mit Bewährung davon.«

Ganz neue Töne. War Zoe Aschenbrenner am Ende zur Vernunft gekommen?

Binz blickte auf die Akte in seinen Händen, auf Zoe in dem Supermarkt-Kittel und empfand ein großes Bedauern. Die alten Zeiten waren endgültig vorbei. Er nickte und klopfte seiner ehemaligen Komplizin leicht auf die Schulter.

»Ich muss dich jetzt bitten, auszusteigen. Ich habe einen Termin, es wird Zeit für mich.«

Zoe öffnete die Autotür und stieg aus. Beugte sich noch einmal hinunter. Grinste.

»War ne interessante Zeit mit den *Superhelden*. Aber du solltest endlich seriös werden, Binz.«

In Wahrheit gab es keinen Termin, der auf Binz gewartet hätte. Er fuhr Richtung Elbe, parkte seinen Wagen oberhalb des Schulbergs und lief den steilen Weg zur *Strandperle* hinunter. Es nieselte leichte, doch der Kiosk hatte geöffnet. Binz ließ sich ein Glas Rotwein geben und suchte sich einen Platz unter dem Dach. Nur wenige Tische waren an diesem frühen Nachmittag besetzt: ein Touristenpaar in Regenjacken, zwei Mütter mit Kleinkindern, Tagediebe. Er hob sein Glas, prostete dem grauen Fluss zu und trank einen großen Schluck. Ein falscher Raddampfer fuhr vorüber und stieß einen hohen dünnen Pfiff aus. Ein Hund schwamm durch die Wellen und brachte seinem Herrn ein Stöckchen zurück. Binz zog sein Handy aus der Tasche und starrte eine Weile auf das Display, doch statt zu telefonieren ließ er sein fast volles Glas Wein stehen, stand auf und ging.

Es dauerte eine Weile, bis er jemanden fand, der ihn einließ. Das Restaurant hatte geschlossen, doch vielleicht hatte er Glück, wenn er es über den Hof versuchte.

Aus der Küche hörte er das Geklapper von Töpfen. Auf sein Klopfen hin steckte ein junger Mann in Kochjacke seinen Kopf durch die Tür. Binz fragte nach Käthe.

»Ich bin ein Freund.«

Die Köchin saß im Gastraum an der Theke, plauderte mit der Frau vom Service, die Binz schon kannte, und trank Kaffee. Sie runzelte die Stirn, als sie ihn aus ihrer Küche kommen sah.

»Was ist das? Eine Hausdurchsuchung?«

»Dann weißt du es also schon?«

Ein Journalist hatte im *Wemuth* angerufen und wollte sie über Lars Frederking ausfragen.

»Warum bist du gekommen?«

»Ich wollte dich sehen. Dir sagen, dass es Unsinn war, was ich neulich am Telefon geredet habe.«

»Lars nimmt keine Drogen.«

»Beinahe hätte ich alles verdorben.«

»Er ist so unschuldig wie du und ich.«

»Was soll ich dazu sagen?«

»Hör auf, ihn zu verfolgen.«

»Aber ich bin der Staatsanwalt. Es ist mein Beruf.«

»Ich frage dich: Hast du bei dieser merkwürdigen Sache deine Finger im Spiel, Arno?«

Binz wurde ernst. Ganz nah stellte er sich vor Käthe hin.

»Traust du mir das denn zu?«

Ihr Blick wanderte forschend auf seinem Gesicht herum, als versuchte sie, darin zu lesen. Nach einer Weile seufzte sie.

»Eigentlich bist du nicht der Typ für so was.«

»Dann kann ich es auch nicht gewesen sein«, erwiderte er und nahm sich heraus, sie auf die Nasenspitze zu küssen. »Käthe Wemuth, willst du mit mir Roller fahren?«

Aber sie schien keine Lust zu haben, es ihm leicht zu machen.

Sie rutschte von ihrem Hocker herunter.

»Ich muss rauchen.«

Binz folgte ihr in den Hof. Es nieselte immer noch. Dicht nebeneinander standen sie unter dem kleinen Vordach.

Eine Weile sah er ihr beim Rauchen zu. Dann sagte sie: »Und wenn sich herausstellt, dass an der Sache doch was dran ist?«

»Du brauchst ihn nicht.«

»Aber was wird dann aus dem Ganzen hier?«

»Du bist der Boss.«

Käthe schien nachzudenken. Sie nahm ein paar letzte Züge, dann schnippte sie die Kippe in hohem Bogen in eine Pfütze und wandte sich ihm zu.

»Nur dass das zwischen uns klar ist: Ich werde nicht mit dir zusammenziehen.«

»Ich weiß.«

»Und ich entscheide allein, mit wem ich Geschäfte mache.«

»Klar.«

Einige fette Tropfen zerplatzten auf dem Vordach. Auf einem Balkon im ersten Stock hing Wäsche im Regen. In der Langen Reihe hupte ein Auto. Die Welt war groß und schön.

»Es ist gut, genau so, wie es ist.«

Er nickte und strich ihr eine Haarsträhne aus der Stirn. Endlich lächelte sie.

»Am Montag«, sagte Käthe. »Wir könnten an die Elbe fahren und Feuer machen.«

»Feuer ist gut«, sagte er und schlang seine Arme um sie. »Aber ich fürchte, am Montag geht es nicht. Ich werde eine kleine Reise machen.«

Neugierig sah sie ihn an.

»Ach ja? Wohin fährst du denn?«

»Vögel zählen.«

TEXTNACHWEIS

S. 51 »Beton und Seligkeit« – Textzeile aus dem Song »Denkmal« von Wir sind Helden

S. 53 die Formulierung »Land der fehlenden Farben« entstammt einer Textzeile aus dem Song »Bis die Sonne rauskommt« von Samy Deluxe

S. 39, 165 kursiv gesetzte Textzeilen sind Zitate aus dem Song »Wir sind keine Kinder« mehr von Samy Deluxe

S. 147 »wir zwei sind die Champions« ist eine Textzeile aus dem Song von Samy Deluxe feat. Afrob »Champions«

S. 236 die kursiv gesetzte Textzeile ist ein Zitat aus »Alabama« von Neil Young

alle zitiert nach https://genius.com